부활復活의 성成

부활復活의 성成

발행일	2023년 9월 20일		
지은이	박해인		
펴낸이	손형국		
펴낸곳	(주)북랩		
편집인	선일영	편집	윤용민, 배진용, 김다빈, 김부경
디자인	이현수, 김민하, 안유경, 신혜림	제작	박기성, 구성우, 배상진
마케팅	김회란, 박진관		
출판등록	2004. 12. 1(제2012-000051호)		
주소	서울특별시 금천구 가산디지털 1로 168, 우림라이온스밸리 B동 B113~114호, C동 B101호		
홈페이지	www.book.co.kr		
전화번호	(02)2026-5777	팩스	(02)3159-9637

ISBN   979-11-93304-53-2 03810(종이책)   979-11-93304-54-9 05810(전자책)

(주)북랩 성공출판의 파트너

북랩 홈페이지와 패밀리 사이트에서 다양한 출판 솔루션을 만나 보세요!

홈페이지 book.co.kr   •   **블로그** blog.naver.com/essaybook   •   **출판문의** book@book.co.kr

작가 연락처 문의 ▸ ask.book.co.kr

작가 연락처는 개인정보이므로 북랩에서 알려드릴 수 없습니다.

부활 復活 의 成 성

박해인 지음

현대를 살아가는 모든 청춘을 위한 헌정사

1980년대 젊은이들의 고뇌와 방황,
그리고 이상

 북랩

오랜 세월이 흘렀지만 지금도 젊은 시절을 생각하면 가슴이 뜨겁게 벅차오르는 것을 느낀다. 그 당시에 그 무엇을 향해 그토록 뛰어다녔는지, 하고 싶은 것이 많을 뿐 아니라 그 무엇을 해도 할 수 있다는 자신감도 넘쳐흘렀던 것 같았다. 그러나 벌에 쏘인 야생마처럼 이리 불뚝 저리 불뚝 날뛰어도 남는 것은 거의 없이, 그 모든 것은 손에 잡히지 않는 신기루처럼 허무하게 사라져갔다.

만일 현재의 시계를 되돌려서 과거의 젊은 시절로 되돌아갈 수 있다면 얼마나 좋을까 하고 생각을 해 본다. 그 반면에 그 무모한 열정과 그에 따르는 좌절감과 방황의 짙은 그림자를 감당할 수 없기에, 그렇게 하고 싶은 마음이 조금은 없는 거 같다고도 할 수가 있다. 이 작품은 1980년대의 대학교를 배경으로 젊은이들의 일상을 그린 것으로, 현대에 살아가고 있는 모든 청춘에게 바친다.

목차

제1부

/

우리는 밤마다
새로운 꿈을 꾼다

시내버스는 다소 들뜬 듯하면서도 후덥지근한 오후의 공기를 헤치고 빠른 속도로 치닫기 시작했다. 윤명진은 그 안에서 차창에 시선을 고정시킨 채 그 너머의 번화가에서 그 무엇엔가 쫓기듯 분주하게 움직이고 있는 행인들을 물끄러미 바라보았다. 그들은 경직된 얼굴로 주위를 두리번거리거나 팔과 다리를 부지런히 움직이거나 앞서거니 뒤서거니 하면서 끝없이 이어져 있었다.

'나는 너희들의 친구야.'

그는 버스가 덜컹거리면서 굽어진 길을 돌아갈 때 하마터면 이 말을 내뱉을 뻔하였다.

그들은 아침이 지나면 밤이 오듯이 빛과 어둠이 교묘하게 조화를 이루고 있는 이 현실을 사랑했다. 그래서 그들의 두 눈은 진리의 빛을 찾는 듯했으나 그 이면의 가슴속에는 불의와 탐욕의 물결이 항상 꿈틀거리고 있었다. 명진은 그러한 그들을 경멸함과 동시에 그들에게서 소외되기를 스스로 자처하였다. 비록 그도 그들과 같이 이 세상의 동반자이지만 탁한 공기를 들이마시며 살아가는 것만으로도 만족을 하는 그들과는 절대로 하나가 될 수가 없다고 생각했다. 또한 현실은 하나의 유혹일 뿐이지 진정으로 그 문을 활짝 열어 놓지는 않기 때문에, 그가 그들과 함께 동화가 된 채 살기를 원한다 해도 그것은 사실 불가능했다. 결국 그는 마음의 문을 더욱더 굳게 닫아 버린 채 주위의 모든 사람으로부터 — 절친했던 친구들뿐만 아니라 심지어 그의 부모님들에게도 — 홀로 동떨어져 방황하기 시작했다.

바람이 불자 담에 붙어 있는 가로수에서 낙엽들이 살랑살랑 떨어졌다. 그리고 서너 명의 개구쟁이 소년들이 이리저리 뛰어다니며 질러대는 함성 소리가 아련히 들렸다. 그때 유리창을 가득 메우고 있던 황혼이 부서져 가면서 어둠이 짙게 깔리는 순간 그는 가슴속에 알 수 없는 슬픔이 스며드는 것을 느꼈다. 오늘은 그의 생일이었지만 그의 부모들이나 그의 자신도 그 사실을 새삼스럽게 내색할 필요가 없어서, 그는 학원에서 수업이 끝났을 때 집에 들어오기를 망설였다. 사실 이런 사소한 일을 계기로 해서 지금까지 서로에게 익숙해 온 무관심한 방관을 조금이라도 깨뜨릴 필요가 없었다. 그의 부모님들은 그를 구속할 권리가 없고, 또한 그들도 그가 원하는 것이라면 물질적으로나마 가능한 한 모든 것을 충족시켜 주려고 했기에 그를 의식하면서 살아갈 필요가 없었다.

곧 명진은 그들에게서 다른 그 무엇을 바란다는 것은 그의 크나큰 실수라고 생각한 채 황급히 옷을 갈아입고는 밖으로 막 나가려고 했다. 그런데 그때 노크 소리가 나더니 어릴 때부터의 친구인 김재하가 방안으로 쑥 들어왔다.

"오늘 네 생일이지? 생일 축하해."

재하는 고등학교를 졸업한 후 거의 2~3년 동안 서로 연락 한 번 취하지 않았다. 그런데 재하가 그의 생일을 잊지 않고서 불쑥 찾아온 것은 너무나 뜻밖이라고 할 수 있었다.

"오늘이 내 생일인 걸 네가 어떻게 알았어?"

그는 의아스러운 표정을 짓고서 멋쩍은 미소를 짓고 있는 재하를 힐끔 쳐다보았다.

"어릴 때에 네 생일날 생일 파티를 하기 위해서 너희 집에 자주 오곤 했잖아? 오늘도 학교에서 끝나고 집에 가는데 2층인 네 방에 불이 켜져 있기에 혹시나 하는 생각으로 잠깐 들리게 된 거야."

원래 재하는 아주 어릴 때부터 명진의 집과 담 하나를 사이에 두고서 아래윗집에 붙어살던 이웃이었다. 그런데 재하가 15살이었을 때 막노동꾼이던 그의 아버지가 암에 걸려 죽자, 그의 어머니 혼자 힘으로 더 이상 생계를 유지할 수 없게 된 가족들은 고향으로 내려갔다. 그러나 그는 학교를 계속 다니기 위해 서울에 남아서 어려운 환경 속에서도 혼자 자취 생활을 하기 시작했다.

얼마 동안 두 사람은 친구지간이라고는 해도 너무 오래간만에 만난 데다가, 옛날부터 정서적 교감 같은 것이 거의 없어서 그런지 너무나 어색하고 불편하기만 시간을 보냈다. 그러다가 명진의 어머니가 1층에 있는 주방에 저녁 식사를 준비해 놓았다고 하자, 그의 방을 나와 그곳으로 가 식탁에 앉았다. 그러나 셋이서 식사를 하는 시간에도 부자연스러운 분위기는 계속 이어지고 있던 차에, 마침내 그의 어머니가 길게 이어지고 있는 침묵을 깨고서 입을 넌지시 열었다.

"재하야, 어머니는 요즘도 건강하시냐?"

"……."

"별일 없으시지?"

"그럼요. 어머니는 아직도 정정하셔서 이런저런 집안일과 잡다한 농사일을 혼자서 다 도맡아서 하고 계셔요."

재하가 식탁 가까이에 얼굴을 대고서 두툼하게 생긴 입술로 이 것저것 쉴 새 없이 먹다 말고 고개를 번쩍 들고서 대꾸를 했다.

"촌에서 고생이 많으시겠구나. 그런데 참 꼬맹이였던 네 동생들 두 명은 어떻게 지내고?"

"재경이는 현재 읍내에 있는 공업고등학교 2학년에 다니고, 자연 이도 그 공업고등학교와 같은 재단에 속하는 상업고등학교에 1학 년에 다니고 있어요."

"뭐? 벌써 재경이는 고2 학생이고, 자연이도 고1 학생이라고?"

어머니는 깜짝 놀라는 표정을 지으며 닭찜과 불고기가 들어 있 는 그릇들을 재하 앞으로 슬쩍 밀어 놓았다

"코흘리개 그 어린것들이 어느새 그렇게 컸다니……."

그의 어머니는 쓴 미소를 머금고는 밥을 한 숟가락 푹 떠서 입 안에 넣었다. 그리고 젓가락으로 고사리나물을 떠서 입 안에 넣으 며 재하에게 다시 시선을 돌렸다.

"그런데 참 그 애들도 너를 닮아서 공부를 아주 잘하겠네?"

"예. 재경이는 반에서 1~2등을 할 정도로 성적이 우수해서 내년

에 3학년 1학기를 마치자마자 대기업에 취업할 거라고 하더군요. 그리고 또 자연이도 원래는 인문계 고등학교에 진학하려고 했는데, 중학교 때 교장 선생님이 적극적으로 추천해 주서서 그 상고에 3년 장학생으로 들어가게 된 거 같아요."

"참, 장하구나. 너의 어머니는 얼마나 좋을까? 너는 일류 대학에 다니고 있고, 또 네 동생들도 그렇게 공부를 잘하고 있으니……"

"……"

"그런데 우리 명진이는……"

어머니는 그릇에 밥이 반이나 넘게 남아 있는데도, 한숨을 내쉬며 수저를 슬그머니 내려놓았다. 그리고 물을 한 컵 쭉 들이켜고 나서 의자에서 부스스 일어났다. 그러자 명진도 시무룩한 표정으로 밥을 꾸역꾸역 먹다 말고 수저를 식탁에 탁하고 내려놓았다.

그런데 저녁 식사가 끝난 후에도 재하는 돌아가지 않은 채 늦가을의 미지근한 열기가 감돌고 있는 명진의 방에 그대로 남아 있었다. 그는 재하가 이제 그만 어떤 결단을 내릴 것을 끈질기게 기다렸으나, 재하는 그의 경멸에 찬 눈초리를 모르는 척하는 듯했다. 그리고 방의 한가운데에 그의 어머니가 차려놓았던 조그만 술상에 자리를 잡고 앉아 혼자 술을 마시기 시작했다.

"명진아, 너도 술 한잔 해."

"……"

"이리로 잠깐 오라니까?"

그때 재하가 느닷없이 벌떡 일어서서 창가에 우두커니 서 있는 그에게 다가왔다. 그리고 그의 어깨에 손을 살짝 얹어 놓았으나 그가 흠칫 놀라며 홱 뒤돌아섰다. 그러자 재하는 술 냄새를 풀풀 풍기는 입으로 멋쩍은 미소를 지으며 뒤로 주춤 물러섰다. 그러고 나서 술상 앞으로 다가가 자리에 도로 앉은 다음 술잔을 또 들었다.

"명진아, 너는 변한 거 같아."

"……"

"너무나 많이……"

"대체 그게 무슨 소리야?"

"우리는 어릴 땐 아주 친한 친구였잖아?"

"뭐? 우리가 친한 친구 사이였다고?"

명진이 코웃음을 치며 큰소리로 반문하는 순간, 재하도 어처구니없다는 듯 시니컬한 웃음을 길게 터트렸다.

"그만 웃지 못 해!"

"……"

"제발 그만 웃으란 말이야."

명진이 재차 버럭 소리를 지름과 동시에 재하는 웃음을 뚝 그치고서 의아스러운 표정을 지었다.

"웃는 건 내 자유야. 그런데 너는 아직도 어릴 때 버릇이 남아 있는 거 같군."

"어릴 때 버릇이라니?"

"솔직히 말해서 나는 어릴 때는 항상 네 종이었어. 초등학교 때도 중학교 때도……."

"네가 내 종이었다니 거참 재미있는 사실이군. 하지만 그것이 사실이든 아니든 내 탓은 아니잖아?"

"그럴까? 그래……. 어쩌면 그럴지도 모르지."

재하는 고개를 쓸쓸히 숙이며 다시 잔을 들었다.

"너는 기억 못 할지 모르겠지만 나는 너에게 어떻게 해서든지 잘 보이려고 온갖 아양을 다 떨곤 했어. 너한테 몽땅 연필 하나 더 얻어 쓰거나 과자 부스러기 하나 더 얻어먹으려고……. 그런데 너는 다른 친구들은 다 너희 집에 들어오게 하면서도, 나만은 대문 밖으로 쫓아내곤 했지. 옷은 다 떨어진 것을 입고, 또 고무신도 빵구난 것을 신은 더러운 거지 같은 자식이 너희 집에 들어와서는 안 된다고 하면서……."

"아까부터 계속 무슨 소리를 하는 거야? 지금 술에 취해서 나에게 술주정을 하는 거냔 말이야?"

명진이 화가 나서 소리를 버럭 지르자, 재하는 술 냄새가 풀풀 나는 입술을 씰룩거리며 쓴 미소를 머금었다.

"그렇지 않아. 너는 잘 기억하지 못하겠지만…… 아주 어릴 때 그런 적이 몇 번 있었어?"

명진은 어깨를 한 번 으쓱하고서 어처구니없는 표정을 짓고는 책상 앞에 있는 의자에 털썩 주저앉았다. 그러나 재하는 붉게 달아오른 얼굴로 트림을 하고 나서 혀가 꼬부라진 목소리로 말을 또 이었다.

"아무튼 나이를 먹으면서부터 나는 언젠가는 너를 내 앞에서 반드시 굴복시키고 말겠다고 생각했어."

"……."

"그래, 좋다. 누가 이기나 끝까지 한번 해 보자. 자기 집이 조금 잘 산다고 해서 나를 그토록 업신여기는 너를 나는 어떻게 해서든지 꺾어 버릴 테니까 하면서……."

곧 재하는 말을 끊고서 울음인지 웃음인지 알 수 없는 소리를 짧게 토해냈다.

"그런데……. 내가 이런 말을 하면 어떨지 모르지만 너희 집은 갈수록 이상해지는 거 같아."

"……."

"너는 완전히 자포자기한 채 대학교 진학이고 뭐고 다 포기한 거처럼 보이고, 또 너희 부모님들은 그러한 너에게 더 이상 관심을 갖고 있지 않은 거 같기도 하고……."

이 자식! 그만 입 다물지 못 해."

별안간 명진이 의자에서 벌떡 일어나서 그의 앞에 버티고 선 채 그를 집어삼킬 듯이 노려보았다. 그러자 그는 퍼뜩 정신을 차리더니 멍한 표정을 짓고 있던 얼굴을 슬그머니 숙였다.

"명진아, 미안해. 내가 오늘 술을 너무 많이 마신 거 같아. 그런데 언젠가는 나는 이런 얘기를 꼭 한번 하고 싶었어."

"아냐, 나한테 전혀 미안하게 생각할 거 없어. 어쩌면 네 말이 모두 사실일지도 몰라. 너는 언제나 무일푼이면서도 떳떳하게 사는 것에 자부심을 느끼고 있고, 또 나도 돈밖에 모르는 나의 부모님이 돈 좀 있다고 항상 허세를 부리는 것을 자랑스럽게 생각해 왔으니까……."

"……."

"하지만 그렇다고 해서 더 이상 떠들 필요는 없어. 내가 너를 싫어하건, 네가 나를 미워하건…… 더 이상……."

명진은 치밀어 오르는 슬픔으로 목이 꽉 메는 것을 느낀 채 베란다로 후닥닥 뛰쳐나갔다.

잠시 동안 그는 그곳에 우두커니 서서 희미하게 깜박거리고 있는 서너 개의 별들을 물끄러미 바라보았다. 끝없이 펼쳐져 있는 짙은 암청색 허공에서 불어오는 바람이 벌겋게 달아오른 그의 얼굴을 시원하게 적셨다.

그런데 얼마 후 명진이 방에 도로 들어왔을 때는 재하는 벌써 잠에 들었는지 방 한쪽 구석에서 엉거주춤한 자세로 누워 있었다. 그는 술상을 방의 위쪽에 치워놓고서 책상의 의자에 앉아, 책상 위에 펼쳐져 있는 수학책을 멍하니 바라보았다. 그러나 그때 끊어질 듯 이어질 듯하면서 불규칙하게 들려오고 있는 시계의 초침 소리가 그의 머릿속을 더욱더 혼란스럽게 했다. 또한 어디선가 가느다랗게 코를 고는 소리가 다시 들리는 순간, 그는 얼굴이 화끈 달아오르는 듯한 수치심을 느끼며 그 책을 들어서 방바닥에 힘껏 내팽개쳤다. 재하는 입을 반쯤 벌리고서 술 냄새를 풀풀 품어대며 곤

하게 잠을 자고 있었다. 문득 이불 밖으로 툭 튀어나온 털투성이의 그의 왼발이 보였다. 꺼칠꺼칠하게 털이 솟아 있는 턱과 끈적끈적한 땀이 묻어 있는 얼굴은 형광등 불빛 아래 반짝반짝 빛나고 있었다.

곧 명진이 형광등을 끄고는 재하의 옆에 누워서 이불을 살며시 잡아당겼다. 그러나 재하가 이리저리 뒤척이다 말고 두툼한 손바닥을 그의 가슴 위에 얹어 놓자, 그는 그 손을 거칠게 뿌리친 채 벌떡 일어나 앉았다. 고등학교 1학년 때인가 재하는 반장이라는 직책으로 그 손바닥으로 그의 뺨을 한 대 때린 적이 있었다. 창문으로부터 흘러 들어온 어슴푸레한 빛에, 모멸과 자만심으로 다듬어진 재하의 매부리코가 얼굴 위로 우뚝 솟아 있는 것이 보였다.

여태껏 그는 재하에게 있어서 친구 사이가 아닌 단순한 경쟁자에 불과했던가? 어릴 때부터 죽마고우이면서 초등학교 때부터 고등학교 때까지 동기동창이었던 재하가 자기에게 그토록 반감을 가지고 있으리라고는 미처 생각하지 못했다. 두 사람은 13년간 같은 학교를 다녔지만, 둘 사이가 특별히 친하거나 또는 그리 나쁘지도 않은 듯했다. 어차피 재하는 모범생으로서 공부를 잘하는 학생들과 친하게 지냈고, 그 반면에 그는 거의 공부는 하지 않은 채 불량학생들하고 어울려 다녔을 뿐이었다.

별안간 명진은 재하에게서 조금 떨어진 채 등을 돌리고는 벽을 향해 드러누웠다. 가끔 재하가 신음 소리를 내면서 뒤척일 때마다 퀴퀴하고 비릿한 냄새가 풍겨왔다. 그 순간 그는 검게 드리워져 있는 창문을 부숴 버린 채 밖으로 뛰쳐나가고 싶은 충동이 일어나는 것을 가까스로 참았다.

차가운 비가 내리고 있는 거리에는 행인들의 발자국 소리가 분주하게 흩어졌다가 다시 이어져 갔다. 윤명진은 우산 밑에 자기의 몸을 숨긴 채 서로를 힐끔힐끔 쳐다보며 거닐고 있는 그 무리들 틈에 섞여서 이리저리 돌아다니기 시작했다. 그때 어느 길모퉁이를 막 돌아서다 말고 맞은편에서 걸어오고 있던 키가 크고 비쩍 마른 청년과 어깨를 세차게 부딪쳤다. 그 청년은 오래전부터 우산을 쓰지 않았는지 축축이 젖은 그의 머리카락에서는 물방울이 툭툭 떨어지고 있었다. 그런데 그 청년이 자기를 보고 히죽히죽 웃는 듯하자, 그는 신경질을 내며 그 청년의 앞에서 홱 벗어났다. 그 청년의 반쯤 벌어진 입에서 퀴퀴한 술 냄새가 계속 풍겨 오고 있었다. 그러나 곧 그가 도로를 가로질러 가는데 급히 달려오던 택시 한 대가 그의 앞에서 급정거를 하더니 그를 헤드라이트로 눈부시게 비추었다. 그 순간 그는 비 오는 거리를 쓸데없이 배회했던 자신의 모습이 그 불빛 속에 환하게 드러난 것에 대한 심한 모욕감을 느꼈다. 그래서 그가 그 차에 대고서 욕이라도 퍼부으려고 했으나, 그 차는 그의 곁을 스치고 지나가 어둠 속으로 횅하니 사라져 버렸다.

문득 그는 평소에 친구들과 자주 가던 어느 단골 술집 앞에 서 있음을 깨닫고는 몹시 피곤함을 느꼈다. 그리고 우산을 접고는 그 안으로 들어갔지만 썰렁한 술집 안에는 이상하게도 친한 친구 한 명 보이지 않았다. 그때 한쪽 구석에서 같은 학원에 다니고 있는 이정우가 혼자서 술을 마시고 있는 모습이 그의 눈에 띄었다. 정우는 명진처럼 나이가 많은 재수생인데도 둘이서 같이 술 한 잔 마셔 본 적이 없이, 학원의 복도에서나 당구장 같은 데에서 몇 번 마주쳤던 사이에 불과했다.

"같이 술이나 한잔할까?"

명진이 그의 대답을 기다리지도 않고서 그의 앞에 놓여 있는 의자를 거칠게 잡아당겼다. 그리고 거기에 털썩 주저앉자 정우가 깊은 상념에 빠져 있다 말고 고개를 부스스 들었다.

"혼자 여기서 뭐 하고 있는 거야?"

"……."

"왜 이렇게 밤늦게 혼자서 청승을 떨고 있는 거냐니까?"

"내일 학력고사 보는 날이라서 그런지 마음이 너무나 착잡하고 답답해서 그래."

"그거 아주 잘 됐군. 나도 술 좀 마시고 싶었는데 오늘 우리 둘이서 실컷 한번 마셔 보자고."

잠시 동안 두 사람은 별다른 이야기를 나누지도 않고서 어색한 침묵 속에서 술잔을 몇 잔 주고받았다. 명진은 너무 배가 고파서 그런지 서너 잔을 텅 빈 뱃속에 허겁지겁 집어넣자 금세 취기가 오르는 듯했다.

"왜 이번에도 대학교에 못 들어갈 거 같아서 그렇게 근심걱정에 빠져 있는 거야?"

침묵이 다소 길다고 느껴졌을 무렵에 명진이 느닷없이 조소를 지으며 입을 열었다.

"너는 대체 어느 학교에 들어가고 싶어서 그래? S대 Y대 K대?"

"……"

"그 모든 게 다 헛된 것에 불과한 거야. 일류 대학에 다니지 않고서 이류 대학이나 삼류 대학에 다니면 어때? 반드시 일류 대학을 나와야지 이 사회에서 사람 구실을 하면서 살 수 있는 것은 아니잖아? 그렇지 않고서도 얼마든지 이 사회에 필요한 훌륭한 사람이 될 수 있으니까 그렇게 너무 의기소침할 필요가 없단 말이야."

그러나 정우는 그의 말이 미처 끝나기도 전에 코웃음을 치면서, 들고 있던 빈 잔을 탁자에 탁하고 내려놓았다. 짙게 그늘이 드리워져 있는 그의 두 눈은 더욱더 무겁게 가라앉은 듯했다.

"왜 내 말이 틀렸어?"

"아니? 네 말이 다 옳으니까 이제 제발 그만 좀 떠들어대라고."

이정우는 냉랭한 어조로 말하며 의자에 걸쳐놓았던 바바리코트를 집어 든 채 막 일어서려고 했다. 그러나 자신을 힐끔 올려다보고 있던 명진의 두 눈과 마주친 순간 그것을 슬그머니 도로 내려놓았다. 날카롭게 번득이고 있는 그 눈빛은 자기를 꼼짝 못 하게 사로잡아 놓는 듯했다.

"왜 내가 무슨 실수라도 했냐? 나의 뜻을 그런 식으로 받아들이

다니……."

"……."

"하지만 나는 누구보다도 너의 모든 것을 다 이해할 수 있어. 네가 가지고 있는 고뇌와 번민과 방황 등 그 모든 것을……. 이 순간에도 나도 그러한 것들로 인해 이 가슴속에 뜨거운 열병을 앓고 있으니까."

그때 정우는 뭐라고 한마디 하고 싶었으나 그의 표정이 너무나 진지한 듯해서 아무 말도 없이 마른침만 꼴깍 삼켰다.

"지금 자세히 보니까 네 인상이 무척 마음에 들어. 뭐라고 할까? 너도 나와 마찬가지로 우리 젊은이들만이 가질 수 있는 그 무엇을 가지고 있다고 할까? 그래서 하는 말인데……. 나는 오늘부터 너를 진정한 친구로 사귄 다음 우리 젊은이들만이 가지고 있는 그러한 것들을 똑같이 나눠 갖고 싶어."

"……."

"자! 그런 의미에서 건배 한번 하도록 하자고. 서로 진실한 친구를 만난 이 기쁨을 위해서……."

그가 들고 있던 잔을 두세 번 흔들어 대자, 정우는 다소 얼떨떨한 표정을 짓고는 자기 잔을 그것에 살짝 부딪쳤다. 머리카락이 길게 드리워져 있는 그의 좁은 이마와 안경 너머로 붉게 충혈된 두 눈이 어스름한 전등 아래에서 무척 강렬한 인상을 풍기는 듯했다.

곧 명진은 빈 잔을 도로 내려놓고서 다소 들떠 있는 듯한 목소리로 말을 또 이어서 했다.

"이봐, 나에 대해서 뭐 알고 싶은 거 없나?"

그는 탁자를 손바닥으로 탁하고 한 번 쳤다.

"나는 대학이고 뭐고 일찌감치 모든 걸 다 팽개친 놈이야. 학원에 다니는 것도 부모님에게 조금이나마 위안을 주고자 형식적으로 다니는 것에 불과하지. 일종의 현실 도피라고 할 수 있겠지만 어떻든 내가 이 현실에서 얻을 수 있는 것은 아무것도 없어. 즉, 실제 생활은 나에게 아무런 가치가 없기 때문에 오직 나는 내 육체보다도 영혼을 풍요롭게 살찌우기 위해서 살아가고 있을 따름이야. 마치 고대 희랍의 철학가들이 밝은 대낮에 등불을 들고 다녔듯이 나도 그런 흉내를 내고 있는 것뿐이라고."

전등 불빛에 반사된 그의 두 눈이 한순간 불꽃처럼 타올랐다. 정우는 술에 취해 불그스름하게 물든 얼굴로 이런 말들을 거침없이 늘어놓는 그를 넋이 나간 듯한 표정으로 멍하니 바라보았다.

"이봐, 옛날의 그 철인들이 정말 존경스럽지 않아? 비록 밝은 대낮이지만 진실한 것은 하나도 보이지 않는 이 세상에서 한 가닥 진리의 빛을 발견하기 위해 등불을 들고 다녔던 그들이……."

더욱더 붉게 홍조를 띠고 있는 명진의 얼굴에 야릇한 미소가 언뜻 스치고 지나갔다.

"그래. 인간에게 있어서 산다는 의미를 안다는 것, 그 본질을 생각한다는 것은 정말 흥미 있는 일이지. 아니, 그것은 재미와 흥미뿐만 아니라 더 나아가 위대한 일이라서 이 비참한 현실에서 벗어나 좀 더 의미 있는 삶을 영위할 수 있도록 해 주지."

시간이 흐를수록 안주로 시킨 어묵 국물은 싸늘하게 식었건만, 두 사람이 술을 마시는 속도는 점점 더 빨라지는 듯했다.

곧 명진은 잔을 다시 비우고는 젓가락으로 어묵을 한 개 집어먹더니 소주를 한 병 더 시켰다.

"너도 이 사회에서 위대한 인물이 되기를 원하겠지. 명예도 얻고, 부와 권력도 얻고 하면서……. 하지만 곧 그 모든 것이 무의미하다는 것을 알게 된 거야. 현실은 교묘한 것이라서 향기를 품고 있는 듯하지만, 일단 그 함정에 빠지면 도저히 빠져나올 수가 없어. 마치 끈끈이에 붙잡힌 파리처럼 아무리 날개를 파닥거리고 발버둥 쳐도 결국 힘이 빠져서 말라 죽고 말거든."

갑자기 그는 한쪽 구석에 앉아서 가무잡잡한 얼굴에 왁자지껄 떠들며 술을 마시고 있는 네 명의 남자들을 손가락으로 가리켰다.

"저길 좀 봐."

그들은 막일을 하는 노동자들인 듯 햇볕에 그을린 거무스름한 얼굴과 헝클어진 머리카락에 남루한 옷차림을 하고 있었다.

"저 우둔한 자들은 저절로 그 함정에 빠져 버린 사람들이지. 현실은 저런 사람들에게 적당한 미끼나 던지면서 유혹하기에 아주 안성맞춤이거든……."

얼마 동안 침묵이 흐르고 있는 사이에 이정우는 아직도 흥분이 채 가시지 않은 상태로 소주잔만 간간이 비우기 시작했다. 그런데 세 번째 술병이 거의 바닥이 났을 무렵에 그는 고개를 들고서 게슴츠레한 눈빛을 정우에게 다시 던졌다.

"너도 꿈을 꿔 본 적이 있냐?"

"꿈?"

정우는 이렇게 반문하면서 어이가 없다는 듯 조그맣게 웃음을 터트렸다.

"그래, 꿈."

명진은 술잔을 쥐고 있는 손이 바르르 떠는 것을 느낀 채 하얀 이를 드러내며 환한 미소를 지었다. 그는 자기 자신이 왜 이토록 흥분하고 있는지 그 이유를 확실하게 알 수가 없었다. 그 어떤 초조감에서 벗어나려고 안간힘을 다하고 있는 것인지 아니면 술에 너무 취해서 횡설수설 떠들고 있는 것인지…… 아무튼 그는 그 미묘한 상태에 빠져서 억누를 수 없는 감정을 계속 발산하기 위해 혀가 꼬부라진 목소리로 말을 다시 이었다.

"나는 매일 밤 꿈을 꾸지. 내 자신에 대한 꿈을…… 낮에는 그것들을 가지고 그림을 그리거나 시를 쓰기도 하고, 밤에는 그것들에 대해서 또다시 꿈을 꾸지. 새벽에는 그 모든 것이 물거품처럼 사라져 버리지만…… 그래도 단 하루도 쉬지 않고서 매일……"

"그럼 너는 소설 습작생이야?"

정우가 의아스러운 표정을 짓고서 물었으나, 그는 그의 말을 못 들은 척 아무런 대꾸도 하지 않았다. 그러나 곧 그는 고개를 조금 들더니 몽롱한 시선을 허공에 던진 채 히스테릭한 웃음을 짧게 터트렸다.

"정말 우스운 일이군. 그전에는 아무리 친했던 친구들한테도 하지 않던 이야기를 오늘 네 앞에서 다 털어놓고 있으니…… 하지만 나는 절대로 후회하지 않아. 나의 이러한 행동이 가식적인 것이 아니라 진실된 것임을 그 누구보다도 네가 잘 알고 있을 것이라고 확신하고 있으니까."

정우가 그 고조된 분위기에 휩싸여서 자신도 모르는 사이에 무의식적으로 고개를 끄떡이자 명진은 만족스런 표정을 지었다.

"아무튼 오늘은 유쾌하고 기분이 좋은 날이야. 너같이 진정한 친구를 사귀게 된 것도…… 또한 나 혼자서만 간직했던 이야기들을 스스럼없이 모두 다 털어놓을 수 있게 된 것도……."

주위에 있던 몇몇 사람들이 자리에서 일어나 부산하게 소란을 떨며 밖으로 나갔다. 그러자 두 사람밖에 남아 있지 않은 술집에는 더욱더 쓸쓸하면서도 고요한 적막감이 감도는 듯했다.

"벌써 11시가 다 됐군."

정우가 손목시계를 보며 혼자 중얼거리듯 조그맣게 말했다.

"그래? 그럼 우리도 이제 그만 일어나야지."

명진은 맞장구를 치다 말고 느닷없이 메모지를 꺼내서 무엇인가 적더니 그것을 그에게 내밀었다.

"내일 학력고사 보는 날 나는 산으로 등산이나 갈 예정이야. 모든 것은 네가 알아서 하겠지만…… 어떻든 나는 너하고 꼭 같이 야외에 놀러 가고 싶어. 그 메모지에 평소에 내가 자주 가던 종로 2가에 있는 커피숍 이름이 적혀있어. 굳이 내일 시험을 볼 생각이라면 너는 그곳에 나오지 않아도 되지만, 나는 네가 그곳에 나올 것이라고 믿어."

순간 정우는 뒤통수라도 한 대 세게 얻어맞은 듯한 충격을 받았다.

"기다리고 있을 테니까 내일 꼭 나오도록 해."

곧 명진이 자리에서 일어나더니 정우의 어깨를 툭 하고 쳤다. 그러나 정우가 눈을 치켜뜨고서 그를 뚫어지게 노려보았으나, 그는 아무렇지도 않다는 듯이 씽긋 미소까지 지어 보였다.

"오늘 너 같은 친구를 사귀게 되어서 정말 기뻐. 자, 그럼 술값을 내가 내고서 먼저 나갈 테니까 너는 나중에 천천히 나오도록 해."

잠시 후 정우는 밖으로 사라져가는 그의 뒷모습을 노려보고 있다가, 퍼뜩 정신을 차리고는 메모지를 꾸겨서 바닥에 힘껏 내팽개쳤다. 그리고 공연히 투덜거리면서 마지막 잔을 드는데 뚱뚱한 주인 여자가 쟁반을 들고서 이쪽으로 왔다.

"손님도 그만 일어나세요. 이제 문 닫아야 할 시간이에요."

그런데 그때 정우가 자리에서 부스스 일어나고 있는데, 바닥의 한구석에 구겨진 채 떨어져 있는 메모지가 그의 눈에 무심코 들어왔다. 그러자 그는 그 주인 여자가 요란스럽게 탁자를 치우고 있는 것을 힐끔 보다 말고, 그것을 주워서 바지의 뒷주머니에 쑤셔 놓았다.

3

윤명진은 거의 30분 동안이나 시내버스 정류장에서 우두커니 서서, 출근 시간에 쫓긴 채 버스에 바쁘게 오르내리고 있는 사람들의 모습을 멍하니 바라보았다. 그가 타야 할 버스는 벌써 두 대나 지나갔고, 이제 그에게 결정할 수 있도록 주어진 시간은 몇 분밖에 남아 있지 않았다. 그런데 자기가 어떤 결정을 내리든 별다른 의미가 없을 뿐 아니라, 그 길목에 들어서서 관망하는 것조차도 흥미를 잃고 말았다. 또한 그가 그 둘 중에 어느 길을 선택한다 하더라도 그 길을 걸어가고 있다는 사실에는 매일반 같은 것임에는 틀림없었다. 어떻든 그는 아무 버스나 타야 했기에 앞으로 가장 먼저 오는 버스를 타기로 마음먹었다.

잠시 후 그는 버스 안에서도 이 차에 함께 실려 가고 있는 사람들의 무표정하게 굳어 있는 얼굴이라든가 뒤통수 같은 것을 훔쳐보면서 그러한 부정적인 생각을 더욱더 갖게 되었다. 그들은 지금 자기들이 어디로 가고 있는지 또는 왜 이 버스를 타고 있는지 하는 것조차도 확실하게 모르는 것 같았다. 그들이 이 차를 탄 이유는 오랜 생활의 습관에 불과해서, 오직 다른 동반자들과 마찬가지로 어쩔 수 없이 이러한 흉내를 내고 있을 따름이었다. 그런데 그때 갑자기 버스가 굽어진 길을 돌면서 유리 가게에 걸려 있는 커다란 거울에 우울하게 그늘져 있는 그의 얼굴이 언뜻 비쳤다. 그러자 그는 그 어떤 충동에 휩싸인 채 버스가 다음 정거장에 서자마자 그곳에서 후닥닥 뛰어내려 버렸다.

"정말 상쾌한 아침이군."

명진은 야외용 탁자에서 이정우와 마주 앉아 아침부터 술을 마시다 말고 호들갑을 떨며 말했다. 그는 자기가 입을 벌릴 때마다 술 냄새로 인해 콧등이 짜릿하게 저려오는 것을 느꼈다.

술집 앞에 세워져 있는 커다란 물레방아는 쿵덕쿵덕 소리를 내면서 쉴 새 없이 돌아가기 시작했다. 또 그 아래에 맑은 물이 졸졸 흘러가고 있는 도랑에는 둥그런 조약돌 사이로 송사리 떼들이 이리저리 돌아다니고 있는 것도 선명하게 드러나 보였다.

"그런데 네가 정말 이래도 괜찮은 것인지 자꾸 이상한 기분이 들어?"

그는 내심 불안한 표정을 하고서 정우의 얼굴을 조심스럽게 훑어보았다.

"오늘 시험을 안 본 이유가 뭐야? 설마 가정 형편 때문에 그러는 것은 아닐 테고……."

"요즘에 등록금이 없어서 대학교에 못 다니는 사람도 있나?"

"……."

"물론 우리 집안은 남들처럼 넉넉하게 살지는 못하지만, 내가 이번에 시험을 보지 않은 것은 그것 하고는 아무런 상관이 없어. 우리 부모님은 농촌에서 근근이 사시지만 나를 위해서라면 논이고 밭이고 다 팔아서라도 내 뒷바라지를 해 주실 분들이니까."

"그럼 오늘 자신이 없어서 학력고사를 보지 않았던 거야?"

"응."

정우는 한숨을 내쉬며 쓸쓸히 고개를 숙였다.

"고등학교 다닐 때만 해도 공부를 잘하는 편에 속했는데, 나이를 먹을수록 자꾸 자신이 없어지는 거 같아. 서울에 올라와서 2년 동안 재수하면서 매일 술이나 퍼마시며 놀아서 그런지 이제는 머리통이 완전히 썩고 말았어. 지금 실력으로는 3류대는 고사하고 전문대라도 들어갈 수 있을지 의심스러울 정도라니까?"

"그럼 재수는 언제까지 할 생각인데?"

"글쎄, 대학에 들어갈 때까지는 해야겠지만 앞으로는 그것도 더 이상은 못 할 거 같아. 지금까지는 군입대하는 것을 어떻게 해서든지 미뤄왔는데, 내년에는 나이 때문에 학원에 다니던 중에 군대에 끌려갈 게 틀림없어."

따스한 햇볕 사이로 한순간 싸늘한 바람이 불어오자 명진은 날씨가 한결 더 춥다는 것을 느꼈다. 정우도 잔뜩 몸을 움츠리더니 당장 울음이라도 터뜨릴 것 같은 어두운 표정을 짓더니 잔을 급히 들었다.

"나는 작년부터 D대 법대에 다니는 것처럼 부모님을 속이고 있어서, 그들은 현재 내가 삼수생이 아니라 대학생인 줄 알고 있어. 나랑 같이 재수하다가 올해에 그 대학교에 들어간 친구가 있는데,

나는 그 친구한테서 여러 가지 자료를 얻은 다음 그것들을 그 대학교에서 발송하는 것처럼 꾸며서 집에 우편으로 부치곤 해. 그래서 부모님은 내가 앞으로 공부를 좀 더 열심히 한다면 판검사가 될지도 모른다고 생각하고 있어."

그는 창백하게 굳어 있는 얼굴로 히스테릭한 웃음을 터트리다가, 결국 탁자에 얼굴을 처박고는 훌쩍거리며 울기 시작했다.

"그런데 장남인 나만 믿고서 사시는 부모님 때문에 나로서도 더 이상 어쩔 수가 없었어. 온몸이 으스러지도록 농사를 지어서 번 돈으로 그 많은 하숙비와 학비를 대 주는 부모님을 더 이상 실망시킬 수가 없으니까. 아무튼 그렇게라도 해야지 인간쓰레기 같은 나도 조금은 편안한 마음으로 술이나 실컷 퍼마신 채 놀 수가 있지 않겠어?"

탁자에 엎드린 채로 웅얼거리며 말하던 정우의 목소리가 뚝 그치자 한순간 정적이 찾아왔다. 땅 위에 흩어져 있는 낙엽들이 바람이 부는 대로 이리저리 뒹굴어 다니기 시작했다.

잠시 후 정우가 마음의 안정을 찾은 듯 고개를 들고서 손수건으로 눈가에 묻어 있는 눈물을 닦았다. 그리고 잔을 또 훌짝 비우고 나서 붉게 충혈된 눈으로 그를 다시 쳐다보았다.

"너는 왜 대학에 들어가지 않으려고 하는 거야? 어제 말한 대로 정말로 공부하기가 싫어서?"

"응. 그리고 또……."

명진은 말끝을 흐리며 한숨을 길게 내쉬었다.

"솔직히 말해서 몇 년 동안 공부를 하나도 안 하는 바람에 대학교에 들어갈 자신이 전혀 없어. 그래서 대학교에 들어가는 것을 포기한 채 군대에나 갔다 오고 나서 사회생활이나 하겠다고 작년에 아버지께 말한 적이 있었어. 그런데 아버지는 스물두 살이나 된 나에게 몇 년이 걸려도 좋으니까 어떻게 해서든지 대학교에 꼭 들어가라는 거야. 나 같은 놈은 대학마저 다니지 않는다면 이 사회에서 아무런 쓸모도 없는 건달밖에 될 수 없다고 하면서……."

"지당하신 말씀이군."

정우는 조소를 띠고서 빈정거리듯 말했다.

"그렇지. 내 생각에도 아버지 말씀이 백번 옳은 거 같아. 나 같은 놈은 공부를 하든 안 하든 그런 것은 이차적인 것이고, 우선은 시간을 때우기 위해서라도 대학교에 반드시 들어가야 해. 그렇지 않으면 항상 이런저런 사고나 저지르면서 부모님 속을 박박 썩일 게 분명하니까."

명진은 담배를 입에 물고서 라이터로 불을 붙였다. 그러자 뿌연 연기가 바람에 따라 이리저리 흩날리면서 침통하게 일게 일그러져 있는 그의 얼굴을 덮쳤다.

"만일 너희 아버지께서 네가 오늘 시험을 보지 않을 것을 안다며 역정이 아주 대단하시겠군."

"당연하지. 어쩌면 나하고 영원히 부자지간의 관계도 끊으려고 할지도 몰라. 아버지는 내가 원하기만 한다면 가정교사를 집으로 자가용으로 모셔 오기라도 할 정도이니까."

"대단하네. 집이 무척 부자인가 보군? 아버지가 무슨 기업체 사장이라도 되나?"

"기업체 사장?"

명진은 반문을 하며 음흉한 웃음을 짧게 터트렸다.

"왜 우리 아버지에 대해서 알고 싶어? 우리 아버지는 돈만 있으면 이 세상의 모든 일을 다 할 수 있다고 생각하는 분이야. 항상 목에 힘을 꽉 준 채 근엄한 자세로 위엄을 차리면서……."

문득 그는 오늘 아침에 그를 학력고사 시험장까지 자기 차로 태워다 주기 위해, 현관 밖으로 급히 뛰어나오던 아버지의 모습을 떠올렸다.

"우리 아빠는 뚱보 아빠야. 번들번들한 대머리에 금테 안경을 쓰고, 또 배는 볼록하게 튀어나온 채 걸을 때는 꼭 오리처럼 뒤뚱거리며 걷곤 하지."

정우는 명진이 어색하게 흉내를 내는 모습을 바라보며 멋쩍은 미소를 지었다.

"형제는 많고?"

"아니, 나 혼자야."

명진이 신경질적으로 내뱉으며 담배꽁초를 재떨이에 거칠게 눌러 껐다.

"비극이군. 비극……. 나도 그렇지만 너도 또한……."

정우가 한숨을 내쉬면서 혼자 중얼거리듯 말했다. 그 순간 명진은 얼굴이 붉게 달아오르는 것을 느끼며 잔을 들어서 소주를 홀짝 또 마셨다.

"나야 아무렇지도 않지만…… 너 오늘 이러는 거 정말 후회하지 않아?"

"암 그렇고말고. 설마 대학을 안 나왔다고 해서 굶어 죽기야 하겠어? 나 같은 놈도 어떻게 해서든지 살아갈 수 있는 방법이 있겠지."

"그래, 바로 그거야. 그러한 사소한 일 때문에 스스로 좌절하는 거 없이, 새로운 그 무엇이 되도록 발전시켜 나갈 수 있는 것이 가장 중요한 것이라고 생각해."

"흥!"

정우는 코웃음을 치며 손바닥으로 탁자를 탁 쳤다.

"이봐. 그렇게 복잡하게 생각할 거 하나도 없어. 내가 오늘 이런 짓을 한 것은 저 낙엽들이 바람 부는 대로 이리저리 뒹굴어 다니듯이 그런 기분으로 해 본 것에 불과하니까. 나도 우습지만 너도 또한 정말 우스워."

곧 정우는 말을 끊더니 탁자에 팔을 또 괴고는 그 위에다 얼굴을 묻었다. 서늘한 바람이 텅 빈 유원지를 가로질러서 불어올 때마다 황량한 공허감이 그의 가슴속 깊이 스며들었다. 바로 그때 포플러나무의 앙상한 가지 위에 걸려 있는 확성기에서는 트로트풍의 대중가요가 구슬프게 흘러나오기 시작했다.

"노래까지도 엉망이군."

정우는 팔을 괴고 엎드린 채 듣기에 거북할 정도로 침울한 어조로 중얼거리듯 말했다.

명진은 더 이상 걸을 수가 없었다. 그는 산이 덩실덩실 춤을 춘다고 생각했다. 그것들은 그가 걸음을 내디딜 때마다 출렁거리며 따라 움직이는 듯했다. 그와 함께 반들반들 빛나는 산봉우리와 삐쭉삐쭉 솟은 소나무들은 그의 조그만 체구를 당장이라도 덮쳐 버릴 듯했다. 곧 그는 걸음을 멈추고서 눈이 아려올 정도로 새파란 하늘을 올려다보았다. 그리고 길게 심호흡을 하는데 그 순간 관자놀이 뛰는 소리가 머릿속을 혼란스럽게 더욱더 뒤흔들어 놓는 듯했다.

"너, 술 너무 많이 마신 거 같아."

정우는 땀에 젖어 반들거리는 얼굴을 살짝 찡그리고는 미소를 어설프게 지어 보였다. 그러나 명진은 그를 거들떠보지도 않고서 반대쪽으로 휙 뒤돌아섰다. 그러자 하늘과 땅이 맞닿는 곳의 그 아득한 지평선에 거대한 회색의 도시가 펼쳐져 있는 것이 드러나 보였다. 그곳에는 장난감 같은 조그만 형체들이 햇살을 받아 반짝거린 채 끊임없이 출렁이고 있었다. 또 그 모든 것은 한낱 무수한 점들이 박혀 있는 거와도 같았는데, 아버지는 자기도 그 점의 하나에 불과하다는 사실을 모르는 척하고 있었다. 어머니도 그를 위해 더 이상 눈물을 흘릴 필요가 없었다.

곧 그는 거칠게 숨을 한 번 몰라 내쉬고 나서 풀밭에 침을 탁 뱉었다.

"네 얼굴이 너무 창백한 거 같아."

정우는 안타까운 표정을 지으며 명진의 팔을 꽉 잡았다. 그런데 그 순간 명진의 두 눈에 가늘게 떨고 있는 정우의 얼굴 위로 오늘 아침에 보았던 아버지의 형상이 겹쳐서 떠올랐다. 자가용에 억지로 태우려는 것을 명진이 냉정하게 뿌리치자 노여움과 원망으로 일그러졌던 그 얼굴이…

그는 자기 팔을 붙잡고 있는 정우의 손을 홱 잡아뗐다.

"상관하지 말고 내버려 둬."

그는 버럭 소리를 지르며 의아스런 표정을 짓고 있는 정우에게서 몇 발자국 뒤로 물러섰다.

"나 혼자 내버려 두란 말이야. 제발 나 좀 혼자 내버려 두라고."

그는 악을 쓰듯 소리치며 계속 뒷걸음질 치다가 느닷없이 돌부리에 걸려 힘없이 엉덩방아를 찧었다. 그러나 이내 다시 엉거주춤 일어선 다음 두 다리를 휘청거리고 비탈진 산길을 빠른 걸음으로 내려가기 시작했다.

정설이는 꼬불꼬불 길게 뻗어 있는 골목길을 조심스럽게 올라가다 말고, 숨이 차는 것을 느끼고 우뚝 걸음을 멈추었다. 그리고 하늘을 올려다보자 눈이 시리도록 파란 그곳에는 희뿌연 구름들이 듬성듬성 깔려 있는 것이 보였다. 또 그 하늘 아래 도시 한복판에는 고층 건물들도 성냥갑처럼 즐비하게 늘어서 있는 것도 한눈에 내려다보였다. 재하는 3개월쯤 전에 학교 부근에서 자취하다가 이 산동네로 이사 왔다. 그런데 그녀는 학교에서 그를 며칠 동안 만나보지 못하는 바람에 부득이하게 두 번째로 그의 집을 찾아올 수밖에 없었다.

잠시 후 그녀는 심호흡을 한 번 크게 한 후 재하의 집을 향해 다시 천천히 걸음을 내디뎠다.

"나의 살던 고향은 꽃 피는 산골, 복숭아꽃 살구꽃 아기 진달래……"

잠시 후 그녀가 페인트칠이 군데군데 벗겨지고 변색되어 있는 녹색 대문 안에 들어서는 순간 안채의 뒤쪽에서 이런 노랫소리가 들렸다.

"선배!"

곧 그녀는 노랫소리가 흘러나오고 있는 그 방 앞에 서서 재하를 불렀다. 그러자 방문이 벌컥 열리더니 초췌한 모습에 안경 속의 두 눈만이 반짝반짝 빛나고 있는 그의 얼굴이 나타났다.

"설이야."

"날씨가 이렇게 좋은데 밖에도 안 나가고 방에서 뭘 하고 있는 거야?"

그녀는 쓴 미소를 지으며 신발을 벗고서 방 안으로 들어갔다. 좁은 방의 윗목에는 낡은 책상과 누르스름한 장롱이 희끄무레한 빛을 내며 반들거렸다.

"갑자기 왜 대낮부터 노래를 부르고 그러는 거야?"

"……."

"무슨 즐거운 일이라도 있어?"

"즐거워서 노래를 불렀던 게 아니고, 아침부터 지금까지 계속 굶었더니 너무나 배가 고파서 그렇게 했던 거뿐이야. 배가 너무 고플 때는 냉수를 한 컵 마시고 나서 노래를 부르면 마음이 안정이 될 뿐 아니라 배고픈 고통도 어느 정도 잊을 수가 있으니까."

그녀는 가슴이 찡하게 저려오는 것을 느꼈다.

"그 정도로 배가 고프면 나에게 전화를 하든지 아니면 친구들을 만나지 그랬어? 바보같이 그러고 있다가 굶어 죽기라도 하면 어떻게 하려고?"

그는 그녀가 핀잔하는 소리를 들으며 빈 웃음을 짧게 터트렸다.

"설마 한두 끼 굶었다고 죽기야 하겠어? 구차한 모습을 다른 사람들에게 매번 보이는 게 너무 창피하기도 하고, 또 이런 고통을 가끔 즐기는 것도 나 같은 놈이 살아가는 데는 필요한 것일 수도 있어. 아무튼 엊그저께 고향으로 편지를 보냈으니까 아마 내일이라도 어머니한테 무슨 연락이 올 거니까 너무나 걱정할 거 없어."

눈부신 햇살이 활짝 펼쳐져 있는 늦가을에 우중충한 방에 있는 것에 답답함을 느끼며 그녀는 자리에서 부스스 일어났다.

"선배, 우리 그만 밖에 나가서 식사나 하자. 그리고 날씨도 무척 화창하니까 야외라도 가서 바람이라도 좀 쐬었으면 좋겠어."

청춘은 얼마나 안타까운 것인가? 고독에 쌓여 회환의 눈물을 흘린 채 애를 태우지만 뒤에 남는 것은 쓰디쓴 허무감뿐이었다. 남학생들은 강의실에 들어오지도 않고 학교 앞에 있는 술집에서 아침부터 밤늦게까지 술만 마시고, 여학생들은 서슴없이 담배를 피우며 환락의 거리로 부나비처럼 날아들었다. 또 일부는 소일거리로 미팅을 하며 서로를 희롱하다가 때가 되면 아무런 미련도 없이 뿔뿔이 헤어지고, 일부는 하숙방에 모여서 얼마 되지도 않는 용돈을 갖고 밤새도록 고스톱과 포커를 치곤 했다. 재하는 그러한 대학 생활에 환멸을 느낀 채 학생들의 의식화 교육에 앞장서서, 학내의 민주화를 위해 주동적인 인물로 활발하게 활동을 하였다. 그래서 1980년대에 모든 것이 억압받던 상황에서 현실에 대한 거부 반응으로 반정부 시위운동에도 적극적으로 참여했다. 자기와 뜻이 맞는 학생들과 함께 지하 서클에 자주 참석하거나, 또는 신촌에 있는 교회에서 야학 활동을 하기도 하였다.

그런데 몇 달 전인 5월 초에 K 대의 학생회 주관으로 강당에서 〈불우 이웃 돕기 자선 시 낭송회〉를 개최하였다. 그때 그는 그 시 낭송회에 늦게 참석하였다가 그 대학교의 입학생이면서 나이는 자기보다 두 살 아래인 정설이 옆에 우연히 앉게 되었다.

— 이길 수 없는 싸움에 지쳐 흐려진 내 이생의

눈망울을 때리는

그대 잎사귀의 원색,

그 순결한 운명에 짐 지워진

피할 수 없는 충동을 —

어느 시인의 시를 낭송하는 낭랑한 목소리가 고요한 음악 속에, 서늘한 바람과 푸르름이 어우러진 허공으로 높이 울려 퍼졌다.

그때 문득 재하는 그 시를 조그만 소리로 따라서 읊조리다 말고, 애수에 찬 눈빛으로 자기를 물끄러미 바라보고 있는 설이와 무심코 시선이 마주쳤다. 그러자 이전에는 알 수 없었던 그 무엇이 가슴속에 뜨겁게 치밀어 오르는 것을 느끼며, 그 시간이 끝날 때까지 계속 안절부절못했다.

그 이후로 두 사람은 학교 같은 데에서 문학과 철학 서적을 탐독했다. 또 신에 관한 이야기를 주고받거나 현재의 부조리한 사회의 실상에 대해서 의견도 나누었다. 또한 그녀는 그의 권유에 의해 이념 서클에 가입했고, 또 틈틈이 시간을 내어서 노동자들에게 배움의 기회를 주기 위해 야학 교사 활동을 하기도 했다.

　일요일이라서 그런지 꽤 많은 등산객들로 붐비고 있는 야트막한 산에는 따뜻한 햇살이 출렁이고 있었다. 두 사람은 등산로에서 빠져나오자마자 조그만 절 뒤에 있는 넓적한 바위에 나란히 앉았다.

　"등산을 하니까 땀이 나는 것 같군."

　서늘한 바람이 땀에 젖어 있는 두 사람의 등을 시원하게 적셨다. 한적한 공간에 산새들의 울음소리가 간간이 울려 퍼지곤 했다.

　"세상이 너무 아름다운 거 같아."

　"왜? 이곳에 오니까?"

　"응. 또 지금 설이하고도 이렇게 같이 앉아 있잖아?"

　한순간 번쩍하고 타오르는 그의 눈빛을 피해 그녀는 고개를 옆으로 살며시 돌렸다. 산등성이에서 불어오는 바람으로 인해 그녀의 긴 머리카락이 가볍게 이리저리 흩날렸다.

　"만일 설이가 없다면 나에게는 산다는 것이 아무런 의미가 없을 거야. 과연 나 혼자서 살벌하고 삭막한 이 세상을 살아갈 수 있을까? 오늘도 설이가 찾아오지 않았더라면 나는 어두침침한 그 골방에서 배고픔에 지친 채 잠이나 들고 말았겠지."

　별안간 그는 말을 끊더니 그녀의 손을 잡고서 살며시 끌어당겼다. 그러자 눈과 눈이 마주침과 동시에 서로의 입술이 닿을 듯 말 듯 스쳐 지나갔다.

　그때 몇몇 사람들이 왁자지껄 떠드는 소리와 함께 언덕 아래에서 빨간 등산모를 쓴 사람이 불쑥 나타났다.

곧 그는 그녀에게 조금 떨어지고 나서 착 가라앉은 목소리로 다시 입을 열었다.

"그전부터 생각했던 건데…… 설이가 나보고 선배라고 부르지 말고 오빠라고 부를 수 없겠어?"

"오빠?"

"응."

"생뚱맞게 그게 대체 무슨 소리야? 학교에서나 어디에서나 여학생들은 자기들보다 나이가 많은 남학생들을 전부 다 선배라고 부르고 있는데……."

"하지만 나는 우리 둘 사이를 단순히 그런 남학생들과 여학생들의 관계로 생각하고 싶지 않아서 그래."

"……."

"그래서…… 나는 네가 나를 다른 여학생들처럼 선배라고 부르지 말고 오빠라고 불렀으면 좋겠어."

"싫어."

그러나 그의 말이 미처 끝나기도 전에 그녀는 단호한 어조로 대답했다. 그러자 그는 헛기침을 짧게 한두 번 하고는 다소 더듬거리는 듯한 어조로 또 말했다.

"그럼…… 학교에서는 몰라도 둘이 밖에서 만났을 때만이라도……."

"싫다니까? 나는 새삼스럽게 선배하고의 관계가 조금이라도 달라지는 거 없이 계속 이런 식으로 지내고 싶어. 다른 여학생들처럼 선배를 오빠가 아니라 선배라고 부르면서……."

그녀는 화난 어조로 툭 내뱉고는 벌떡 일어서더니, 저쪽으로 천천히 걸어가기 시작했다.

잠시 후 절의 뒤쪽 허공에 숲의 정적을 깨뜨리면서 둔탁한 소음 속에 헬리콥터 한 대가 나타났다. 길고 볼품없이 생긴 그 헬리콥터는 요란스럽게 날개를 파닥거리며 산 너머로 이내 사라져갔다. 그때 그가 그녀의 뒤를 조심스럽게 따라가다 말고, 산모퉁이를 돌아서자마자 그녀의 옆으로 재빨리 다가갔다.

"설이! 네가 이번에도 나 좀 도와주었으면 좋겠는데……."

"……."

"앞으로 한 달쯤 후인 겨울 방학이 되기 직전에 몇몇 대학에서 대규모 시위를 벌이려고 하고 있어. 동면의 계절에 들어서기 전에 이 나라의 국민들과 대학생들에게 다시 한번 그 어떤 경각심을 심어주기 위해서……."

"뭐? 각 대학교에서 또다시 대규모 시위를 벌일 예정이라고?"

"응, 그러니까 설이도 기말고사가 끝나는 대로 그 일이 무사히 성공적으로 치러질 수 있도록 도와주었으면 해."

"싫어."

그녀는 우뚝 걸음을 멈추고는 이번에도 냉정한 어조로 딱 잘라서 말했다.

"학생들이 하라는 공부는 하지 않고서 대체 또 뭘 어떻게 하려고 그러는 거야? 툭하면 거리로 뛰쳐나가서 화염병을 던지거나 각목을 휘두르곤 하는 게 이제는 생각만 해도 지긋지긋해."

"설이! 지금 무슨 소리를 하는 거야? 정의를 위해 불의에 항거하는 것이 지긋지긋하다니?"

재하는 깜짝 놀라는 표정을 짓고는 발갛게 상기되어 있는 그녀의 얼굴을 힐끔 쳐다보았다.

"요즘에 아빠가 내가 데모 같은 거나 하면서 공부를 소홀히 할까 봐 얼마나 잔소리를 많이 하는지 몰라. 나도 정의니 뭐니 하면서 선배 좀 그만 따라다닌 채 공부나 열심히 하고 싶어."

어느덧 석양빛이 산허리에 은은하게 퍼지는 듯하자 산 아래로 내려가는 사람들이 무척 많아졌다. 두 사람은 조그만 돌다리를 지나서 숲으로 뻗은 채 나무들이 빽빽하게 들어서 있는 오솔길로 접어들었다.

"선배도 다른 학생들처럼 더 이상 데모 같은 것을 하지 않고서 공부를 열심히 할 수 없겠어?"

"공부?"

"응. 몇 달 후에 3학년이 되면 사법고시를 공부하기로 약속했잖아?"

그녀의 물음에 그는 쓴 미소를 지으며 한숨을 짧게 내쉬었다. 나란히 서서 걷고 있는 그들의 구두가 풀에 스칠 때마다 축축이 젖은 흙냄새가 났다.

"하지만 나 같은 놈이 그 어려운 공부를 할 수 있겠어?"

"……"

"공연히 하는 척하다가 몇 달 후에 흐지부지 그만두고 말겠지."

"아냐. 선배는 그것을 충분히 해낼 수 있을 거야."

그녀가 재차 강조해서 말했으나 그는 고개를 쓸쓸히 또 내저었다.

"아냐. 나에게는 너무 어려운 일이야. 그리고 또…… 나에게는 아직도 할 일이 너무나 많이 있잖아?"

"무슨 일?"

그녀는 화난 어조로 날카롭게 되물었다. 한순간 몹시 차가와진 듯한 바람이 그녀의 뺨을 스치고 지나갔다.

"선배는 그동안 할 만큼 다 했으니까 이제는 그런 것들을 뒤로 좀 제쳐놓은 채 앞으로 자신의 인생을 위해서 살았으면 좋겠어. 불의에 항거를 하는 것이든 또는 민주화 투쟁을 하는 것이든, 우선 자기가 해야 할 것은 먼저 해놓은 다음에 해도 늦지 않잖아?"

햇살을 집어삼킨 희뿌연 구름 덩어리가 서쪽 하늘로 서서히 밀려감과 동시에 그들의 마음도 더욱더 어두워진 듯했다.

"선배는 내가 없으면 한시도 살 수 없다고 했는데, 나는 가끔 우리의 앞날에 대해서 생각할 때마다 너무나 불안하기만 해. 선배는 공부는 소홀히 한 채 엉뚱한 것에만 사로잡혀 있는데, 우리도 남들처럼 행복한 미래를 꿈꿀 수 있을까 하는 의구심이 들면서……."

"……."

"정말이지 선배도 다른 사람들처럼 이 사회에서 진정으로 성공한 사람이 되기를 바라."

5

　김재하는 방학만 되면 새 학기 등록금을 마련해야 한다는 중압감에서 한시도 벗어난 적이 없었다. 대부분의 등록금을 어떻게 해서든지 혼자의 힘으로 마련해야 해서 중고등학생들의 과외 지도뿐만 아니라, 그것이 여의찮을 때는 그 어떤 일도 마다하지 않은 채 닥치는 대로 다 했다. 이번 겨울에도 교수님의 소개로 중3 남학생의 과외 지도를 했는데 그것으로 등록금을 충당하기에는 턱없이 부족해서, 낮에는 부득이 어느 대형 입시 학원에서 아르바이트를 할 수밖에 없었다. 그러나 학원에서 하는 잡무는 생각했던 거와는 달리 너무 어렵기 때문에, 중도에 그만두고 싶다는 생각을 했던 적이 한두 번이 아니었다.

　그가 하는 것은 끝없는 인내심을 요구하는 단순노동으로서 틈만 나면 수천 개의 편지 봉투에다가 광고지를 집어넣어야만 했다. 또 온종일 차가운 바람을 맞은 채 이리저리 돌아다니며 꽁꽁 얼어붙은 손으로 전신주나 담의 벽에다가 광고지도 붙이곤 했다. 또한 그러한 것들보다도 가장 힘든 것은 몇 명이 학원 전체의 강의실과 복도 같은 데를 청소하는 것으로서, 대형 강의실 한 칸을 청소하면 온몸이 거의 탈진상태에 빠질 듯했다. 우선 청소를 시작하기 전에 그 많은 의자들을 전부 다 책상 위에 올려놓았다. 또 숨이 콱콱 막힐 정도로 먼지가 뿌옇게 일어나건만 빗자루로 바닥을 계속 쓸거나, 또는 쉴 새 없이 봉 걸레를 빨아서 바닥을 닦았다. 또 마지막으로 책상 위에 올려놓았던 의자들을 전부 다 바닥에 내려놓고는 일일이 정리를 하며 마무리를 지어야만 했다. 그러나 그의 가슴속에는 젊은 학도로서 인생에 대한 끝없는 야심이 불타오르고 있어서 그런지, 그러한 모든 것이 그리 힘들다고 생각하지 않고 있었다.

그러던 어느 날 그는 모처럼 학교의 동아리 룸에서 김진성이라는 친구와 함께 〈종교의 문제〉에 관해 난상토론을 벌이기 시작했다. 원래는 그전에 토의하다가 만 〈종교란 무엇인가?〉에 대해서 동아리 회원들 각자 연구한 내용들을 발표할 예정이었는데, 공교롭게도 다른 회원들은 한 명도 참석하지 않고서 두 사람만 그런 시간을 갖게 되었다. 그런데 진성은 재하와는 달리 내성적이면서 보수적인 성격을 지닌 데다가 부유한 가정에서 성장한 탓에 운동권에서 활동을 같이하면서도 의견 충돌을 자주 일으키곤 하였다. 일테면 그도 불의를 보면 참지 못하고서 그것을 타파하는 데 주도적인 역할을 담당하고자 했지만, 사회에 혼란을 야기하는 과격한 데모 같은 것은 최대한 자제하는 편이었다. 특히 오늘은 무신론자인 재하와 기독교 신자인 임진성과의 대립으로 인해 다소 한기가 느껴지는 썰렁한 동아리 룸은 벌써부터 긴장감이 감돌고 있는 듯했다.

동아리 룸은 양지 반대쪽에 있는 건물의 1층에 자리 잡고 있어서 그런지 대낮인데도 햇볕이 들어오지 않은 채 엷은 어둠 속에 묻혀 있었다. 두 사람은 형광등을 켜자마자 온풍기를 틀자마자 마주

보고 앉아서, 이런저런 이야기를 몇 마디 나누다 말고 이내 본론부터 꺼내기 시작했다.

"신이란 무엇인가? 거짓으로 꾸며낸 형상인가? 아니면 실제로 존재하는 대상인가? 한때 나도 그 누구보다도 신을 믿었던 적이 있는데, 왜 갑자기 그 존재를 부정하게 되었을까? 그것은 내가 살아온 환경 때문이기도 하지만 그보다 더 근본적인 원인은 현실이라는 실체를 발견했기 때문이라고 할 수가 있어."

고요한 분위기 속에서 재하의 음성만이 뚜렷하게 살아 움직이는 듯했다.

"그 옛날에 나는 일자무식꾼인 데다가 막노동꾼인 아버지 밑에서 곤궁하고 궁핍한 어린 시절을 보냈어. 그런데 그런 아버지마저 병으로 돌아가시고 난 후 홀어머니가 여기저기서 닥치는 대로 벌어오는 얼마 되지 않은 돈으로 입에 풀칠이나 하며 근근이 살았지. 그리고 그 가난한 삶의 고통이 너무 심할 때마다 나는 그것을 잊기 위해서 독실한 기독교 신자인 어머니를 따라 교회에 다니기 시작했지. 그런데 그 언제인가 교회의 딱딱한 마룻바닥에 앉아서 예배를 드리던 중에 나는 문득 이런 생각을 하게 되었어. '하나님은 내가 다른 아이들처럼 풍족한 환경 속에서 행복하게 살지 못하고 홀어머니 밑에서 온갖 고생을 다 하며 살아가게 하건만 나는 왜 감사의 기도를 드려야 하나? 이것은 거짓에 지나지 않은 채 솔직하게 하나님을 미워하거나 거부해야 하는 것이 아닐까?' 그런 반신반의 속에 가족들이 고향으로 내려가고 나서, 나 혼자 서울에 남아 자취 생활을 하면서도 더 이상 배고픔을 참지 못할 때마다 교회로 달려가곤 했지. 그리고 십자가 아래에 무릎을 꿇고 앉아서, '주여! 이 어린양에게 힘을 주소서.' 하고 기도를 하면, 하나님은 나에게 따뜻한 위안과 함께 새로운 힘과 용기를 주었어."

별안간 그는 말을 끊고 히스테릭한 웃음을 짧게 터트렸다.

"그런데 어느 날 갑자기 나는 분명한 한 가지 사실을 깨닫게 되었어. 그것은 마치 '데미안'이라는 소설에서 새가 알을 깨고 날아간 것처럼, 나도 비로소 신의 노예 상태에서 벗어나 내 인생을 내 자신 스스로 살아가야 한다는 깨달음이었어."

"재하. 대체 무슨 소리를 하는 거야? 신은 네가 고통을 이겨낼 수 있도록 너에게 항상 큰 도움을 주었다고 했잖아?"

"아냐. 그것은 피상적인 것일 뿐 실상은 그 정반대라고 할 수가 있지. 그래서 약한 거보다는 강한 게 옳듯이, 나도 모든 사람에게 조소를 받으며 사는 거보다는 그들 위에서 군림하며 살아야 했던 거야. 거의 혼자 독학하다 시피 고생해서 대학교에까지 들어간 나에게 사람들은 모두 다 장한 놈이라고 칭찬했는데, 그것은 허울 좋은 말에 지나지 않고 속으로는 손가락질하면서 동정의 눈길만을 보냈을 따름이야. 내가 십자가 아래에서 무릎을 꿇고 앉아 눈물을 흘리고 있을 때 그들은 그 위의 밝은 태양 아래에서 으스대며 활보를 했기 때문에, 나도 진정으로 이 현실에서 강한 자가 되어서 그들을 쓰러뜨려야 했던 거야."

"그렇다면 신이 네가 강자가 되지 못하도록 방해라도 했다는 거야?"

"그래. 현실에는 오직 매정하고 싸늘한 힘만이 존재하고 있어서 신은 이 실생활에서 부적합한 대상에 불과할 따름이지. 왜 한쪽 뺨을 맞으면 또 다른 쪽 뺨도 내밀어야 하나? 용서하라고? 사랑하라고? 천만에! 그런 이율배반적인 속임수는 이 현실에서 더 이상 통하지 않아. 무조건 용서하고 사랑할 게 아니라 솔직하게 증오하고 싸우면서 다른 사람들을 짓밟아 버린 다음 그 위를 밟고 일어서야 했단 말이야."

서너 명의 남녀 학생들이 와자지껄 떠들면서 복도를 지나가는 소리가 들려왔다. 방학인데도 학교는 학생들로 꽤 붐벼서 눈이 하얗게 깔려 있는 운동장만 휑댕그렁하게 버려진 채 도서관이나 매점 등 교정 곳곳에는 여전히 생기가 넘쳐흐르고 있었다.

"그러나 어리석고 나약한 인간들일수록 종교에 쉽게 빠져들어서 실제로는 불가능한 것들을 그것을 통해서 얻으려고 하고 있지. 인류의 염원인 유토피아는 언제 이루어질 것인가? 끝없이 갈망하며 노력하는데도 역사는 왜 아직도 어두운 미궁 속을 헤매고 있나? 그런데 선각자들은 엉뚱하게도 신이라는 허상을 통해서 그 뜻을 이루려고 하였지만 신은 그 어떤 약속도 지키지 않았어. 오히려 그 언제까지고 인간들에게 더욱더 많은 속죄와 회개의 눈물을 원하고 있을 따름이지."

진성은 숨을 죽이고서 마른침을 꿀꺽 삼켰다. 긴장으로 인해 그의 입안은 바싹 타는 듯했다.

"이제 우리는 그것을 우리들 스스로의 힘으로 해결해야 돼. 더이상 향기에 심취된 채 환상만을 더듬을 것이 아니라 그 탐스런 열매를 직접 입에 따 넣어야 한다고. 그래서 지구는 그만 어둠의 잠에서 깨어나 찬란한 빛을 향해 서서히 돌진할 수가 있는 것이지. 새로운 역사의 장을 향한 그 힘찬 바퀴의 움직임으로서……."

별안간 재하는 말을 끊고는 벌떡 일어서서 창문을 활짝 열어젖혔다. 그러자 창밖으로 얼음처럼 응고된 푸르스름하고 투명한 공간이 펼쳐져 있는 것이 보였다.

"저 하늘이 우리를 향해 손짓을 하고 있어. 이리로 오라. 이리로 오라. 비좁고 황폐한 이 땅에서 벗어나 저 끝없는 우주로 오라."

그는 도로 창문을 닫고는 진성을 향해 홱 돌아섰다. 그 순간 두 사람의 눈빛이 허공에서 날카롭게 부딪혔다.

"김진성! 무엇을 망설이고 있는 거야? 왜 아직도 앉아서 주저하고 있어? 이제 그만 자리에서 일어나 힘차게 날개를 파닥이면서 저 푸른 하늘을 훨훨 날아가 보자고. 끝없는 우주를 향해, 그 새로운 세계를 향해서……."

그는 진성 앞에 놓여 있는 의자에 털썩 주저앉더니 그것을 바싹 끌어당겼다. 그리고 나서 다소 흥분이 가라앉은 듯한 어조로 천천히 다시 말을 이었다.

"이제 우리는 겨우 첫발을 내딛은 셈이야. 우리의 옛 선각자들은 이 두 손으로 지구라는 메마른 땅밖에 경작하지 못했건만, 우리는 자신을 완전히 개발함에 따라 우주의 실체를 직접 만져 볼 수가 있어. 그러기 위해서는 우리의 가장 큰 적이 되는 신! 훨훨 날아가려는 날개를 무참하게 꺾어 버리고 자기 발밑에 묶어 두려는 신! 우리는 그 신과 싸워서 신을 물리친 다음 스스로 그 영광의 자리를 차지해야 하는 거야."

"그 영광의 자리라니?"

진성은 깜짝 놀라며 반문하자 재하의 얼굴에 회심의 미소가 언뜻 스치고 지나갔다.

"우리가 신이 되는 거야. 다시 말해서 인간이라는 한정된 틀 속에서 벗어나 우주라는 광대무변한 세계에 조응할 수 있는 새로운 모습으로 변신하자는 것이지."

"새로운 모습으로 변신한다면 사람이 외계인이라도 된단 말인가?"

"일테면 그렇다고 할 수가 있지. 지금 저 하늘에는 우리를 기다리고 있는 별들이 셀 수 없을 정도로 숱하게 깔려 있어. 우리는 더이상 낡은 것에 얽매여서 전전긍긍할 게 아니라 그 벽을 깬 채 그어떤 한계를 뛰어넘음으로써, 이 거대한 우주의 진정한 주인이 될수 있는 거야."

"흥! 인간이 어떻게 해서 신이 될 수 있다고 그런 말도 안 되는 소리를 하는 거야?"

임진성은 어처구니없다는 듯 코웃음을 쳤다.

"좋아. 그럼 내가 한 가지 예를 들어서 설명할 테니까 내 말을 잘들어봐."

재하는 득의만만한 표정을 지으며 말을 다시 이어서 했다.

"인간은 모든 걸 이룰 수 있다는 가능성. 나는 그 가능성을 역사적으로 실존했던 인물을 통해 보다 더 근본적으로 살펴보려고 해. 나사렛 예수! 그는 인간에게 한정되어 있던 3차원의 세계를 뛰어넘어서 신의 영역인 4차원의 세계로 들어갔던 최초의 사람이라고 할 수가 있지. 그는 평범한 다른 사람들과는 달리 무언가 이룰 수 있다는 자기 자신의 능력을 믿었어. 그래서 진실로 자아를 받아들인 채 놀라운 영의 개발을 이룸으로써 시공간을 초월한 신의 경지에 들어갈 수 있었던 거야. 그런데 우리가 여기서 주지해야 할 것은 그는 육과 영 중에서 영으로써만 그 가능성을 이루려고 했기 때문에 사람들은 예수를 신으로서 추앙하고 있다는 사실이야. 즉, 육과 영을 동시에 지니고 있는 인간들은 예수처럼 육을 완전히 버릴 수 없기에 스스로 신이 되는 것을 포기하고서 한낱 평범한 범인으로 살아가기를 자처하고 있는 거야."

홍분으로 붉게 달아오른 그의 얼굴에 살짝 경련이 스치고 지나갔다.

"그래, 바로 그것이지. 우리는 불가능하다는 것을 잘 알고 있어서 모든 것을 자포자기한 상태로 뒷전에 물러나 있는 거야. 어찌 이 화려하고 황홀한 육을 버리고서 저 칠흑 같은 어둠 속에서 쓰디쓴 독즙을 마셔야 하는 영만을 지녀야 한단 말인가? 그러나……"

그는 열을 띤 눈으로 김진성을 똑바로 응시한 채 고개를 천천히 내저었다.

"이 나약한 인간들에게 한 가닥 희망의 빛줄기는 덧없는 욕망이라고 할 수가 있지. 육과 영 그 둘 중에서 어느 것도 포기할 수 없어서…… 결국 신도 되지 못하고 무가치한 미물로 남아 있다 사라져 버릴 존재이기는 해도, 그 후에 천국에서 영생을 누리면서 살고자 하는 욕망만은 끝내 포기할 수가 없었어. 즉, 육체가 낳은 죄를 신을 통해 보속을 받은 다음 순결한 영으로서 하늘나라에 부활 승천하고자 했던 것이지. 예수를 통해서…… 예수의 보혈의 피로써 죄 사함을 받고자 했던…… 그 끝없는 딜레마! 그 세기적 속임수!"

자조적인 그의 웃음소리가 텅 빈 공간 안에 길게 울려 퍼졌다.

"자, 이제 우리는 분명히 한 가지를 선택해야 할 거야. 흑이냐, 백이냐! 그 둘 중에서 단 한 가지를……. 상상 속에서 유토피아를 이룰 것이냐, 아니면 이 현실에서 유토피아를 이룰 것이냐. 그렇지 않으면 빛과 어둠의 혼돈 속에서 아비규환을 이루며 살다가 허무하게 죽고 말 것이냐. 예수와는 달리 우리 인간들은 육을 선택함으로써 영혼은 어둠 속으로 사라질지언정 이 육체만은 찬란한 빛 속에서 화려한 불꽃을 피워야 할 거야. 즉, 하늘나라로 부활 승천하기보다는 이 현실 속에서 부활해야 하는 거야. 상상 속의 신이 아닌 실제의 신으로서……."

"그만해. 그 모든 것이 다 궤변이야. 네가 억지로 꾸며낸 궤변에 불과하다고."

별안간 진성은 책상을 손바닥으로 탁 치며 벌떡 일어섰다.

"인간이 육과 영 중에서 영을 포기한 채 육만 소유한다고 해서 그것이 어떻게 이 우주의 신이 될 수 있다는 거야? 그것은 영혼은 없이 육체만 있는 동물과 같은 존재로서, 이 우주의 질서를 파괴할 뿐 아니라 더 나아가서 인간 자신들까지도 이 지구상에서 영원히 멸종되고 말 거라고."

김진성은 재하의 앞에 우뚝 버티고 서서 이글이글 타오르는 눈으로 그를 뚫어지게 노려보았다.

"너는 뭔가 오해하고 있는 거 같은데 신의 뜻은 하늘에서가 아니라 이 현실에서 천국을 건설하려는 것이었어. 그런데 너같이 신을 부정한 채 그 뜻을 거역하는 자들 때문에 이 세상은 천국은커녕 갈수록 더욱 더 지옥의 불더미로 변해가고 있을 따름이야. 그래서 전쟁과 질병과 빈곤 등 이 지구상의 모든 비극은 인간이 진정으로 자신의 죄를 회개하거나 하나님을 섬기지 않는 한 끊임없이 계속 되고 말 테지."

"그래. 네 말이 맞아. 그런 비극은 아담과 이브가 에덴동산에서 쫓겨났을 때부터 원죄를 짊어지게 된 인간에게 내려진 신의 형벌이 겠지. 그렇다면 신은 인간이 회개를 한다면 원죄의 속박에서 벗어 나게 해 줄까?"

재하는 조소를 지으며 고개를 설레설레 흔들었다.

"천만에! 신은 결코 인간을 원죄에서 해방시켜 주지 않아. 다만 인간으로 하여금 그것을 보속하고 공덕을 세우게 함으로써 언제까 지나 자신의 위치를 확고하게 지켜 나가려고 할 따름이야. 따라서 우리가 원죄에서 벗어나 순수한 원초적 모습으로 다시 태어날 수 있는 것은 현재 3차원에 속해 있는 인간의 육체와 심령을 4차원의 세계로 완성하는 것이라고 할 수 있어."

"……."

"인간 개조! 새롭게 변신한 인간이 저 광대무변한 우주의 품속으로 뛰어드는 것……. 즉, 인간은 자신의 모든 내적 갈등을 저 우주로 환원시킨 채 그것을 정복하는 과정에서 원죄가 진정한 자아로 부각될 때 완전한 초인이 될 수 있는 거야."

어느덧 시계는 오후 5시를 가리키자 밖에서 들려 오던 소음도 점차 끊기는 듯했다. 한쪽 벽에 서 있는 낡은 온풍기에서는 미지근한 열기를 계속 품어대고 있는데도 동아리 룸에는 더욱더 썰렁한 기운만이 감돌고 있었다.

잠시 후 김진성은 깊은 상념에 빠져 있다 말고 재하에게 고개를 다시 돌리고서 입을 천천히 열기 시작했다.

"공연히 로봇이 된 채 우주선을 타고서 저 망망대해로 떠돌아다니기보다는 나는 그냥 여기서 이대로 사는 게 좋아. 우리의 조상들처럼 햇빛이 출렁이고 비바람이 휘몰아치는 이곳에서 행복과 불행을 느끼며 살다가, 나중에 죽어서 다시 한 줌의 흙으로 돌아가기를 원해."

"……."

"어느 철학자가 말했듯이 현재 이 세계는 문명의 무서운 단말마에 처해 있어서 신을 찬미하였던 예술과 철학이 짓밟히고 말았지.

또 성전도 불타 없어진 채 사람들은 아무런 구심점도 없이 이리저리 방황하고 있지. 그런데 인간은 한낱 자연 속의 피조물이라서 자연과 조화를 이루며 사는 게 중요하지, 그것을 깨뜨린다는 것은 스스로 파멸을 자초하고 마는 거야."

문득 창 너머 아득히 먼 곳으로부터 몇몇 남자들이 함성을 지르는 듯한 소리가 희미하게 들려왔다. 우두커니 서 있던 진성은 재하의 옆에 놓여 있는 의자에 앉으려다 말고 서클룸 안이 추워서 그런지 도로 일어섰다.

"어떻게 보면 말초적인 쾌락으로 세기말적인 공포를 잊으려고 하는 현세대의 이런 상황은, 그 옛날에 허무와 고독감을 광란적인 살인으로 대신했던 네로의 시대와 같다고 할 수가 있어. 신의 존재를 부정했던 그 미친 자의 피의 대용물로서 로마의 그리스도 교도들은 처참한 죽임을 당할 수밖에 없었어. 짐승 가죽을 뒤집어쓴 채 개에게 뜯어 먹혀야 하고, 또 깜깜한 밤에는 등불 대신으로 불타 죽으면서……."

"그럼 나에게 그리스도교들의 그 어처구니없는 죽음에 대해서 그 어떤 동정심이라도 가져야 한단 말인가?"

"아니, 굳이 그럴 필요는 없지만 우리는 그 그리스도 교도의 죽음에서 그 무엇을 깨달을 수가 있어야 해. 사자에게 잡아먹히는 순간에도 자신과의 투쟁을 지고하게 승화시켰던 그들에게서 현대인들이 깨우쳐야 할 함축적 의미가 내포되어 있어. 그래서 우리도 그들처럼 의의 있는 삶을 살게 됨으로써 핵폭탄이 우리들의 머리 위로 떨어지고, 또한 인간보다 더 우세한 우주인들이 이 지구를 침범하더라도 그리 쉽게 멸망하지 않을 수가 있는 거야."

진성이 창가로 뚜벅뚜벅 걸어가서 창문을 활짝 열어젖히자 초저녁의 황량한 공간이 펼쳐졌다. 곧 초저녁의 차가운 바람이 뜨겁게 달아오른 두 사람의 얼굴 위로 확 불어왔다.

"네 말대로 우리는 저 별들을 정복해야겠지. 그런데 그 별들은 반드시 초인이 아닌 신에 의해서만 다스려져야 할 거야."

"그렇다면 그것은 유토피아가 아니라 또 다른 지구에 불과해, 어둠과 빛, 슬픔과 기쁨이 함께 공존하고 있는……"

"그래, 바로 그거야. 어둠이 없으면 빛이 있을 수 없고, 또 슬픔이 없으면 기쁨도 있을 수가 없어. 그래서 빛은 어둠을 또한 기쁨은 슬픔을 이겨낸 승리의 대가로서 신은 새로운 별에서도 인간들에게 원죄를 뒤집어씌운 채 또다시 숱한 고통 속으로 휘몰아 놓으려고 하겠지. 고뇌하고 신음하는 인간들에게 신은 사랑의 채찍으로 그 등을 또다시 후려치면서…… 인간의 모든 염원이 사랑으로서 선을 이룰 수 있도록 그 앞길을 방해하는 것이 아니라 올바른 길로 나아가도록 인도하고 있어. 그것은 바로 우리가 정복하는 별마다 삭막한 공간에 인공 태양을 걸어두는 것이 아니라, 찬란한 햇빛으로 이 우주를 영원히 비출 것을 의미하는 것이라고 할 수가 있어."

그들은 긴 시간 동안 열띤 논쟁을 벌였건만 늘 그랬던 거처럼 이번에도 결말을 보지 못하고서 토론을 끝내고는 저녁 6시쯤 헤어졌다. 그런데 오늘도 서로 반대되는 입장만을 끝까지 견지하다가 흐지부지 끝났지만, 그것이 두 사람의 우정을 지속시키는데 조금도 문제가 되지 않았다. 오히려 새로운 지식을 채우기에 급급한 젊은 지성인들로서 자신들이 미처 알지 못했던 또 다른 세계를 들여다본 채 지적인 욕구를 충족시킬 수 있는 것만으로도 스스로 만족할 수 있었다.

재하는 운동장 너머 어두운 저쪽에서 세차게 불어오는 바람을 피해 몸을 잔뜩 웅크리고는, 도서관에서 나오는 대여섯 명의 학생들 틈에 섞여서 학교 밖으로 재빨리 빠져나왔다. 그리고 어둠이 짙게 깔려 있는 거리를 추위에 떨면서 천천히 뛰어가다가, 길모퉁이에 있는 어느 분식점 앞에서 걸음을 우뚝 멈추었다. 그런데 그 식당에서 흘러나온 냄새가 허기진 그의 배를 자극했지만, 파카 주머니에는 정설이와 함께 커피숍에서 차를 마실 수 있는 정도의 돈밖에 들어있지 않았다. 그래서 그 앞에서 서성거리는 척하다가 이내 결심을 하고, 그녀에게 전화를 하기 위해 도로 건너편에 있는 공중전화 박스로 황급히 발길을 돌렸다.

별안간 명진은 동작을 멈추고는 숨을 거칠게 헐떡인 채 여자의 몸 위로 축 늘어졌다. 그런데 가늘게 내쉬는 여자의 숨결이 자신의 목덜미에 맞닿는 듯하자, 신경질적으로 고개를 옆으로 홱 돌렸다. 그때 걷잡을 수 없는 혼란이 그의 머릿속에 끊임없이 일어나기 시작했다. 아버지의 의혹에 잠긴 두 눈이, 어머니의 슬픈 표정이……. 또 차갑게 경직된 미소를 머금고 있는 친구들의 얼굴들이……. 그 숱한 영상들이 얼기설기 얽힌 채 나타났다가 사라지면서 그를 더욱더 큰 고통 속에 빠져들게 했다.

언제부터인가 그의 아버지는 그에게 일부러 관심을 보이지 않는 듯했다. 그 어느 때고 아버지가 그에게 먼저 말을 건네는 법은 없었다. 가끔 같이 식사를 하게 될 때나 혹은 우연히 거실에서 마주쳤을 때도, 아버지는 안쓰러운 표정으로 그를 힐끔 쳐다보기만 할 뿐 이내 헛기침을 하면서 다른 곳으로 시선을 돌려 버렸다. 어쩌면 아버지는 아들의 침묵의 항거에 완전히 지쳤는지도 모른다. 사랑하는 아들이 자기의 충고를 귀담아듣지 않거나 또는 그것을 냉담하게 묵살해 버렸을 때, 그는 더 없는 환멸과 분노를 느꼈을 것이다. 또한 자기 아들의 그 끝없는 방황과 방탕한 기질에 두려움을 느꼈는지도 모른다. 얼마 전에도 안방의 장롱 속을 뒤진 채 지폐

뭉치를 들고서 집을 나갔다가, 며칠 만에 불쑥 들어와서는 말 한마디 없이 자기 방에 틀어박혀서 꼼짝도 않는 그런 아들에게 가족의 한 일원으로서 무엇을 더 요구할 수 있겠는가?

명진은 조그만 중소기업체를 운영하는 집안의 외아들로 태어나 유복한 유년 시절을 보냈다. 비록 그의 집은 그리 대단히 잘 사는 것은 아닐지언정 그 당시의 사회상에 비추어 볼 때 상당한 재력을 지닌 집안인 듯했다. 그는 그런 집안 배경에 힘입어 매사에 거들먹거린 채 초등학교 때는 몇 개의 과자 부스러기로 주위의 아이들을 종종 비굴한 아첨꾼으로 만들곤 했다. 그러나 사춘기를 지나면서 부자인 줄로 알았던 자기의 집은 한낱 형편없는 악덕 업체로서 몇몇 종업원들의 피와 땀을 갈취한 채 근근이 그 명맥을 유지하고 있다는 것을 알게 되었다. 또 모든 것을 물질적으로만 충족시켜 주려고 하는 부모님의 사랑도 진실한 것이 아닐 것이라는 의심이 들자, 독선적이던 그의 성격은 더욱더 비뚤어진 채 고등학교 때는 공부는 거의 하지 않고 비행만 일삼았다. 또한 고등학교를 졸업한 후에 2년 동안 재수를 하면서도 그전과 마찬가지로 술에 취해 여자들의 뒤꽁무니나 쫓아다니곤 했다. 그래서 청춘의 뜨거운 불길을 잠재울 수 있는 상대라면 어떤 여자들이건 가리지 않은 채 달려들었기 때문에, 오늘도 친구들과 술 한잔을 하고서 헤어진 다음 집으로 들어가다가 혼자서 슬그머니 사창가로 들어온 것이다.

명진의 밑에 깔려 있던 여자가 그의 허리를 감싸고 있는 손에 힘을 바짝 주고서 조그맣게 투덜거렸다. 그러자 그는 몸을 다시 서서히 움직였으나 숨은 가빠지고 행동은 점점 더 거칠어졌는데도 이상하게도 그 일에 전혀 몰두할 수 없었다.

안타까운 표정으로 자기를 애타게 부르고 있는 어머니의 모습이, 또 언제나 함께 지내면서도 처음 대하듯이 낯설고 생소한 친구들 한 명 한 명…… 자만과 욕망으로 일그러진 그 차가운 눈초리들이, 방황의 그 짙은 그림자…….

"아!"

그는 심란한 마음속에 끝없이 이어지는 허상을 떨쳐버리기 위해 이를 악물었다. 그리고 비릿한 땀 냄새가 나는 그 몸을 사정없이 짓누를 양으로 힘을 잔뜩 주고서 안간힘을 다하기 시작했다.

그가 새벽 5시쯤에 그곳에서 나온 후 더욱더 우울한 상태에 빠져서 터벅터벅 발걸음을 떼는데, 느닷없이 어디에선가 교회의 종소리가 아련히 그의 귓가를 때렸다. 새벽의 차가운 바람이 더욱더 세차게 불어오고 있는 사이로 그 경쾌한 울림이 고요히 숨을 죽이고 있는 대지를 오랫동안 뒤흔들어 놓았다. 잠시 후 그는 그 종소리에 귀를 기울이다가 그 신비스런 음향에 이끌린 채 자신도 모르게 그 교회를 향해 발길을 돌리기 시작했다.

얼마 후 그가 그곳에 도착했을 때는 칠흑 같은 어둠 속에서 웅장한 자태를 드러내고 있는 교회가 나타났다. 곧 그는 그 안으로 불쑥 들어간 다음 교회 건물에서 흘러나온 불빛이 희미하게 비추고 있는 조그만 벤치에 앉았다. 그러자 처음에는 차가운 한기가 몸속으로 스며들었으나 어느 정도 시간이 흐르면서 따스한 기운이 전신을 서서히 감싸고 있는 듯했다. 그와 함께 고요함 속의 경건한 그 무엇이 몸 안에 있는 더러운 티끌을 깨끗이 씻어 버리기라도 할 거처럼 가슴속 깊이 스며들고 있었다.

얼마나 시간이 흘렀을까? 명진은 누군가 자기의 어깨를 흔들면서 깨우고 있는 기척을 느끼며 퍼뜩 잠에서 깨어났다. 그때 문득 회색 코트를 입고 있는 한 젊은 여자가 자기 앞에 우뚝 서 있는 것이 보였다.

"저……."

"……."

"너무 오랫동안 꼼짝 않고 움직이지 않기에 걱정이 되어서요."

영롱하게 타오르고 있는 그녀의 두 눈을 바라보며 그가 벤치에서 부스스 일어났다. 그러자 그녀는 무안한 표정을 지으며 한 발자국 뒤로 주춤 물러섰다.

"미안해요. 나는 단지 걱정이 되어서……."

"아녜요, 괜찮아요."

그러나 그녀는 뒤돌아서서 황급히 층계를 올라가더니 그 건물 안으로 쑥 들어가 버렸다. 그도 층계를 따라 올라간 다음 건물의 문을 살짝 열고는 그 안을 슬며시 들여다보았다. 그러자 몇몇 사람들의 틈에 끼어 앉아서 새벽 기도를 드리고 있는 그녀의 뒷모습이 보였다. 그는 어떻게 할까 하고 망설이다가 한숨을 짧게 내쉬고는 다시 조심스럽게 문을 닫았다.

7

 안개가, 아직도 걷히지 않은 안개가 윤명진을 거세게 짓누르고 있었다. 커튼이 쳐져 있고, 문이 잠겨 있는 방안의 그 모든 것이 — 거울·가구·천장 등 — 형광등 불빛 아래에서 하얗게 모습을 드러낸 채 그의 조그만 체구를 계속 압박하는 듯했다. 그러나 그는 이 어둠 속에서도 그 어떤 밝은 빛이 안개를 젖히고는 이곳에 찾아오리라는 희망을 저버리지 못하고서 그것을 끈질기게 기다렸다. 그때 별안간 어둠의 먼 끝으로부터 그 교회의 종소리가 들려옴과 동시에 그것이 어두운 방 안에 한줄기 밝은 빛을 던졌다. 그러자 그는 가슴속에 용솟음치는 환희를 느끼며 굳게 닫혀 있던 방문을 활짝 열고는, 새로운 그 의미의 울림을 쫓아 발걸음을 힘차게 내딛기 시작했다.

 그런데 교회의 뜰에는 아무도 없이 황량한 바람만이 불고 있을 뿐, 그 어느 곳에서도 며칠 전에 이곳에서 만났던 그 여자의 모습을 찾을 수 없었다. 잠시 그가 침울한 상태에 빠져서 그 주위를 쓸쓸히 배회하고 있는데, 교회의 건물에서 피아노 소리가 희미하게 들렸다. 그래서 그 무엇에 홀리기라도 한 것처럼 그 안으로 들어서는 순간 한 젊은 여자가 성가대들이 노래를 부르는 무대 위에서 피아노를 치고 있는 것이 보였다. 엄숙한 분위기를 자아내고 있는 그곳의 위쪽에는 커다란 나무 십자가가 걸려 있고, 또 천장 부근에는 빨갛고 파란 색유리가 예수의 형상이 모자이크된 채 햇빛을 받고서 선명하게 반짝거리고 있었다.

그런데 그녀가 그의 발걸음 소리에 인기척을 느꼈는지 피아노를 치다 말고 이쪽을 힐끔 쳐다보았다. 그때 그녀와 눈이 마주치자마자 그는 그녀가 며칠 동안 자신이 애타게 찾던 사람임을 직감적으로 알 수가 있었다.

"안녕하세요?"

"……."

"혹시…… 나를 모르시겠어요?"

그가 벌겋게 달아오른 얼굴에 어설픈 미소를 짓고서 더듬거리며 말했다.

"누구세요?"

"2~3일 전쯤 새벽에…… 요 앞의 벤치에 앉아 있었던 사람이에요."

"아! 그렇군요."

그녀는 고개를 끄떡이더니 피아노의 건반을 툭 하고 닫았다.

"그때 얼마나 무섭고 당황했는지 몰라요."

"내가 무서웠다고요?"

"네. 나는 그저 너무나 걱정이 되어서 깨웠던 건데 당신이 나를 화난 표정으로 노려보는 거 같아서……."

멋쩍은 미소를 머금고 있는 그녀의 얼굴이 너무나 매혹적으로 보이는 듯해서, 그는 가슴속에 뜨거운 그 무엇이 뭉클 치밀어 오르는 것을 느꼈다. 그러나 그녀는 그의 시선을 피한 채 손목시계를 힐끔 쳐다보고는 자리에서 벌떡 일어났다.

"어머! 벌써 5시가 다 됐네?"

"……."

"나는 조금 있다가 약속이 있어서 그만 가 봐야 하는데…… 여기에서 혼자 계속 있을 건가요?"

"아니에요."

그러나 그는 고개를 내젓다 말고 자기의 앞을 막 빠져나가는 그녀의 앞에 우뚝 버티고 섰다.

"나하고…… 조금만 더 이야기 좀 나눌 수 없겠어요?"

"네?"

곧 그는 깜짝 놀라는 표정을 짓고 있는 그녀에게 한 발자국 더 다가갔다.

"사실 오늘 내가 오늘 여기에 온 것은 다른 게 아니라…… 당신을 만날 수 있지 않을까 해서 한번 와 본 거에요."

순간적으로 질식한 듯한 침묵이 흘렀다. 고개를 숙이고 있는 그의 눈앞에 그녀의 하얀 블라우스가 어른거림과 동시에 그녀로부터 향긋하고 감미로운 냄새가 풍기는 듯했다.

"왜 이렇게 마음이 쓸쓸하고 허전한지 모르겠어요."

그는 가슴속이 또 가볍게 요동치는 것을 느끼며 자신도 모르게 혼자 중얼거리듯 말했다.

"그래서 당신과 조금이라도 더 이야기를 나눌 수 있다면…… 꼭 위안을 받을 수 있을 거 같다는 생각이 들어요."

"나에게 위안을 받을 수 있다니…… 그게 대체 무슨 소리예요?"

그녀가 깜짝 놀라는 표정을 짓고서 반문했지만 그는 용기를 내고 다시 입을 열었다.

"그래요. 사실 그날 새벽에 당신을 처음 만났을 때부터 어떻게 해서든지 다시 한번 꼭 만나고 싶었어요."

또다시 어색한 침묵이 흐르려는 순간 그녀가 반짝거리고 빛나는 눈으로 그를 똑바로 쳐다보았다.

"무슨 말 못 할 고민이라도 있나요?"

"……"

"그렇다면 내일부터라도 당장 교회에 다녀보도록 하세요. 그 누구든지 마음속에 근심걱정이 쌓여 있다면 그것을 다른 방법으로 풀려고 하지 말고, 교회에서 그 어떤 해결책을 찾는 것이 가장 최선일 거예요."

"나보고 교회에 다니라고요?"

그는 코웃음을 치며 어깨를 으쓱 치켰다.

"나 같은 놈은 교회에 다니는 건 고사하고 하나님을 입에 떠올릴 자격조차 없는 사람이에요. 늘 술이나 마시면서 건달처럼 건들거리며 살아가고 있는 놈이 감히 어떻게 하나님을……"

"그렇지 않아요. 교회는 그 누구를 위해서라도 언제나 문을 활짝 열어 놓고 있어요."

그때 별안간 나무 십자가가 그의 눈에 언뜻 띄자 엉뚱한 생각이 머릿속에 퍼뜩 떠올랐다.

"그럼 오늘 나에게 전도 좀 해줄 수 있겠어요?"

"전도요?"

"예."

"……"

"지금 당장 전도를 해 준다면……. 나도 틀림없이 교회에 잘 다닐 수 있을 거 같아요."

"하지만 조금 후에 약속이 있어서 지금은 그럴만한 시간이 없어요. 그리고 또 전도는 목사님이나 장로님한테 들어야 하는 것이지 나 같은 사람한테 무슨……."

"그러지 말고……."

"……"

"조금만이라도 꼭 좀……."

자기를 뚫어지게 쳐다보고 있는 그의 눈빛이 너무나 애절한 듯하자, 그녀는 자신도 모르는 사이에 묵묵히 고개를 끄떡였다.

"좋아요. 그럼 한 20분 정도만 시간을 내서 전도를 해 주도록 할게요."

탁자와 벽 등 모든 것이 원목으로 꾸며져 있는 실내에는 고요한 클래식 음악이 잔잔하게 흐르고 있었다. 두 사람은 커피숍에 들어가자마자 커다란 어항 옆에 석유난로가 놓여 있는 곳에서 자리를 잡고 앉았다.

"조금 전에 있었던 그 교회에는 오래 다녔나 봐요?"

"그 교회가 바로 우리 집이에요. 그 교회의 목사님이 우리 아빠라서……."

"그렇군요."

그는 고개를 끄떡이고 나서 주문을 받으러 온 아가씨에게 커피 두 잔을 시켰다.

"그렇다면 우리 두 사람은 한동네에서 같이 살고 있군요. 우리 집도 그 교회에서 뒤쪽으로 300~400m쯤 떨어진 곳에 있는 데……."

그녀는 따뜻한 실내 분위기에 긴장이 좀 더 풀리는 것을 느끼며 옆에 있는 어항을 힐끔 쳐다보았다. 손톱만큼 작은 수십 마리의 열대어들이 맑고 깨끗한 물속에서 이리저리 헤엄치며 돌아다니고 있었다.

"그런데 참 이름이 어떻게 돼요? 나는 윤명진인데……."

"나는 정설이예요."

"정설희?"

"아니요. 끝 자가 희가 아니라 이……."

정색을 하고 말하는 그녀의 목소리를 들으며, 그는 쓴 미소를 짓고서 고개를 끄떡였다.

"그런데 참…… 현재 대학생인가요?"

"……"

"어느 대학교에 다니고 있죠?"

"K대 1학년에 다니고 있어요."

그녀가 조그만 목소리로 말하자, 그는 어설픈 미소를 머금고서 어깨를 한 번 으쓱했다.

"나는 고등학교를 졸업한 지 벌써 2년이나 지났건만, 아직까지 대학 문턱에도 가보지도 못하고서 재수학원에 다니고 있어요."

잠시 침묵이 흐르는 사이에 아르바이트를 하는 아가씨가 커피 두 잔을 가져왔다. 두 사람은 뜨거운 커피에다가 크림과 설탕을 탄 후에 그것을 천천히 마시기 시작했다.

"그런데 요새 무엇 때문에 근심걱정에 쌓여 있는 거예요?"

"……."

"가만히 있지 말고 말 좀 해봐요."

"뭐라고 확실하게 말할 수 없지만…… 어떻든 마음이 안정이 잘 되지 않으면서 항상 불안하고 초조한 것을 느끼곤 해요."

"공부 때문인가요?"

"글쎄요. 그런 거 같기도 하고……."

"그렇다면 교회에 다니면서 앞으로 일 년 동안 공부를 열심히 한다면 틀림없이 원하는 대학에 들어갈 수 있을 거예요."

"그게 정말 사실이에요?"

"그래요. 확실하게 말하는데 교회에 다니면서 마음의 안정을 찾은 채 최선을 다한다면 자신이 원하는 것을 반드시 이룰 수 있을 거예요."

그는 아직도 미지근한 기운이 조금 남아 있는 커피잔을 말없이 만지작거렸다.

"명진 씨, 다시 한번 부탁하는데 내일부터 교회에 꼭 나오도록 하세요. 그리고 진실한 마음으로 주님을 믿는다면 주님은 명진 씨에게 밝고 힘찬 생활을 영위할 수 있는 힘과 용기를 주실 거예요."

그녀는 커피를 다 마신 빈 잔을 탁자에 살짝 내려놓았다.

"내일부터 교회에 나올 수 있겠죠?"

"……"

"왜 아무런 대답이 없는 거예요? 나하고 약속할 자신이 없나요?"

"네. 솔직히 말해서 그럴만한 자신이 없어요. 나는 내 자신밖에 믿지 못하는 성격이라서 종교 같은 것에 대해서 언제 어느 때 회의를 느낄지 알 수 없거든요."

"그건 믿음이 확실치 않아서 그래요. 아직도 자신이 약한 존재가 아니고 강한 사람이라서 주님이 없이도 혼자서 충분히 이 세상을 살아갈 수 있다고 생각하고 있기 때문에……"

그녀는 손목시계를 힐끔 쳐다보고서 그에게 얼굴을 좀 더 바짝 들이밀었다.

"혹시 명진 씨는 십자기의 의미를 알고 있나요? 왜 예수께서 십자가를 지셨나 하는 것을…… 그것은 바로 예수께서 죄로 인하여 나약해진 세상 사람들을 구제하기 위하여 그렇게 행동한 거예요."

그녀의 얼굴은 순간적으로 발갛게 상기된 채 조그맣게 속삭이고 있는 그녀의 목소리도 다소 떨리는 듯했다.

"다시 말하면 예수께서 세상 사람들을 대신하여 그들을 구제하기 위해 혼자서 십자가를 지셨기 때문에 그 속에는 모든 사람의 죄가 다 들어 있어요. 이것이 바로 십자가의 의미이고 또한 영원히 변할 수 없는 불변의 진리예요. 그리고 예수께서 세상 사람들을 구제하기 위해서 십자가를 지셨다는 사실을 명진 씨가 진정으로 받아들인다면 이제 명진 씨도 더 이상 죄인이 아니라고 할 수 있어요."

"……."

"그 외에도 이 십자가의 고난 뒤에는 언제나 새로운 생명의 부활이 있기 때문에 명진 씨가 십자가의 의미를 이해한 채 그 뜻에 따르기로 한다면 명진 씨도 반드시 구원을 받을 수 있어요."

그녀는 옆에 놓여 있던 조그만 가방을 들고서 자리에서 벌떡 일어섰다.

"나는 이제 그만 가 봐야겠어요. 좀 더 많은 얘기를 나누고 싶지만 시간이 없으니까 이 정도에서 끝내도록 하죠."

잠시 후 두 사람이 커피숍을 나왔을 때에는 어둠이 깔린 거리에는 차가운 바람이 활개 치며 돌아다니고 있었다. 그들은 세차게 후려치는 그 바람을 맞으며 조금 걷다가 어느 횡단보도 앞에서 우뚝 멈추어 섰다.

"나는 저쪽으로 가야 하는데…… 명진 씨는 어느 쪽으로 가죠?"

"나는 지금 집에 들어가 봐야 하니까 여기서 그만 헤어졌으면 좋겠어요."

"……."

"그리고…… 나중에 시간 있을 때 교회에 다시 한번 들려도 괜찮겠죠?"

그런데 그때 그가 머뭇거리며 말하고 있는데, 길 건너편 어두컴컴한 곳에서 그 누군가 이쪽을 향해 소리치는 소리가 들렸다.

"설이야!"

그가 그쪽을 힐끔 쳐다보자 뜻밖에도 김재하가 그녀를 향해 손짓을 하는 것이 언뜻 보였다.

"선배!"

설이는 재하를 발견하자마자 이쪽은 뒤 돌아다보지도 않고서 쏜살같이 도로를 가로질러 갔다. 그 순간 재하는 어리둥절한 표정을 짓고 있는 명진을 놀라움과 의혹에 잠긴 시선으로 빤히 쳐다보았다. 그러다가 이내 뒤돌아서서 설이의 뒤를 따라 어둠 속으로 휭하고 사라져 버렸다.

제2부

방황과 갈등,
그리고 끝없는 고뇌…

1

그 천사는 밤마다 윤명진을 찾아왔다. 그는 낮에는 창문에 커튼이 처져 있는 밀폐된 방에서 그 천사를 맞이할 준비를 하였다. 그 어느 때나 ― 커튼이 밝은 햇살을 막았을 때나 또는 창문에 어둠이 드리워져 있을 때도 ― 그는 내면의 어둡고 깊은 흐름에 몰두한 채 그 천사를 위한 성을 쌓을 수 있었다. 설령 아침이면 그 모래성이 소리 없이 허물어졌다가 밤만 되면 또다시 만들어지는 일이 반복된다고 하더라도, 그 천사는 그에게 반드시 그 성을 완성할 수 있다는 확신을 심어주었다.

그 언제부터인가 이 세상의 모든 것은 음울한 색채를 띤 채 정설이의 환영만을 쫓고 있는 그를 뜨거운 격정 속에 휘몰아 놓기 시작했다. 그는 정신적으로 성숙한 단계에 이르지 못 한 데다가 감정의 기복이 심해서 그런지, 평소에는 방탕한 생활을 일삼으면서도 일단 집에 들어오면 그 안에 틀어박혀서 꼼짝도 하지 않았다. 그리고 불도 꺼진 깜깜한 방에서 짙은 암청색 창공을 더듬으며 유리창에 새겨진 별들을 세어보곤 했다. 또 고독과 몽상 속에 가끔 시를 쓰거나 형체를 알아볼 수 없는 이상한 그림 같은 것을 그리기도 했다.

그는 어젯밤에도 회색 바탕에 해바라기들이 붉은 해를 향해 선

홍색의 꽃망울들을 활짝 터트리고 있는 그림을 그렸다. 또 그 수채
화 그림의 뒷면에는 다음과 같은 글귀도 적어 놓았다.

〈강렬하고도 뜨거운 태양! 오늘 밤에도…… 태양의 신은 오욕으로 물든
육체를 꿈틀거리고 또 천사의 날개를 파닥거리며 다시 나를 찾아오겠지. 그
와 함께 그 신은 관능적인 미로 나를 사로잡은 채 축배를 들면서 나를 위해
향연을 베풀어 줄 것이다. 그러나 그 향기로운 잔은 독을 품고 있으니……
나는 그 잔에 흠뻑 취해서 밤새도록 춤을 추며 태양의 신을 끝없이 경배할
것이다.〉

교회의 담 쪽에 서 있는 몇 그루의 전나무들이 가끔 바람에 부
딪히는 소리가 났다. 명진은 감미로운 바람 속에 따사로운 햇살이
가득히 넘쳐흐르고 있는 교회 뜰의 벤치에 앉아서 예배 시간이 끝
나기를 초조하게 기다리기 시작했다. 그러다가 얼마 후 경건하게
울려 퍼지던 찬송가와 기도 소리가 끝나자, 벤치에서 재빨리 일어
나 전나무 뒤로 몸을 숨겼다.

이윽고 정설이가 청순하면서도 앳된 모습을 한 채 무더기로 쏟
아져 나오는 사람들 틈에 섞여서 나타났다.

"설이 씨!"

그는 두근거리는 가슴을 억누르고서 조그만 소리로 그녀를
불렀다.

"어머! 여기에는 웬일이에요?"

자기를 쏘아보는 그녀의 투명한 눈빛을 피해 그는 고개를 아래로 숙였다.

"나에게 무슨 볼일이라도 있나요?"

"……."

"말 좀 한 번 해 봐요?"

"전에 다 못 들은 전도를……. 오늘 마저 더 듣고 싶어서요."

그러나 그녀는 그가 붉게 달아오른 얼굴로 더듬거리며 말하는 것을 들은 척도 않고서 교회 밖으로 휑하니 빠져나갔다.

"전도는 그걸로 충분하지 않았나요?"

"아뇨. 나에겐 충분치 않았어요."

그는 멋쩍은 미소를 지으며 고개를 흔들었다.

교회 밖으로 나와서 한적한 길을 나란히 걸어가고 있는 두 사람의 얼굴 위로 겨울인데도 제법 부드러운 바람이 살랑살랑 불어왔다. 날씨가 다소 더운 탓인지 파카를 벗어서 옆구리에 끼고 있는 남자와 코트 앞을 풀어 헤친 여자가 손을 잡고는 그들의 옆을 지나갔다.

"오늘 나에게 전도를 조금 더 해줄 수 없겠어요?"

"오늘은 시간이 없어서 곤란해요. 지금 학교에 가는 길이라서……."

"방학인데도 학교에 가요?"

"동아리 모임에 꼭 가봐야 할 일이 있어서요."

트럭 한 대가 무거운 엔진 소리를 내며 좁은 소방도로를 천천히 올라갔다. 한순간 흙먼지가 그 트럭 뒤에서 바람을 탄 채 뿌옇게 일어났다.

"그때 교회에 다니겠다고 나하고 약속해 놓고서 왜 한 달 내내 한 번도 나오지 않았어요?"

"아마…… 전도가 부족해서 그랬던 거 같아요."

그가 변명하듯 말하자 그녀는 우뚝 걸음을 멈추고서 그를 힐끔 쳐다보았다.

"그 무엇을 하든 본인의 믿음과 결심이 중요한 것이니까 자꾸 그런 핑계 좀 대지 말아요."

언덕에서 불어온 바람을 맞고서 그녀의 긴 머리카락이 살짝 흩날렸다.

"설이 씨, 어떻든 아무 때고 나에게 시간을 한 번 더 내 줄 수 없겠어요?"

"……."

"커피라도 한잔 마시면서 대화 좀 나누고 싶은데……."

"그러지 말고 교회에 나오도록 하세요. 교회에서 만나서 여러 가지 이야기를 나누면 되잖아요?"

"그런 식으로는 교회에 다니고 싶지 않아요."

별안간 그는 격앙된 어조로 단호하게 대답했다.

봉고차 한 대가 좁은 골목길에서 튀어나오더니, 요란스럽게 쿵쾅거리며 빠른 속도로 그들의 곁을 스치고 지나갔다.

"솔직히 말해서…… 나는 어떻게 해서든지 설이 씨를 친구로 사귀었으면 좋겠어요. 만일 그렇게 할 수 없다면…… 나는 또다시 그 전처럼 공부고 뭐고 하나도 하지 않고서 계속 방황이나 할 게 틀림없어요."

"그렇지 않아요. 나를 친구로 사귄다고 해서 명진 씨에게 도움이 되는 것은 아무것도 없어요."

"설이 씨! 나는 교회이고 하나님이고 간에 그런 것들은 조금도 관심이 없다니까요? 오직 나에게 관심 있는 건 어떻게 하면 설이 씨와 사귈 수 있느냐 하는 것뿐이지……."

그러나 그녀는 아무 말도 없이 불어오는 바람에 이마를 덮고 있는 머리카락을 뒤로 슬쩍 쓸어 넘겼다. 그러자 그는 걸음을 우뚝 멈추고는 조금도 흐트러지지 않은 눈빛으로 그녀를 똑바로 쳐다보았다.

"사실 자기는 일류대학교에 다니고 있는데, 나 같은 건달 녀석이 친구로 사귀자는 게 너무나 어처구니가 없어서 그러는 거죠?"

"……."

"그렇죠? 멋진 대학생 친구들도 많은데 나 같은 재수생이 치근덕거리는 게 창피하기도 하고 우습기도 해서……."

"명진 씨, 무슨 말을 그렇게 해요?"

"그럼 뭐예요? 무엇 때문에 나를 친구로 사귈 수 없다는 거예요?"

그녀는 대답 대신에 살짝 비웃는 듯한 조소를 지었다.

"말 좀 한번 해 보라니까요?"

그는 재차 다그쳐 물었다.

"나에게는 그전부터 사귀던 남자 친구가 있어요."

"……."

"그리고 명진 씨가 마음을 잡은 채 자기의 뜻을 이룰 수 있는 것은 오직 하나님에게 의지하는 거뿐이지 그 외에 다른 방법은 아무것도 없어요."

그녀는 몇 마디 하고 나더니 그가 뭐라고 할 사이도 없이 그의 앞을 획 빠져나갔다.

골목의 한쪽 공터에서 네댓 명의 개구쟁이 소년들이 함성을 지르며 이리저리 뛰어다니곤 했다. 한 아이는 자전거를 타다가 넘어졌고, 나머지 아이들은 아수라장을 이룬 채 축구공을 차며 놀고 있었다.

"그전부터 사귀던 남자 친구가 누구예요? 김재하인가요?"

그가 큰 소리로 물었으나 그녀는 더 이상 말도 없이 그에게서 돌아선 채 걷기 시작했다.

곧 그들은 전파사를 지나고 정육점을 지나고 커다란 슈퍼 앞을 지나갔다. 이 사람이 대체 왜 이러는 것인지 그녀는 정신이 아득해지는 것을 느낀 채 하늘을 올려다보았다. 새털 같은 구름들이 듬성듬성 뿌려져 있는 새파란 공간에는 상큼하면서도 해맑은 공기가 감돌고 있었다.

설이는 명진을 냉정하게 대해야 한다고 생각했으나, 막상 그를 만나면 그의 모습이 너무나 애처롭게 보여서 그런지 이상하게도 뜻대로 할 수 없었다. 재하는 설이가 그에게 전도를 하기 위해서 그와 커피를 마셨다는 사실에 무척 화를 낸 데다가, 앞으로 한 번만 더 그를 만난다면 그녀를 절대로 용서하지 않겠다고 했다. 그리고 명진이 더러운 벌레라도 되는 것처럼 그를 비난하면서, 그가 교회까지 쫓아와서 아무리 치근덕거려도 다정한 눈길 한번 주지 말라고 그녀에게 신신당부를 했다.

"미안하지만…… 그전처럼 저 커피숍에 가서 커피 한 잔씩만 하도록 하죠."

"……."

"나에게 한 10분가량만 시간 좀 내달라니까요? 둘이 커피 한 잔씩 마시면서 이야기를 간단하게 몇 마디 더 나누고 싶어서 그러는 거니까……."

그는 길 건너편에 있는 커피숍을 손가락으로 가리키다 말고, 그녀의 대답을 기다릴 사이도 없이 그쪽을 향해 성큼성큼 발걸음을 떼었다.

잠시 후 그들은 커피숍에 들어가자마자 그전과 마찬가지로 커다란 어항 옆쪽에 있는 곳에 앉았다. 조금 열려 있는 창틈으로 해맑은 햇살과 함께 상쾌한 바람이 솔솔 불어왔다.

"재하는 사귄 지 얼마나 됐죠?"

"일 년 조금 안 됐어요. 그런데 참 재하 씨하고 명진 씨는 어릴 때부터 친구이었다면서요?"

"네. 중학교 때 재하 네가 고향으로 이사를 갔지만 옛날에는 어릴 때부터 담 하나를 사이에 두고서 아래위 집에서 같이 살았어요. 또 초등학교 때부터 고등학교를 졸업할 때까지 학교도 계속 같이 다니기도 했고요."

"……."

"그런데 설이 씨는 재하를 어떻게 알게 됐어요?"

"작년 5월 달에 대학교에 입학한 지 얼마 되지 않았을 때, 학교에서 열리는 시 낭송회에 갔다가 우연히 사귀게 됐어요."

잠시 어색한 침묵이 흐르는 사이에 일하는 아가씨가 커피 두 잔을 가져왔다. 곧 두 사람은 커피에 프림과 설탕을 조금씩 탄 다음 그것을 마시기 시작했다.

"요즘에 학원에 다니면서 공부 좀 열심히 하고 있나요?"

갑자기 그녀가 뜨거운 커피잔을 입술에 갖다 대면서 그에게 한마디 툭 내던졌다.

"공부요?"

그러나 그는 어처구니가 없다는 듯 이렇게 되물으며 멋쩍은 미소를 지었다.

"재수 학원을 몇 년째 다니고 있으면서도 공부는 하나도 하지 않고 있어요."

"그럼 온종일 뭘 하면서 지내고 있죠?"

"……."

"뭘 하면서 지내냐고요?"

그녀는 의아스러운 표정을 짓고서 재차 묻자, 그는 한숨을 짧게 내쉬며 조그만 어조로 입을 열었다.

"낮에는 학원을 가지 않을 때는 특별히 하는 거 없이 주로 잠을 자요. 그리고 밤에는 늦은 시간까지 시와 소설 같을 것을 쓰거나 그림을 그리곤 해요."

"밤새 시를 쓰거나 그림을 그린다고요?"

"……."

"그럼 그 시와 그림의 내용은 대체 무엇인데요?"

"글쎄요. 굳이 한마디로 말하면…… 기독교 신자인 설이 씨는 잘 이해할 수 없는 것들이라고 할 수 있어요."

그녀는 여전히 고개를 갸우뚱했으나, 그 순간 그는 서로 알고 지 낸 지 얼마 되지도 않은 여자에게 자신의 마음속에 내재되어 있는 모든 것을 솔직하게 고백하고 싶은 충동을 느꼈다.

"어제도 밤새도록 태양의 신에 대한 그림을 그리고, 또 그에 대한 시를 쓰기도 했어요."

"태양의 신이라니요? 그게 대체 무엇을 의미하는 거죠?"

그녀는 다시 깜짝 놀라는 표정을 짓고서 그를 물끄러미 쳐다보 았다.

"태양의 신은 바로 내 가슴속에만 존재하고 있는 대상으로서, 내 가 이 세상에서 온전한 자연인으로만 살아갈 수 있도록 해줄 따름 이에요. 이 세상의 여러 가지 불합리한 것들이 나의 자유로운 발전 을 방해하려고 해도 나의 신은 그런 것들에 대항할 수 있는 힘을 나에게 주면서……."

다소 널찍한 커피숍에는 한쪽 구석에서 30대 중반 정도 되어 보이는 두 남녀가 커피를 마시고 있을 뿐, 다른 손님들은 더 이상 보이지 않았다. 실내에 고요함 속에 오후의 한적한 기운이 감돌고 있는 가운데, 명진이 조그만 어조로 입을 또 열기 시작했다.

"대부분의 종교들은 인간의 속성을 무시한 채 억지로 일정한 틀 속에만 가둬 놓으려고 하기 때문에 거의 다 백해무익하다고 할 수가 있어요. 종교는 종교의 가르침대로만 산다면 인간은 이 세상에서 구원받을 수 있다고 말하고 있죠. 그러나 우리는 어느 때는 선하기도 하고 또 어느 때는 악하기도 한 순수한 본능을 가지고 있는 존재들에 불과해요. 고결한 이성과 더러운 욕망 속에서 번민하며 고통을 받거나 기쁨을 느끼기도 하는……."

"……."

"그런데 나의 신은 어떤 금욕적인 도덕성으로 나를 구속하거나 절대적인 순종을 강요하지 않은 채 자연인으로서만 살아갈 수 있도록 도와주고 있어요."

"그럼 그것은 엄밀히 말해서 종교가 아니겠군요."

언뜻 야릇한 미소가 그녀의 얼굴에 스치고 지나갔다.

"그럴지도 모르죠. 어떻든 신이라는 것은 우리가 무엇을 생각해 내거나 고안해 내는 거처럼 그러한 정신적인 산물에 지나지 않잖아요?"

그녀는 가슴속에 그 무엇이 또 뭉클 치밀어 오르는 것을 느끼며 미지근한 찻잔을 살며시 만지작거렸다. 그리고 발갛게 상기되어 있는 듯한 그의 얼굴을 보며 다소 더듬거리는 어조로 말했다.

"명진 씨는 좀 특이한 사람 같아요. 보통 사람들하고는 다르게……."

"……"

"하기야 우리 같은 나이에는 누구나 다 시인들이라고 하지만…… 그래도 명진 씨는 좀……."

"그래요. 모든 사람들이 젊을 때는 다 고독을 즐긴다고 해도 설이 씨 말대로 나는 정도가 조금 지나쳤던 거 같아요. 밤을 꼬박 새워서 그림을 그리거나 또는 시 같은 것을 쓰기도 하면서…… 그러다가 그 열정이 사그라지면 그것들을 전부 다 찢어버린 후 다시 밖으로 뛰쳐나가 이리저리 방황하곤 했죠."

어느덧 짙은 그늘이 드리워져 있는 그의 두 눈에 물기가 살짝 어리는 듯했다. 그녀는 그 어떤 중압감을 이겨내지 못하고서 빈 잔을 잡고 있는 손에 힘을 더욱더 꽉 주었다.

"한때 나는 시인이 되고자 했어요. 진정한 시인이…… 재수를 몇 년간 하면서도 대학 입시 공부는 거의 하지도 않은 채 시나 소설 같은 거나 쓰면서…… 그래서 내 방에 있는 책상 서랍 속에는 그런 글 나부랭이를 습작해 놓은 것들이 꽤 많이 들어 있어요."

"그럼 문단에서 추천 같은 것을 받기라도 했나요?"

"아뇨, 지금까지 나는 그 어느 곳에도 내 작품을 한 번도 투고한 적이 없어요."

"왜요?"

"글쎄요, 뭐라고 할까……. 그것들은 나만을 위한 것이라서 이 세상의 다른 사람들이 내 글을 갖고서 이러쿵저러쿵 떠드는 것은 별다른 의미가 없다고 생각하고 있기 때문인지도 모르죠."

그는 멋쩍은 미소를 지으며 말끝을 흐리자 그녀는 어처구니없다는 듯한 표정을 지었다.

"하지만 어떻든 정정당당하게 평가를 받은 채 인정받아야 하지 않겠어요? 책상 서랍 속에 깊숙이 묻어 두고서 혼자서 아무리 소중하게 여겨 봤자 아무런 소용이 없잖아요?"

그는 그녀의 따가운 시선을 피해 고개를 슬며시 숙였다.

"그래요. 솔직히 말해서 내 헛된 망상이…… 이 위선적인 생활이 무참히 깨질 것이 두려워서 내 자신을 이 세상에 떳떳하게 드러내지 못하고 있는 것일 거예요. 그런데 한 가지 분명한 사실은 나는 내 글들을 진정으로 사랑하고 있다는 거예요. 비록 그것들이 아무런 가치가 없거나 쓸모없는 낙서에 불과해도, 그것들마저 없다면 삶에 대한 의미를 완전히 상실해 버릴 수도 있기 때문에……."

"……."

"그래서 지난 것을 떨쳐 버리고 새로운 그 무엇을 갈망하듯이…… 나의 생성, 나의 또 다른 성장을 위해서 나는 틈틈이 글을 쓰고 있는 거예요."

2

설이는 토요일 날 학교에서 밤을 지새우고 일요일인 다음 날 오후 3시경에 집에 들어왔다. 학교는 새 학기 개강을 하자마자 얼마 후에 있을 대규모 시위운동에 필요한 준비물들을 만드느라고 눈코 뜰 새 없이 바쁘게 돌아갔다. 그녀도 토요일 아침부터 다음 날 오후까지 10여 명의 학생들과 함께 빈 강의실에서 사람들에게 나눠줄 유인물과 플래카드 등을 만들었다. 굳이 그렇게까진 하고 싶지 않았지만 어수선하면서도 긴장감이 감돌고 있는 학교 분위기에 휩싸이다 보니, 집에 들어가지도 못 한 채 그 일을 할 수밖에 없었다.

그런데 그녀가 집에 왔을 때 아버지와 할머니 두 분 다 어디론가 외출을 했는지 집에는 아무도 없었다. 그래서 대충 세수를 한 후에 부엌에서 찬밥 한 덩어리를 김치와 고추장에 비벼 먹고는 방으로 들어가 침대에 누웠다. 그러나 몸은 파김치가 된 채 제대로 가누지도 못 할 정도로 피곤한데도 정신은 또렷또렷하면서 좀처럼 잠이 오지 않았다. 어젯밤에 아버지한테 직접 통화를 해서 집에 들어가지 못 하겠다는 것을 허락받지 못 한 것이 자꾸 마음에 걸렸다. 그러나 그는 어떤 일이 있어도 자기가 외박을 한다는 것을 절대로 허락하지 않을 거 같았다. 그래서 어제 집에 전화를 걸었을 때 할머니에게 학교에 급한 일이 생겨서 집에 들어가지 못하겠다는 말만 하고는 전화를 뚝 끊어 버렸던 것이다.

잠시 그녀가 이불을 뒤집어쓰고서 불안한 마음으로 숨을 죽인 채 바깥 동정에 귀를 기울이고 있는데 느닷없이 누군가 방문을 쿵쿵 두들겼다.

"너, 언제 들어왔냐?"

"……."

"할 얘기가 있으니까 잠깐 이리 좀 나와 봐."

노기 띤 어조로 소리를 질러대는 아버지의 목소리를 듣고는 설이는 옷을 대충 주섬주섬 주워 입고서 거실로 나갔다.

"이리 와서 좀 앉아라."

그녀는 소파에 쭈뼛거리고 간 다음 조심스럽게 아버지를 마주 보고 앉았다. 어느새 50대 중반에 접어든 아버지는 영락없는 중늙은이의 모습을 하고 있었다. 반백이 다 된 머리는 어슴푸레한 석양빛에 더욱더 하얗게 드러나 보이고, 또 주름이 져 있는 얼굴에도 거무스름한 기미가 껴 있었다.

"어젯밤에 뭐 하느라고 집에 안 들어온 거야?"

"학교에서 있었어요."

"뭐? 학교에 있었다고? 그럼 학교에서 밤새도록 공부하느라고 집에 안 들어왔던 거야?"

"그게 아니라……."

"그럼 그게 아니고 뭐야?"

쩌렁쩌렁 울리는 아버지의 목소리 때문에 그녀는 더욱더 기가 죽어서 고개를 자꾸만 아래로 떨구었다.

"그게 아니면 뭐냐니까?"

"……."

"그렇게 가만히 있지 말고 빨리빨리 말 좀 한번 해 봐."

"동아리 룸에서 친구들하고 같이 시위운동에 필요한 물건들을 만드느라고 집에 못 들어왔어요."

"뭐? 화염병이나 쇠몽둥이 같은 것들을 만드느라고 집에 안 들어왔다고?"

아버지는 어처구니가 없는 듯한 표정을 짓고서 한숨을 길게 내쉬었다.

"다 큰 애가 집에 들어오지도 않고 외박까지 할 만큼 그런 것을 만드는 게 그렇게나 중요하냐?"

"……."

"입이 있으면 말 좀 해보라니까?"

"친구들이 다 하는데 나만 빠질 수 없잖아요."

"아무리 그래도 그렇지. 나이가 몇 살인데 어떻게 외박 같은 것을 말 한 디도 없이 함부로 할 수가 있는 거냐고?"

그녀는 붉게 달아오른 얼굴로 아랫입술을 지그시 깨물었다. 발갛게 상기된 그 얼굴에는 당장이라도 울음이 터져 버릴 것만 같았다.

"사실 네가 정말로 학교에 있었는가 하는 것을 확실히 몰라도, 어떻든 다 큰 애가 외박하는 것은 절대로 용서할 수 없어. 그러니까 지금 즉시 네 방으로 가서 앞으로 어떤 일이 있어도 외박 같은 것을 하지 않겠다는 내용의 반성문을 써서 나에게 가져오도록 해."

드디어 설이는 쿡 하고 울음을 터트렸다. 그와 동시에 한줄기 눈물이 그녀의 뺨을 타고 주룩 흘러내렸다.

"아빠는 정말 너무 해요. 그렇게도 제 말을 못 믿는 거예요?"

"네 말을 믿고 안 믿고 그러는 게 아니라 다 큰 여자애가 어떻게 그렇게 행동할 수가 있냔 말이야? 또한 학생이 공부나 열심히 할 것이지 데모 같은 것을 하는 게 뭐가 그리 중요하다고 그러는 거냐니까?"

"그럼 아빠는 이 사회가 어떻게 되든 아무런 상관이 없단 말이에요? 또 그런 것을 나만 하는 것도 아니라 이 나라의 모든 대학생이 다 하는 것이잖아요?"

그녀는 빨갛게 충혈된 눈으로 아버지를 빤히 쳐다보며 톡 쏘아붙였다. 그러자 그는 짐짓 그녀의 시선을 피한 채 고개를 옆으로 슬며시 돌렸다.

"재하인가 하는 학생을 아직도 만나고 있냐?"

"……."

"아빠가 그 학생을 만나지 말라고 그전에 너에게 몇 번이나 말했잖아?"

"그냥 동아리 선배로서 만나고 있을 뿐인데 그게 어떻다고 자꾸 그러는 거예요?"

"성인이 다 된 사람들이 학교의 선배와 후배로 사귄다는 게 말이나 되는 소리야?"

주말이라든가 방학 같은 때에 서로 연락이 잘 되지 않을 때 재하가 설이네 집으로 가끔 전화를 해서 그녀의 아버지는 재하에 대해 관심을 갖기 시작했다. 그런데 그 언젠가 그가 꼬치꼬치 캐묻는 바람에 설이가 재하의 가정환경과 학교생활에 대해 대략 이야기한 적이 있었다. 그러고 나서 그녀가 재하하고 어울려 다니면서 공부는 등한시한 채 운동권 같은 데에 기웃거리는 듯하자, 그는 재하에게 오는 전화를 제대로 바꿔 주지 않으려고 했던 것이다.

"이제 너도 2학년이 됐으니까 쓸데없는 것에 신경 쓰지 말고서 착실하게 공부나 좀 하도록 해. 교사 임용 고시 공부를 하든 아니면 힘들더라도 평소에 네가 하고 싶어 하던 행정고시 공부를 해 보든지……. 남자는 나중에 대학교를 졸업한 후에 결혼할 때쯤 되어서 사귀어도 늦지 않잖아?"

그가 소파에서 일어서자 설이도 새침한 표정을 짓고는 벌떡 일어섰다.

"어릴 때는 그토록 착하던 애가 커가면서 말도 잘 듣지도 않으면서 이 애비 속을 왜 그리 썩이는지 모르겠네."

아버지가 자기의 뒤통수에다 대고 푸념하는 것을 들은 척도 않고서 그녀는 방으로 쑥 들어가 버렸다.

곧 그녀는 침대에 누웠으나 이리저리 뒤척이기만 할 뿐 오랫동안 잠을 이룰 수 없었다. 할머니는 집에 아직도 들어오지 않았는지 아버지가 주방에서 그릇 같은 것들을 달그락거리면서 설거지를 하는 소리가 가끔 들렸다. 그녀는 주방에 나가 볼까 하고 몸을 반쯤 일으켰다가 이내 도로 자리에 눕고 말았다.

어머니는 10년쯤 전인 설이가 11살 때 죽었는데 한 가정에서 어머니가 없는 자리는 그 공백이 너무나 커서, 연약한 소녀가 어머니 없이 아버지 밑에서만 자란다는 것이 너무나 힘들었다. 고지식한 성격에 매사에 엄격하기만 한 아버지는 사사로운 잘못 같은 것을 절대로 용서하려고 하지 않다. 그래서 그녀는 사춘기 소녀의 가슴 속 깊이 간직되어 있는 고독과 슬픔 같은 것을 아버지에게 솔직하게 털어놓았던 적이 한 번도 없는데, 오늘과 같은 날에는 어머니에 대한 그리움이 더욱더 애절하게 다가오는 듯했다.

왜 어머니는 그 젊은 나이에 아버지의 정신적인 학대에 못 이긴 채 어머니는 스스로 목숨을 끊고 말았나? 그녀가 분명히 한 가지 알고 있는 사실은 이 집은 애증과 사랑뿐만 아니라 선과 죄악이 점철되어 있는 장소라고 할 수 있었다.

"설이야, 엄마는 잠이 안 와."

그 옛날에 그들은 한 집에서 같이 기거하면서도 어머니는 아버지와 떨어져서 설이 방에서 2년가량 살았다. 그런데 그때 어머니는 설이를 꼭 껴안고서 이런 말을 수없이 되뇌며 밤새도록 홀로 뒤척이곤 했다.

설이가 5살 때 아버지는 신학 공부를 하기 위해 미국으로 유학을 떠난 적이 있었다. 그가 미국 땅에서 3년간 온갖 고생을 다 하며 유학 생활을 하는 동안 그녀가 어떤 부정한 짓을 저질렀는지 설이는 확실하게 알 수가 없었다. 아무튼 그가 유학 생활을 마치고 한국으로 돌아온 후에 두 사람의 갈등이 지속되는 동안 그녀는 불면증과 우울증에 시달리기 시작했다. 그래서 모든 삶의 의욕을 잃은 채 잠이 안 올 때마다 조금씩 먹던 수면제를 그 어느 날 밤에 치사량을 훨씬 넘는 양을 한꺼번에 먹었던 것이다.

3

그 어느 곳에도 진리는 없이 오직 불의와 그것을 숨기려는 탄압 뿐이었다. 위정자들은 총과 칼로 꼼짝 못 하도록 억압한 채 우매한 국민들을 우롱했다. 그리고 그것에 대항하여 정의를 찾는 부르 짖음도 전국 각지에서 끊임없이 일어났으나, 그 모두가 아무리 절 규를 하며 항거를 해도 마치 계란으로 바위를 치듯 철갑으로 된 그 성은 조금도 꼼짝도 하지 않았다. 그러다가 한순간 칼끝이 허 공을 가를 때면 싸늘한 바람에 우수수 떨어지는 낙엽처럼 수많은 사람들이 경찰서로 잡혀갔다.

대학은 더 이상 학문과 이상을 갖고 닦는 진리의 상아탑이 아 니었다. 도서관에는 불이 꺼진 채 깨어진 유리창과 부서진 책걸 상만이 빈 강의실을 지켰다. 피맺힌 격렬한 구호가 학교 건물 주 위에 다닥다닥 붙었다. 사복형사들의 삼엄한 눈빛이 사방에서 번 득였다. 황폐한 캠퍼스엔 최루탄 가스 냄새만이 자욱하게 감돌 고, 또 학생들은 굳게 닫힌 교문 밖에서 갈 길을 잃고 방황하였 다. 일부는 시골이나 아무도 없는 곳으로 피신하거나, 다른 일부 는 기회를 엿보며 학교 주위를 맴돌다가 경찰들에게 뒷덜미를 잡 히곤 했다.

천둥을 동반한 비가 한바탕 소란을 피우며 요란스럽게 퍼부어

대자, 굵은 빗방울이 지붕 밑으로 후드득 소리를 내며 떨어졌다. 밤 11시가 다 된 시간인 조금 전에 김재하는 야학이 끝난 후 다른 세 명과 함께 점점 굵어지는 빗줄기를 피해 조그마한 이 술집으로 뛰어 들어왔다.

"불만의 계절인 80년대의 봄! 봄이 되면 언제나 그랬던 거처럼 올해에도 대학가에는 벌써부터 대대적으로 시위운동을 펼칠 기미를 보이고 있어."

노윤성이 소주를 두세 잔 마셔서 어느 정도 술기운이 도는 듯하자 먼저 입을 열기 시작했다.

재하의 대학교 3년 선배인 윤성은 운동권에서도 인정받고 있는 독보적인 존재로서, 대부분의 사람들이 거부하는 것들에 대해 젊음의 열정을 바쳐서 투쟁해 왔다. 눈에 보이지 않는 데다가 손에 잡히지도 않는 그 무엇을 위해 자신의 모든 것을 다 희생해 가면서…….

"그래서 불타는 지성과 힘을 가진 우리 젊은이들은 한 사람도 빠짐없이 누구나 다 그 정의로운 행렬에 적극적으로 참여해야 해."

그의 목소리가 다른 사람들은 아무도 없이 네 명만이 자리를 잡고 앉은 채 다소 썰렁한 기운이 감돌고 있는 술집 안에 쩌렁하고 울려 퍼졌다.

곧 그는 소주잔을 다시 들더니 고등학교 동창인 임동기 잔에다 살짝 부딪혔다.

"동기, 너도 이번만은 나를 도와서 그런 시위운동에 반드시 참여

했으면 좋겠어. 또 네가 소속되어 있는 D서클 회원들도 모두 다 데리고 나올 수 있도록 하고."

"……."

"알았지? 어떻게 해서든지 전부 다 데리고 나오길 바라."

"뭐? 서클 회원들을 모두 다 데리고 나오라고?"

동기는 어처구니가 없다는 듯 다소 큰 소리로 반문했다.

"어떻게 그런 일에 본인들의 의사는 무시하고 단체의 명분을 내세워서 강제적으로 끌고 나오라는 거야?"

"그럼 너는 우리 젊은이들 중에 그런 역사적인 일에 참여하지 않을 사람들이 아직도 있다고 생각해? 이 나라에 새로운 민주주의를 정착시켜야 한다는 중대한 사명을 지니고 있는 젊은 우리로서…… 현재 이 사회에 부정부패는 커질 대로 커져서 원망과 한탄의 소리는 끊이지 않고 있고, 또 모든 사람이 언제 어느 때 거리로 뛰쳐나올지 알 수가 없는 급박한 상황이야. 이러한 때에 그 누구보다도 많이 배우고 또한 최고의 지성을 지닌 대학생으로서 어찌 그런 어처구니없는 생각을 하고 있는지 모르겠군."

노윤성은 단숨에 잔을 비우고는 탁 소리를 내며 빈 잔을 내려놓았다. 그러자 분위기가 팽배한 긴장감 속에 더욱더 경직되는 듯했다.

"너 때문에 나도 네가 가입되어 있는 D서클을 알게 되었지만 그 서클도 이제 뭔가 새로운 변화를 꾀할 때가 되었다고 생각해. 그 서클에서 그동안 단 한 번이라도 데모에 적극적으로 참여한 적이 있나 아니면 여름 방학 때 하계 봉사라도 한 번 제대로 갔다 온 적이 있나? 기껏해야 회원들끼리 의형제처럼 화목하게 지낸다는 명목 아래 술집이나 몰려다니면서 흥청망청 노는 데에만 정신이 팔려 있을 따름이지."

한 순간 두껍고 불투명한 유리로 된 출입문 너머로 천둥이 치는 듯한 소리가 희미하게 들렸다.

"봄비 치곤 대단히 쏟아붓는군."

재하는 이 어색한 분위기를 다소 깨뜨리려고 하는 듯 혼자 중얼거리듯 말했다. 그러나 그의 말은 더욱더 세차게 들려오는 빗소리에 파묻혀서 흔적도 없이 사라지고 말았다.

"매사에 네가 나에게 그런 식으로 이것저것 강요하기 때문에 나는 너를 만날 때마다 가끔 부담스러움을 느낄 때가 있어. 나도 네 권유에 의한 것이기는 해도 어떻든 야학에서 활동하면서 이 사회에 뭔가 보람 있는 일을 해 보려고 하잖아? 하지만 이 사회에 혼란과 갈등을 야기 시키는 반정부 시위운동 같은 것은 좀 더 신중하게 생각해야 할 거 같아. 더군다나 요즘에 대학생들이 화염병을 던지고 죽창을 휘둘러대며 하는 그런 과격한 데모 같은 것은……."

"그럼 아무것도 하지 않으면서 언제까지 가만히 앉아서 당하고만 있으라는 거야?"

"아무것도 하지 말라는 것이 아니라 데모를 하더라도 파괴적인 행동은 스스로 자제해 달라는 거야. 서로 조금씩 양보하면서 상대방의 입장을 이해한다면 대화 같은 것을 통해서 그 어떤 합의점을 충분히 찾을 수 있을 것이라는 생각이 들어."

"뭐? 대화를 통해서?"

그러나 윤성은 코웃음을 치며 어깨를 한 번 으쓱했다.

"저쪽에서 우리를 보기만 하면 최루탄을 쏘거나 곤봉을 휘둘러 대는데 대체 뭘 어떻게 하라는 거야? 잡히기만 하면 무조건 빨갱이라는 누명을 뒤집어씌운 채 감옥에 처넣곤 하는데……."

윤성은 담배를 입에 물고는 라이터를 켜서 불을 붙였다. 곧 담배 연기가 잔뜩 일그러져 있는 그의 얼굴 위로 뿌옇게 피워 올랐다.

"정말 어떻게 해야만 이 사회에 만연되어 있는 불의를 물리치고 정의를 구현할 수 있는 것인가? 최루탄과 물대포에 맞서서 우리도 화염병과 벽돌을 집어던져야 하나 아니면 네 말처럼 뒷짐 지고 가만히 구경이나 하고 있어야 하나……."

연기를 뻑뻑 품어대고 있는 그의 얼굴에 언뜻 조소가 그려졌다.

"하지만 젊은이들이 비겁하게 아무런 행동도 하지 않은 채 뒷전에 물러나서 구차한 변명이나 늘어놓고 있다면, 이 사회는 영원히 어둠 속에 묻혀 버리고 말 거야."

"내 말은 그런 뜻이 아니라 우리들의 행동이 너무나 지나친 이데올로기적인 허위의식에 빠져서는 안 된다는 거야. 어떻게 보면 대학생들이 현실을 망각하고서 머릿속의 이념만을 내세우기 때문에 사태는 더욱더 악화되어 가고 있는지도 몰라."

노윤성의 고향 후배인 장기태가 붉게 충혈된 눈을 껌벅거리며 길게 하품을 했다. 그는 나이가 22살인데다가 시계 점포에서 점원 생활을 하고 있는데도, 얼마 전부터 야학에서 고입 검정고시를 준비하고 있었다.

임동기는 잔을 비우더니 두부 두루치기를 두세 번 떠먹고 나서 다시 말을 이었다.

"얼마 전에도 몇 사람이 모여서 우리가 무엇 때문에 데모를 하느냐 하는 문제로 열띤 논쟁을 벌인 적이 있었어. 그런데 그때 우리가 데모를 하는 것은 현 정부가 정치를 잘 하느냐 또는 잘 못 하느냐 하는 것을 따지기 이전에 다만 민주주의 정신에 위배되기 때문에 그렇게 하는 것이라는 결론을 내렸지. 즉, 학생들은 책에서만 배운 대로 정의 사회 구현 등 그런 허울 좋은 구호들을 외치고 있지만 실상 이 현실에서는 그것을 실현하는 데는 그 어떤 한계가 있다는 거야. 그것은 정치는 바로 사람들의 삶을 다스리는 것인데 그 삶이라는 것 자체가 양면성을 띠고 있어서 단일 인과율적인 정치 현상으로는 제대로 설명할 수 없기 때문이지."

"그렇다고 하더라도 너처럼 남들이야 피를 흘리고 싸우든 말든 전혀 개의치 않고서 뒤에서 방관만 하고 있다면 이 사회는 결국 어떻게 되겠어? 자유의 나무는 피를 먹고 자란다는 말이 있는 거처럼, 이 땅에 민주주의를 정착시키기 위해서는 반드시 그만큼 대가를 치르는 것 외에는 달리 다른 방도가 없는 거라고."

재하는 자리에서 슬그머니 일어나서 화장실로 갔다. 화장실의 시멘트벽 한쪽에 휑하니 뚫려 있는 창틀 너머로 줄기차게 쏟아지고 있는 빗줄기가 보였다. 얼마 전까지만 하더라도 멎어 버릴 것 같았던 비는 다시 되살아난 채 짙은 어둠 속에서 더욱더 기승을 부리고 있었다.

그런데 잠시 후 재하가 자리로 돌아오자마자 윤성의 카랑카랑한 목소리가 또다시 그의 귓가를 때리기 시작했다.

"나는 이번에 산업 전선에서 뛰고 있는 노동자들을 중심으로 서클을 하나 조직할 생각이야."

"……."

"그것은 아마 대학가의 지하 서클과 같은 성격을 띤 것으로써 우리가 이루고자 하는 업무를 수행하는 데 있어서 선봉적 역할을 담당하게 될 거야. 가난한 자들은 자기들이 가난하게 살아야 하는가 하는 이유를 잘 모르고 있는 것처럼 비천한 것은 무지의 결과라고 할 수가 있지. 오직 모든 것을 운명으로 받아들이고 굴욕과 복종을 묵묵히 감수한 채 평생을 부자들을 위해 헛되이 살아가고 있을 따름이야. 우리는 그들을 깨우쳐져야 할 의무가 있어. 그들도 인간으로서 권리를 누리고 또 정당한 대우를 받으면서 살아갈 수 있도록 해 줘야 한단 말이야."

갑자기 윤성은 잔을 들고 자리에서 벌떡 일어서더니 각자의 얼굴을 똑바로 쳐다보았다.

"자! 우리 모두 다 함께 힘을 합해 불의의 칼날 밑에서 항상 신음을 해 왔던 이 한반도에서, 그 원망과 한탄의 소리를 완전히 몰아내도록 하자. 이 굴욕의 땅을 피로써 물들이는 한이 있더라도 최후의 일인까지 끝까지 싸워 나가면서……."

그는 선 채로 잔을 흔들며 세 사람을 휘둘러보았다.

"우리 다 함께 일어서서 건배하자. 우리의 영원한 승리를 위해……."

"……."

"자, 건배!"

재하와 기태가 서로의 눈치를 보며 잔을 들고 엉거주춤 일어섰다. 그러나 임동기는 심드렁한 표정을 한 채 자리에 앉아서 꼼짝도 하지 않았다.

"동기야, 너도 일어서서 같이 건배하자니까."

"됐어. 나는 앉아서 혼자 마실 테니까 너희들끼리 마시도록 해."

동기는 말을 마치고는 혼자서 잔을 홀짝 비우자, 윤성은 이글이글 타오르는 눈빛으로 그를 집어삼킬 듯이 노려보았다. 그러다가 이내 자기 앞에 서 있는 두 사람에게로 시선을 돌렸다.

"건배!"

세 개의 잔이 허공에서 어색하게 부딪혔다.

그런데 곧 윤성은 빈 잔을 탁자 위에 세차게 내려놓더니, 임동기를 검지로 똑바로 가리키고서 입을 또 열었다.

"그래, 좋아. 싫어하는 것을 내가 강요한다고 해서 억지로 따라 할 필요는 없어. 하지만 나의 총칼은 이 사회에서 불의를 자행하며 살아가는 사람들보다도 그러한 것을 보고도 못 본 채 하면서, 버러지처럼 비굴하게 살아가는 사람들의 목을 먼저 겨냥하게 될 거야."

장기태는 의자에 비스듬히 앉은 채 남루한 연두색 남방을 풀어 헤치고는 숨을 헐떡거리기 시작했다. 그는 눈을 감고서 잠을 자고 있는 척했으나 그렇게 하고 있지 않은 게 분명했다. 그들은 새벽 1시경에 술집에서 나와 기태가 점원으로 있는 이 시계방에 도착하였다. 그런데 술에 만취된 윤성과 동기가 내실에 있는 두 평짜리 조그만 방을 차지하는 바람에, 재하와 기태는 의자에 쪼그리고 앉아서 밤을 꼬박 새울 수밖에 없었다.

재하는 시간이 흐를수록 조그만 탁자를 사이에 두고서 기태와 마주 앉아 있는 것이 너무나 불편하기만 했다. 또 벽에 온통 다닥다닥 붙어 있는 시계들도 끊임없이 똑딱거리는 소리를 내면서 그를 더욱더 혼란스럽게 만들곤 했다. 어쩌면 이 질식할 듯한 분위기에 빨려 들어가 그의 가슴이 터져 버리는 순간, 이 초침 소리들은 멎을 것이고 또한 기태도 잠자는 시늉을 그만둘지도 모른다.

잠시 후 재하가 형광등을 끌 생각을 한 채 자리에서 벌떡 일어서는데 기태가 눈을 번쩍 떴다.

"춥죠?"

"예. 조금 으스스한데요."

"나…… 나야 매일 이러니까 괜찮지만 당신은 공연히 고생이 많네요."

기태는 담배를 입에 물고는 라이터를 켰다.

"아! 이 지겨운 시계 소리."

그는 혼자 중얼거리듯 조그맣게 투덜거리더니 빠른 속도록 담배 연기를 뻑뻑 뿜어댔다. 문득 헝클어진 머리카락에 잔뜩 찡그리고 있는 그의 얼굴이 뿌연 담배 연기에 뒤덮인 채 험상궂은 가면처럼 보였다.

"추…… 추운데 담…… 담배 한 대 피우지 그러세요?"

기태는 한쪽 다리를 덜덜 떨다 말고 더듬거리는 어투로 또 말했다. 재하가 술집에서도 몇 번 목격한 사실인데, 그가 다리를 떠는 거라든가 더듬거리며 말하는 것은 일종의 그의 버릇인 듯했다.

"자, 한 대 피우세요."

재하는 그가 권하는 담배 한 개비를 말없이 건네받았다.

"대…… 대학 생활은 어떠세요? 요즈음은 봄…… 봄이라서 축제 같은 것도 하니까 무…… 무척 재미있겠네요?"

"재미는요? 요새 학교에 가 봤자 데모니 뭐니 하면서 공부도 제대로 못 한 채 어영부영 하루를 보내는 게 너무나 지겹기만 해요."

"대…… 대학 생활이 지겹다고요?"

그는 어처구니없다는 듯이 코웃음을 쳤다.

"나 같은 놈은 단 하루만이라도 그렇게 사는 게 평생소원인데……."

그는 말을 끊고는 탁자 옆에 놓여 있는 커다란 주전자를 신경질적으로 끌어당겼다. 그러자 주전자가 시멘트 바닥에 끌리는 소리가 허공에 날카롭게 울려 퍼졌다.

"아…… 아마 나도 열심히 공부했더라면 지금쯤 멋있는 대…… 대학생이 되었을지도 모르죠."

그는 주전자를 들더니 꼭지를 입에 대고서 벌컥벌컥 물을 들이키기 시작했다. 가느다란 물줄기가 입술 밖으로 새어 나와 그의 목까지 주룩 흘러내렸다.

"난 중…… 중학교 2학년 때 학교를 그만두었어요. 내…… 내 자신이 공부하기가 싫은 것도 있었지만, 그…… 그보다도 집안 형편이 너무 어려워서 공부를 계속할 수가 없었어요. 그래서 집을 도망쳐 나와서 무…… 무작정 서울로 올라왔던 거예요."

"……"

"처…… 처음에 서울에 올라왔을 때 고생한 건 이루 다 말할 수가 없었어요. 열서너 살밖에 안…… 안 된 놈이 눈을 부릅뜨고 이일 저 일 닥치는 대로 해도 밥…… 밥을 굶는 게 예사였으니까요. 그때에 비하면 지…… 지금처럼 하루 세끼 밥…… 밥이라도 얻어먹고 월급이라고 해서 몇 푼 타 쓰는 것을 아주 큰 다행이라고할…… 할 수가 있죠."

더듬거리며 말하는 그의 혀는 마치 돌처럼 딱딱하게 굳어 있는 듯했다. 재하도 간혹 맞장구를 쳐주면서 무슨 말이라도 하고 싶었으나, 더부룩한 뱃속은 부글부글 끓어오르기만 할 뿐 좀처럼 입술이 떨어지지 않았다.

그때 그는 당장 구토를 일으킬 듯한 역겨움을 느끼며 앉아 있는 상태에서 머리를 뒤로 한 번 젖혔다.

"윤…… 윤성이 형은 한마디로 말해서 무…… 무서운 사람이에요. 어렸을 때부터 고…… 고향에서 신동이라고 소문이 났었죠.

고…… 고향에서 중학교를 마칠 때까지 학교에서 계속 수석을 했거든요. 요즈음도 우리들 사이엔 그 형을 잠자는 호랑이라고 부르고 있어요. 언…… 언제 어느 때 또 무슨 기상천외한 일을 벌일지 모르기 때문에……."

재하는 당장 터져 나올 것 같은 웃음을 애써 참으며 자세를 똑바로 고쳐 앉았다. 그리고 밀려오는 졸음을 꾹 참고서 그의 말에 흥미를 갖고서 귀를 기울이기 시작했다.

"윤…… 윤성이 형은 천석꾼 집안에서 태어나는 바람에 고생이라고는 눈곱만큼도 모르고 호강만 하면서 살았어요. 옛…… 옛날엔 우리 고향 땅 반 정도가 윤…… 윤성이 형네 땅일 정도였어요. 그래서 그의 집에서는 어떻게 해서든지 그 형을 출세시키려고 했건만, 그 형은 대학교에 들어간 후에…… 공…… 공부는 안 하고 엉뚱한 일만 저지르고 다녔어요. 술이나 마시며 흥청망청 놀다가 툭하면 휴학이나 하고, 또 데모 같은 것을 하다가 감…… 감방 같은 데도 갔다 오고."

"……."

"내 생각에는 너무 호강하며 살아서 철이 없어서 그런 거 같아요. 만…… 만약에 내가 형처럼 대학생이라면 그와 같이 어리석은 짓은 하지 않을 텐데……."

그는 노윤성이 잠을 자고 있는 내실을 힐끔 쳐다보고 나서, 그 큰 주전자를 다시 들고는 입에 갖다 댔다.

"그…… 그래도 그 형 말이 맞기는 하죠. 내 생각에도 이 사회가

잘못돼도 뭔가 아주 톡톡히 잘 못 된 거 같아요. 그…… 그래서 윤
성이 형이 고향 후배들을 끌어모아서 서클인가 뭔가를 조직한다고
하는데……. 그렇지만 모두들 그 서클에 가입하는 걸 두려워하고
있어요. 왜냐하면 공연히 그 서클에 가입해서 데모하는데 끼어들
었다가는 윤성이 형처럼 감방에 가게 될지도 모르니까요."

"……."

"그래도 어떻든…… 이 사회도 지금처럼 이대로는 안 되고 반드
시 그 무슨 변화가 있어야 할 거라는 생각이 들어요. 그 형 말처럼
우리같이 가난한 놈들은 아무리 발버둥 치고 노력해 봤자 이런 비
참한 생활에서 벗어날 수가 없어요. 그렇다고 우…… 우리라고 해
서 언제까지고 억울하게 천대받으며 살아갈 수는 없죠. 어…… 어
떻게 해서든 무슨 수를 써서라도 우리도 사람대접을 받으면서 살
고 싶을 따름이니까요."

그는 괴로운 듯 신음 소리를 내며 자리에서 벌떡 일어났다.

"사람 팔자 시간문제라고 하지만 그건 속담에나 있는 말이고,
나…… 나 같은 놈은 평생 이렇게 살아갈 수밖에 없어요. 남의 집
에서 이 모양 이 꼴로 점원 노릇이나 하면서……."

"……."

"아! 무슨 큰일이라도 터졌으면 좋겠어요. 당…… 당장에 세상이
두 조각이라도 나든지 아니면 우당탕 쿵쾅 모든 게 뒤죽박죽되든
지……."

그는 의자에 도로 털썩 주저앉았다.

잠시 동안 무거운 침묵 속에 기태는 허공에 멍하니 시선을 두고서 꼼짝하지 않고 앉아 있었다. 재하는 눈까풀이 따끔따끔하게 쑤셔올 뿐 아니라 뱃속이 쓰리다 못해 뒤틀리는 듯해서 몸을 한두 번 뒤척였다. 그런데 그 순간 자신도 모르는 사이에 그의 입에서 하품이 길게 흘러나왔다.

"피곤한가요?"

"예. 조금……."

"그…… 그럼 그만 자도록 합시다."

곧 기태는 부스스 일어나서 형광등을 껐다.

얼마 후 시계들의 초침 소리와 숨을 헐떡거리며 내쉬는 소리에 휘말려서 재하는 의자에 앉은 채로 깜박 잠이 들었다. 그러다가 뒤통수가 뻐근하게 쑤셔오는 것을 느끼며 퍼뜩 잠에서 깨어났을 때는 누군가 홀쩍거리며 우는 소리가 들렸다. 그리고 역겨운 냄새가 코를 찌름과 동시에 어둠침침한 어둠 속에서 기태가 한쪽 구석에 웅크리고 앉아 구토를 하고 있는 것이 어렴풋이 보였다.

"어머니, 어머니……."

기태는 이렇게 소리치며 다시 조그맣게 울음을 터트렸다.

"멸시하지 마라, 이 더러운 자식들아! 돈…… 돈이 많은 부자이면 최고냐? 대학교에만 다니면 최고냐고? 죽여 버릴 거야. 모두 다 죽여 버릴 거란 말이야."

기태는 흐느껴 울면서 주먹으로 시멘트 바닥을 주먹으로 쿵쿵 치기 시작했다. 그러나 한순간 모든 것이 정적 속에 묻힌 채 차가

운 새벽 공기가 재하의 가슴속으로 깊숙이 스며들었다. 차 한 대
가 빠른 속도로 공기를 가르며 질주하는 소리가 아련히 들렸다.

명진은 이맛살을 잔뜩 찡그린 얼굴로 잔을 또 들었다.

"자!"

그러나 그가 잔을 두세 번 흔들어 댔으나, 오랫동안 같이 앉아서 술을 마시던 이경원과 황인수는 시무룩한 표정을 짓고는 꼼짝도 하지 않았다.

"따르라니까."

명진이 억지로 쓴 미소를 머금고는 착 가라앉은 목소리로 위협적으로 말하자, 황인수가 마지못해 술병을 들었다.

곧 명진의 목을 타고 넘어간 진하고 독한 양주가 그의 가슴속에 또다시 불을 댕겼다. 그러나 그는 안주도 먹지 않은 채 트림을 한 번 하더니 이내 테이블 위에 얼굴을 처박았다. 그러자 후덥지근한 입김이 테이블과 그것과 맞닿고 있는 그의 코끝과 입 언저리에 축축하게 달라붙기 시작했다.

"저 자식 오늘 왜 저러는 거야?"

"난들 알 수가 있나? 말 한마디도 없이 계속 저렇게 술만 마셔대곤 하는데……."

"나 원 참, 이거 답답해서……."

경원이 혀를 차며 담배를 입에 물었다.

"신경 쓰지 마. 공연히 저러는 것이니까."

"그래도 무슨 이유가 있을 거 아냐?"

"이유는 무슨 이유야. 하루하루 사는 게 답답하고 짜증 나니까 저러는 것일 테지."

황인수가 신경질적으로 대답했다.

"우리까지도 기분이 이상해지는 거 같군."

"그러게 말이야. 어떻게 기분 전환하는 방법은 없을까?"

"화끈하게 노는 것 말고는 다른 방법이 뭐가 있겠어?"

인수의 말에 경원은 몇 번 피우지도 않은 담배꽁초를 재떨이에 황급히 눌러 끄고서 다시 입을 열었다.

"라인 볼이나 치러 갈까?"

"라인 볼?"

"응. 저녁에 놀 수 있는 밑천을 만들어 놓아야 할 거 아냐?"

"웃기는 소리 좀 하지도 마. 그런 실력으로 본전치기만 해도 다행이지 우리가 당구를 쳐서 어떻게 돈을 딴다고 그러는 거야? 그럴 바에는 차라리 고스톱이나 포커를 치는 게 훨씬 낫지."

"하지만 그런 것들을 할 만한 돈도 없잖아?"

경원이 재차 부정을 하자 인수는 낙담한 채 고개를 끄떡였다.

"그럼 이것저것 다 때려치우는 수밖에 없군."

"안 돼. 이렇게 하루를 고스란히 공칠 수는 없어."

경원이 다급한 어조로 단호하게 딱 잘라서 말했다.

"아무리 그래도 달리 다른 방법이 없잖아?"

"가만있어 봐. 생각 좀 해 보고."

짧은 침묵 끝에 이경원이 다시 힘없는 어조로 말을 이었다.

"아무튼 우선 기섭이를 만나보는 게 좋겠어."

"그 애는 왜?"

"그전부터 우리들하고 포커를 계속 쳤으니까, 기섭이를 만나면 그 무슨 뾰족한 수가 있을 거 아냐?"

그러나 인수가 어깨를 으쓱하며 코웃음을 쳤다.

"이봐, 정신 차려. 기섭이는 몇 푼을 내걸고서 심심풀이로 포커를 치는 우리 같은 조무래기들은 이제 더 이상 상대도 하지 않는다고. 그 애가 치는 포커는 고수들과 목숨을 건 채 한 판 승부를 벌이는 것이라서, 판돈이 대게 몇십만 원에서 많게는 몇백만 원을 오르락내리락해. 얼마 전에도 G대 애들과 등록금 따먹기를 했다고 하더군."

"등록금 따먹기?"

"그래."

인수가 고개를 끄떡이자 경원이 손바닥으로 테이블을 탁 치며 환호성을 질렀다.

"정말 구미가 당기는 얘기군. 나도 한번 해 보고 싶은 생각이 드는데……."

"그런 바보 같은 소리 좀 제발 그만하라니까? 그들은 포커에 대해서는 완전히 귀신들이라서, 우리 같은 애송이들은 몇 시간도 못 가서 있는 거 몽땅 다 털리고 말아. 그래서 기섭이도 그 판에 직접 끼어들진 못 한 채 뒤에서 물주 노릇만 하고 있는 거 같더라고."

그때 별안간 명진이가 얼굴을 번쩍 쳐들고서 악을 쓰듯 소리를 버럭 질렀다.

"시끄러! 그만 입 다물지 못 해."

"왜 그래?"

"그런 쓸데없는 말들을 지껄여 대는 거 더 이상 듣기 싫으니까 제발 그만 좀 떠들어대라고."

명진은 이글이글 타오르는 눈으로 집어삼킬 듯이 그들을 노려보다가 이내 그 시선을 거두었다. 그리고 느닷없이 붉게 달아오른 얼굴로 히죽히죽 웃으며, 잔을 높이 치켜들고는 그것을 몇 번 흔들어 댔다. 그러나 두 사람은 얼빠진 듯한 표정으로 그를 멍하니 쳐다보기만 할 뿐 아무런 반응을 나타내지 않았다. 그러자 그는 잔을 내려놓고는 술병을 획 낚아채더니 그것을 입에다 갖다 댄 채 술을 한 모금 벌컥 들이켰다.

쓰디쓴 양주의 독한 냄새가 명진의 목에 탁 걸렸다. 그 강한 독소는 순식간에 끓어올라 양미간을 후려친 다음 얼굴 전체로 뜨겁게 확산되어 갔다. 그 순간 그는 그 기운을 이겨내지 못한 채 테이블 위에 쓰러질 듯이 다시 엎드렸다.

스테레오에서 흘러나온 은은한 선율이 죽은 듯이 축 늘어져 있는 명진의 몸 위로 부드럽게 펼쳐졌다. 그가 숨을 죽이고서 귓가에 알알이 맺히는 그 음향에 서서히 몰입하자, 높고 낮은 그 음에 따라 그의 마음은 허공 속에서 구름을 타고 두둥실 떠다니는 듯했다.

"아!"

반쯤 벌어져 있는 그의 입술 사이로 가느다란 신음 소리가 조금씩 흘러나왔다.

"……그리움 속에 떠오르는…… 너의 영상에 젖는다……."

유행가 가사가 터질 듯이 부풀어 있는 그의 가슴속 깊이 파고들었다. 그와 함께 그 퇴폐한 어휘들이 그 밑바닥의 어두운 부분을 강타하면서 덧없는 감정의 물결이 끝없이 출렁이기 시작했다.

어느덧 또 다른 환영이, 걷잡을 수 없는 허상의 그림자가 끊임없이 나타났다 사라졌다. 아무리 손을 뻗어도 애타게 부르짖어도, 그것들은 겹겹이 쌓여 있는 안개 더미 너머의 아득히 먼 곳에서 서서히 표류하고 있었다. 누구인가? 어머니의 따뜻한 품속인가? 연인의 설레는 조그만 젖무덤인가? 풋복숭아 냄새나는 매끄러운 살결, 자극적인 화장품의 향취……. 길고 짙은 속눈썹과 함께 애수에 젖어 있는 듯한 새까만 두 눈동자.

그는 그것들을 만지고 싶었다. 애무하고 싶었다. 그러나 손아귀에 쥐어도 스르르 녹아 없어지고, 또 힘껏 포옹을 하고서 입맞춤을 해도 그 영상들은 미동도 하지 않은 채 쓸쓸히 잠들어 있을 뿐이었다.

별안간 명진은 눈을 번쩍 뜨고 자리에서 벌떡 일어서더니 자리에서 홱 빠져나갔다. 그리고 어둠침침한 앞을 비틀거리면서 걸어가다가 어느 테이블 앞에서 걸음을 우뚝 멈추었다. 그러자 이마를 맞대고 소곤거리며 수다를 떨던 두 여자가 고개를 들고서 그를 힐끔 쳐다보았다. 그러나 그는 조금도 지체함이 없이 그들의 앞에 놓여 있는 의자에 털썩 주저앉았다.

곧 그가 숨 막힐 듯이 짧게 흐르는 침묵을 깨려는 듯 어색한 동작으로 담배를 입에 물었다.

"공연히⋯⋯."

"⋯⋯."

"방해가 됐는지 모르겠군요."

그리고 말들이 혀끝에 맴돈 채 더 이상 좀처럼 밖으로 튀어나올 줄 몰랐다. 그는 담배만 몇 모금 빨다 말고 이내 그것마저도 신경질적으로 재떨이에 눌러 꺼 버렸다.

"대체 용건이 뭐예요?"

그가 대답 대신 멋쩍은 미소를 짓자 질문을 한 여자가 코웃음을 치며 긴 머리를 뒤로 홱 젖혔다. 순간 그 모습이 냉정한 설이를 닮았다는 생각이 듦과 동시에 그의 가슴속에 그 무엇이 뭉클 또 치밀어 올랐다.

"혼자 너무 심심해서⋯⋯ 같이 말동무 좀 될 수 없을까 해서요."

"필요 없어요. 우리는 심심하지 않으니까 다른 데 가서 알아보도록 하세요."

옆에 앉아 있던 긴 웨이브 파마를 한 여자가 조소를 띠고는 톡 쏘아붙였다. 그리고 더 이상 상대하기 싫다는 듯 옆으로 홱 비껴 앉은 다음 핸드백에서 담배 갑을 꺼냈다. 그러고 나서 조그맣고 빨간 입술로 담배를 물고는 천천히 성냥불을 댕기자, 이내 뿌연 연기가 차갑고 요염하게 생긴 그 얼굴 위를 덮쳤다.

잠시 머쓱한 표정을 짓고 있던 그는 부스스 일어나서 쫓기는 듯한 걸음으로 자기 자리로 되돌아왔다. 그러나 경원과 인수의 따가운 시선을 감당하기 어려워서 의자에 앉으려다 말고, 짐짓 쓰러질 듯 비틀거리며 경원의 어깨 위에 푹 고꾸라졌다.

"경원아, 제발 나 좀……."

명진은 경원의 옷을 부여잡고 애절하게 속삭였지만, 경원은 화를 벌컥 내며 그를 홱 밀쳐냈다.

"창피하게 정말 왜 그래?"

명진은 아득한 절망감을 느끼며 그를 물끄러미 바라보았다.

'맞아. 우리는 서로 우정으로서 맺어 온 사이가 아니라, 유희를 즐기기에 알맞은 상대를 선택한 것에 불과하지. 당구를 치기에 좋은 맞수가 되고 또 여자에게 접근하는 데 호흡이 잘 맞고, 또한 공부는 전혀 하지 않은 채 건달처럼 제멋대로 어울려 다닐 수가 있으니까……'

그가 이런 생각을 하며 뒷걸음치는 순간 그의 엉덩이가 테이블의 모서리에 세게 부딪혔다. 그와 함께 테이블 위에 있던 맥주병이 바닥에 떨어져서 요란한 소리를 낸 채 깨지자, 그곳에 앉아 있던 한 쌍의 남녀가 기겁을 하고 놀라며 급히 다른 곳으로 피신을 했다.

그때 별안간 술집 주인이 어디선가 나타나더니 그들 앞에 떡 버티고 서서 소리를 버럭 질렀다.

"여기가 뭐 당신들 술주정하는 곳인 줄 알아? 왜 툭 하면 이런 행패를 부리고 그러는 거야?"

명진이 그 남자를 향해 야수처럼 달려들었으나 미처 그전에 어디선가 날아온 구둣발이 그의 옆구리를 힘껏 걷어찼다. 그러자 그는 외마디 비명을 지르며 나동그라짐과 동시에 그의 눈앞에 샹들리에 불빛이 빙빙 춤을 추기 시작했다. 또한 동정에 어린 눈길들과 또한 경멸과 야유에 찬 모습들도 겹쳐서 떠올랐다. 그러나 그는 그 모든 것을 부숴 버리기라도 할 듯이 허공을 향해 주먹을 휘두르며 벌떡 일어선 다음 밖으로 후다닥 뛰쳐나갔다.

휘황찬란한 네온사인이 늘어서 있는 유흥가로 수많은 사람들이 밀려오면서, 거대한 대도시의 밤하늘은 뜨거운 열기로 서서히 달아오르는 듯했다. 명진은 술에 취해 불그스름하게 물든 얼굴을 숙이고는 끝없이 출렁이는 인파에 휩싸여서 정처 없이 걷기 시작했다. 학원에 등록만 해 놓은 채 한 번도 나가지 않은 것이 거의 두 달은 다 된 거 같았다. 그는 그동안 책 한 장 들여다보지 않고서 정신이 반쯤 돌아버린 사람처럼 항상 술이나 마시며 돌아다니곤 했다. 도시의 퇴폐한 밤거리와 환락가를 배회하는 무리들과 함께 적당히 즐길 만한 건수를 찾아다니며…….

만일 설이를 사귈 수 있다면 그도 마음을 잡고서 착실하게 공부에 전념할 수 있을지 모른다. 그러나 일류 대학생과 재수생이라는 것 외

에도, 그녀는 재하의 애인이라는 사실이 그를 더욱더 절망에 빠지게
했다. 더군다나 재하는 무럭무럭 자라나고 있는 큰 나무라고 한다
면, 그는 그 나무 아래 고여 있는 썩은 웅덩이에 비유할 수 있었다.

잠시 후 명진은 육교를 건넌 다음 술집들이 죽 늘어서 있는 길목
으로 들어섰다. 그리고 목에 심한 갈증을 느낀 채 아직도 이른 시
간인데도 밴드 소리가 요란스럽게 울려 퍼지고 있는 어느 나이트
클럽으로 들어갔다.

"뭘 드시겠습니까?"

흰 재킷을 입은 웨이터가 한쪽 구석에 자리를 잡은 그에게 다가
와서 허리를 굽혔다.

"맥주로 갖다 드릴까요?"

그 웨이터가 그의 귀에다 대고 속삭이는 듯한 어조로 다시 채근
을 했다. 그러자 그는 지갑에 한 푼도 남아 있지 않을 것이라고 생
각하면서도 무의식중에 고개를 끄떡이고 말았다.

얼마 동안 그는 담배를 피워가며 웨이터가 가져다준 맥주를 홀
짝홀짝 마시기 시작했다. 그런데 어느 정도 시간이 흘렀을 때 몇몇
사람들이 스테이지에서 춤을 추다 말고, 웅성거리고 떠들어대며
한쪽으로 우르르 몰려갔다. 그래서 명진도 호기심을 갖고서 자리
에서 일어나 재빨리 그곳으로 가 보았다.

그곳에는 어느 아가씨가 빙 둘러선 채 손뼉을 치고 있는 사람들
의 한 가운데에서 온몸을 흔들어 대고 있었다. 그러나 그것은 엄
밀히 말해서 춤을 추는 것이 아니라, 넋이 달아난 듯한 표정을 짓

고서 거의 광란에 가까운 몸짓을 하고 있는 것에 불과했다. 그러다가 드럼 소리가 점점 더 고조되는 순간 그녀는 춤추던 동작을 멈추고는 제자리에서 팔딱팔딱 뛰기 시작했다.

"누구야?"

"창녀야 창녀. 이 호텔 뒤에 있는 사창가에서 온 여자야."

"환각제 먹은 거지?"

"물론이지."

그 주위에 죽 서 있던 청년들이 박자에 맞춰 손뼉을 치거나 웃음을 터트리면서 이런 말들을 주고받곤 했다.

그런데 드럼 소리가 절정에 다다랐을 때 돌연 그녀는 그 자리에 털썩 주저앉더니, 두 손으로 얼굴을 꼭 감싸고서 울음을 터트렸다. 번득이는 섬광이 축축하게 젖어서 번들거리고 있는 그녀의 얼굴 위로 산산이 부서져 내렸다.

그때 한 청년이 그녀의 팔을 잡고서 그녀를 일으켜 세우려고 하자, 그녀는 그 손길을 뿌리친 채 비틀거리고 일어섰다. 서너 명의 청년들이 축축하게 땀에 젖어 있는 그녀의 빨간 티셔츠를 잡아당기거나, 또는 짧은 치마가 아슬아슬하게 걸려 있는 엉덩이를 손바닥으로 툭툭 치곤 했다. 그녀가 그들 틈에서 빠져나가려는 듯 이리저리 왔다 갔다 하는데, 느닷없이 한 청년이 조소를 지으며 그녀를 힘껏 떠밀었다. 그와 동시에 그녀는 힘없이 쓰러지면서 공교롭게도 맞은편에 서 있던 명진의 품에 안기고 말았다.

곧 그녀는 쓰러지지 않으려는 듯 그의 목을 꼭 껴안은 채 축 늘어졌다.

"오빠, 오빠…… 제발 나 좀……. 제발……."

그녀는 울음 때문에 더 이상 말을 이을 수가 없었다. 명진은 그녀를 부축한 상태에서 어리둥절한 표정을 짓고는, 말 한마디 없이 그 자리에 꼼짝 않고 서 있기만 했다.

"저 친구 오늘 운수 대통했군."

"아주 잘 어울리는 한 쌍인걸."

여기저기서 빈정거리는 소리가 막 터져 나오고 있는 순간 두 젊은 여자가 클럽 안으로 막 뛰어 들어왔다. 그 여자들은 주위를 한번 휘둘러보더니 빙 둘러서 있는 사람들을 밀쳐내며 이쪽으로 황급히 다가왔다.

"아저씨, 왜 그래요?"

두 여자가 명진에게 거세게 달려들어서 그의 품 안에 있던 그녀를 빼앗았다.

"순자야, 왜 그래? 이 바보 같은 계집애야."

두 젊은 여자가 울먹이는 어조로 소리 지른 채 사람들 틈을 헤치고서 그녀를 질질 끌고 가기 시작했다.

그 주위에서 우두커니 서 있던 사람들이 조소를 띤 눈빛으로 명진을 물끄러미 바라보았다. 또한 한 청년이 그에게 손가락질을 하면서 비웃음을 크게 터트리자, 그는 얼굴이 화끈거리고 달아오르는 것을 느끼며 출입구 쪽으로 후닥닥 뛰어갔다. 그러나 문을 열고서 층계를 막 올라가려고 하는데 누군가가 뒤에서 그의 옷을 꽉 움켜잡았다.

덩치가 큰 웨이터가 명진의 팔을 뒤로 비틀어서 꼼짝 못 하게 한 다음 그를 주방으로 끌고 갔다.

"뭐야?"

잠시 후 그 뒤를 따라서 들어온 뚱뚱한 중년 남자가 두 사람을 번갈아 바라보며 큰 소리로 말했다.

"이 자식이 술값을 안 내고서 도망가려고 하잖아요."

웨이터가 그 중년 남자에게 씩씩거리며 말했다.

"그게 아니고⋯⋯."

"뭐가 그게 아냐, 이 새끼야."

웨이터가 명진의 배를 후려침과 동시에 그는 신음 소리를 내며 그 자리에 무릎을 털썩 꿇어 버렸다.

곧 중년 남자가 눈짓을 하자 웨이터가 쓰러져 있는 명진의 주머니를 뒤져서 지갑을 꺼내 들었다.

"그래, 돈 좀 있어?"

"땡전 한 푼 없는데요."

웨이터는 지갑을 그의 몸 위에 도로 집어 던지고는 손을 툭툭 털어댔다.

"오늘따라 왜 이 모양이지? 어떤 미친 계집애가 스테이지를 다 망쳐 놓질 않나? 또 술값을 안 내고서 도망치려는 놈이 있질 않나?"

"하는 수 없이 파출소에 연락해야겠죠?"

"그걸 말이라고 해, 이 자식아!"

그 중년 남자가 웨이터에게 험악하게 일그러진 얼굴로 소리를 버럭 질렀다.

한 시간쯤 후에 그가 예상했던 대로 아버지는 위엄을 차리고는 명진을 데리러 파출소로 왔다. 집으로 오는 도중에 그는 너무나 피곤해서 잠을 자고 싶었지만 아버지가 차 안에서 계속 담배를 피우는 바람에 뜻대로 할 수가 없었다. 그저 무거운 침묵 속에 아버지의 따가운 시선을 의식한 채 집에 도착할 때까지 잠을 자는 척 두 눈을 꼭 감고 있어야만 했다.

명진은 하루 종일 이런저런 일을 겪어서 그런지 집에 도착하자 마치 먼 여행을 마치고 돌아온 듯한 느낌을 받았다. 그런데 그가 구두를 벗고서 거실에 들어서는데 느닷없이 아버지가 그의 뺨을 세차게 후려쳤다. 그는 분노에 떨고 있는 아버지를 피해 뒷걸음쳐서 자기 방으로 가기 위해 층계로 올라갔다. 그리고 자기의 팔을 막 잡으려고 하는 어머니의 손길을 냉정하게 뿌리치는 순간 눈물이 맺혀 있는 그녀의 두 눈과 언뜻 마주쳤다.

"엄마, 나 좀 제발 그냥 내버려 둬요."

그는 가슴 속에 그 무엇이 불끈 치솟는 것을 느끼며 소리를 버럭 질렀다.

"어떻게 되든 말든 상관하지 말고 제발 내버려 두란 말이에요."

그가 악을 쓰고 질러대는 소리가 거실의 휑한 공간 너머로 쩌렁하고 울려 퍼졌다.

5

　책상에 엎드려서 얼핏 잠이 들어 있는 재하의 어깨를 누군가가 막 흔들어 댔다. 그가 부스스 깨어나자 자기 앞에서 어설픈 미소를 머금고 서 있는 설이의 모습이 보였다. 저녁 식사 시간이라서 그런지 도서관 안은 가방을 챙겨서 밖으로 나가려는 사람들과 자리를 잡으려는 사람들로 다소 소란스러웠다. 재하는 책상 위에 흩어져 있는 책과 노트들을 정리한 다음 자리에서 일어나 그녀와 함께 도서관 밖으로 나왔다. 그리고 도서관 정문 앞에 있는 자판기에서 커피 두 잔을 빼 들고는 운동장의 스탠드로 갔다.

　학교 건물 뒤에 있는 야산에서 시원한 바람이 불어와 땀이 맺혀 있는 두 사람의 등과 얼굴을 적셨다. 운동장에는 축구를 하던 남학생들이 다 사라져 버린 채 휑하니 텅 비어 있는 곳에는 짙은 어둠만이 웅크리고 있었다.

　"공부하기 힘들지?"

　"항상 그렇지 뭐……. 너는 중간고사는 잘 봤어?"

　"그냥 그럭저럭……."

　설이는 살짝 눈웃음을 치면서 아직도 뜨거운 커피를 홀짝 마셨다. 재하는 담배를 꺼내 입에 물고는 라이터를 켰다.

　"지금 하고 있는 공부는 잘 돼?"

"글쎄, 잘 모르겠어. 공부를 하긴 해야겠는데 이상하게도 책을 볼 때마다 집중이 잘 되지 않아서 죽을 것만 같아."

그가 내쉬는 한숨 소리에 섞여서 담배 연기가 어둠 속에서 희뿌옇게 피워 올랐다.

"노윤성 형이 경찰에 잡혀갔어."

"뭐? 그게 사실이야?"

그녀는 깜짝 놀라며 외마디 비명을 질렀다.

"그럼 앞으로 어떻게 될 거 같아?"

"현재 재판 중이라서 뭐라고 말할 수는 없어도 적어도 2~3년은 감방에 있어야 할 거 같다고 하더군."

잠시 짙은 어둠 속에서 담뱃불만이 빨갛게 타들어 갔다.

"그 선배님이 대체 뭘 어떻게 했는데 그래?"

"이번에 전국 대학교에 있는 지하 서클들을 주축으로 한 채 거국적으로 봉기를 일으키려고 했던 거 같아. 그런데 그 계획이 들통나는 바람에 윤성이 형과 몇몇 주동 인물들이 잡혀가고 말았어. 그래서 경찰에서는 이 사건을 빌미로 모든 조직체의 밑뿌리까지 완전히 뽑아 버리기 위해 잔뜩 벼르고 있다고 하더군."

"그럼 그 선배님은 학교를 더 이상 못 다니겠군."

"아마 그럴 테지. 정말 똑똑한 사람인데 너무나 안 됐어."

재하는 비어 있는 종이컵의 안에다가 들고 있던 꽁초를 집어넣었다.

"윤성이 선배님은 너무 과격해서 탈이야. 데모를 한다고 해서 모든 사람이 다 교도소에 가는 것은 아니잖아? 그런데 학생으로서 해야 할 공부는 하지 않은 채 너무 그 일에만 광분해서 날뛰다 보니 그렇게 된 것일 테지."

"그래도 누군가 해야 할 일이잖아? 그 형이 학교에서 퇴학을 당한 데다가 감방에 간 것은 그 형으로서도 어쩔 수 없는 일이었어. 이 사회가…… 불의와 비리가 극에 달해 있는 이 사회가 윤성이 형을 그와 같이 만들고 만 것이라고."

"물론 그 말도 맞기는 하지만 윤성이 선배님만이 이 사회에 대해서 분노와 치욕을 느꼈던 것은 아니잖아? 나도 그런 걸 느끼고 있고 또 이 나라의 모든 사람이 전부 다 그런 걸 느끼고 있어. 하지만 그 모든 것에는 다 한계가 있는 것처럼 우리도 그런 것을 어느 정도 감수하면서 살아갈 수밖에 없을 거야."

바람이 세차게 불어오자 설이는 스탠드에서 벌떡 일어서서 발걸음을 떼기 시작했다. 재하도 고개를 숙이고서 아무 말도 없이 그 뒤를 묵묵히 따라갔다.

여기저기 흩어져 있는 벤치와 잔디에는 은밀하게 데이트를 즐기는 남녀 학생들과 친구들과 어울려서 잡담을 나누는 학생들로 빈 곳이 거의 없는 듯했다.

"어떻게 보면 윤성이 형은 이 부조리한 사회에 희생양이라서, 훌륭한 집안에서 태어났으면서도 그렇게밖에 살 수 없었던 거야. 언젠가 그 형이 술에 잔뜩 취해서 자기도 남들처럼 부모님의 뜻대로 학교나 착실하게 잘 다녔으면 좋겠다고 말한 적이 있었어. 그런데 눈만 뜨면 마주치게 되는 이 사회의 불의와 부정 때문에 가슴에 울화병이 생겨서 자기는 영원히 그렇게 할 수 없을 거라고 하더군."

"그럼 그 희생으로 윤성이 선배님이 얻은 게 그 무엇인데? 정의? 인권? 설령 그런 것들이 아무리 중요하다고 해도 자기 인생을 파멸 시킬 만큼 그렇게 중요한 것은 아니잖아?"

"암 그렇고말고. 우리는 너처럼 모두 다 자신들밖에 모르는 이기 주의자들이니까……."

"그런데 그게 바로 엄연한 현실인 걸 어떻게 해."

그가 코웃음을 치는 순간 설이는 조금도 물러서지 않고서 톡 쏘아붙였다. 그리고 다소 피곤함을 느끼며 도서관 뒤쪽의 으슥한 곳에 있는 벤치에 앉았다. 그러자 그도 그녀의 옆에 조심스럽게 앉더니 다소 의아스러운 표정을 짓고서 그녀를 빤히 쳐다보았다.

"오늘은 설이가 그전과는 달리 좀 이상해진 거 같아. 뭐 때문인지는 몰라도 화가 무척 나 있는 거 같기도 하고……."

"사실 요즘 나는 내 자신뿐만 아니라 이 나라의 모든 대학생에게 실망감을 느끼고 있어. 모두 다 공부는 등한시한 채 술에 취해 흥청망청 노는 것이라든가 또는 데모하는 것 등 그러한 엉뚱한 것들에만 정신이 팔려 있는 거 같아. 선배도 다른 사람이야 어떻게 되든 말든 더 이상 신경 쓰지 말고서 공부나 열심히 했으면 좋겠어."

"알았으니까 만날 때마다 그런 잔소리 좀 그만해."

밤이 이슥해지면서 그녀는 다소 한기를 느끼고는 벤치에 쪼그리고 앉은 상태에서 몸을 잔뜩 웅크렸다.

"미안해. 오늘 내가 공연히 신경질을 많이 부린 거 같아서. 하지만 사실 윤성이 선배님이 그와 같이 된 것이 나도 마음이 너무나 아파서 그랬던 거야. 우리 모두가 여태껏 그 선배님만큼 따르고 존경하는 사람도 없었잖아?"

별안간 그녀는 자기의 옆에 놓여 있는 가방 속에서 책을 한 권 꺼내더니 그것을 그에게 내밀었다.

"저번에 선배가 빌려 달라고 부탁했던 철학 개론이야."

문득 설이의 새까만 두 눈이 도서관의 유리창에서 흘러나온 흐릿한 빛에 반사된 채 영롱하게 반짝거렸다. 그때 그녀의 오뚝한 콧날과 빨간 입술이 무척 아름답게 보이는 듯하자, 그는 자신도 모르는 사이에 책을 내미는 그녀의 손을 꽉 잡았다. 그러나 그의 입에서 흘러나온 뜨거운 입김이 그녀의 뺨과 목에 맞닿으려는 순간, 그녀가 멋쩍은 미소를 짓고는 그의 손을 황급히 뿌리쳤다.

"설이!"

"사람들이 왔다 갔다 하는데…… 갑자기 왜 그러는 거야?"

그녀가 톡 쏘아붙이자 그는 퍼뜩 정신을 차리고는 그녀에게 떨어졌다.

"명진이에게서 요새도 연락이 오나?"

그는 마른침을 꿀꺽 삼키며 볼멘 어조로 툭 내뱉었다.

"누구? 윤명진 씨?"

그녀는 깜짝 놀라며 되물었다.

"그전에도 말했지만 그 사람이 교회에 찾아오는 바람에 그에게 전도해 주기 위해 둘이서 커피 한 잔 마신 거밖에 없어."

"뭐? 그 자식이 교회에 다니기 위해 너에게 전도를 받았다고? 온 갖 나쁜 짓은 다 하고 다니는 그 건달 같은 녀석이……."

재하는 고개를 뒤로 젖히고는 비웃음을 크게 터트렸다.

"어떻든 너하고 관계가 있었다는 그 사실만으로도 나는 너무나 기분이 나빠. 더군다나 너를 보기 위해서 교회에 몇 번 찾아왔다 는 것을 생각만 해도 불쾌해서 죽을 지경이야."

"그 사람과 친구라면서 어떻게 그런 식으로 말을 할 수가 있어?"

그녀는 얼굴이 화끈거리고 달아오르는 것을 느낀 채 벤치에서 벌떡 일어섰다.

"나는 너무 피곤해서 그만 집에 들어갈 거니까, 선배는 지금 안 가려면 도서관에서 조금 더 있다가 가든지 해."

곧 재하는 설이와 시큰둥한 상태에서 헤어지고 나서 도서관으로 급히 갔다. 그리고 그녀가 준 책을 펴 보자 그 책 속에는 필요 한 책을 사서 읽으라는 메모지와 함께 5만 원이 든 봉투가 들어 있었다. 그는 모멸감 비슷한 감정을 느끼며 그것을 바지 주머니 에 꾸겨 놓았다. 그 언제부터인가 그녀는 책갈피 속에 용돈을 넣 어서 그에게 가끔 건네주었는데, 최근 들어서 그녀의 이러한 행 동이 그 무슨 의미가 있는가 하는 의구심을 갖기 시작했다. 대부 분의 선배들과 마찬가지로 자기 자신도 학교를 무사히 마칠 뿐 아니라 나중에 결혼 같은 것을 해서 행복한 가정을 꾸려 나갈 자 신이 전혀 없었다.

사실 그가 그녀와 육체적 관계를 갖기를 원한다면 그것이 전혀 불가능하지 않을지도 모르지만, 두 사람은 여태껏 키스 한 번 제대로 해 본 적이 없을 정도로 불완전한 사랑을 지속해 왔다. 그의 머릿속에는 그녀가 마치 이슬만 먹고사는 한 송이 꽃처럼 십자가 아래에서 경건한 자세로 기도를 드리고 있는 가냘픈 소녀의 모습으로만 각인되어 있었다. 그래서 작년 겨울 방학 때 친한 친구와 술을 마시다가 둘이서 사창가에 들렀던 후로 지금까지 두 번이나 더 그곳에 가서 어설프게 배설을 하곤 했다. 오늘도 그녀에게서 돈을 받았을 때부터 그곳에 가고 싶다는 강한 충동에 사로잡힌 채 몇 달 동안 참아왔던 욕구를 간단하게 해소할 생각을 했다. 그리고 천사라도 되는 것처럼 늘 고결한 척하는 설이를 마음껏 조롱하고, 또한 추하면서도 사악한 자기 자신을 비하하며 끝없는 자학 속에 괴로워할 것이다.

그런데 설이도 그가 자기를 너무나 쫓아다니니까 그의 뜻에 호응해서 운동권 같은 데에 기웃거릴 뿐이지, 그에게서 대학교 선배 이상의 감정을 거의 느끼지 못하고 있었다. 또한 1년쯤 전에도 그가 당장 쓸 돈이 없어서 전전긍긍하기에 5만 원을 도와준 적이 있는데, 그 후에도 그녀는 자기가 가끔 아르바이트를 해서 번 돈을 아껴서 두세 달에 한 번씩 그에게 얼마씩 주곤 했다. 그러나 그것은 그가 형편이 너무 어려우니까 조금이나마 도움을 준다는 것이지 그 외에 다른 의도는 조금도 없었다.

재하는 도로를 가로지른 다음 맞은편에 우중충한 건물들이 늘어서 있는 곳으로 재빨리 걸어갔다. 조금 전에 포장마차의 한쪽 구석에 혼자 앉아서 다른 사람들의 눈치를 살펴 가며 소주 한 병을 마셔서 그런지 취기가 올라오는 듯했다.

잠시 후 그가 그 건물들 뒤쪽에 짙은 어둠이 도사리고 있는 골목으로 들어서자마자, 한 중년 여자가 그의 옆에 달라붙었다. 어두운 저쪽에서 불어온 바람이 그 사창가 지역에서 감돌고 있는 뭔가 썩는 듯한 퀴퀴한 냄새를 실어와 그의 코끝을 스치고 지나갔다.

"젊고 예쁜 여자 있어요."

그는 그 여자가 이끄는 대로 그 뒤를 묵묵히 따라서 발이 돌부리에 차이는 것도 모를 정도로 어두컴컴한 골목을 지나갔다. 그러자 네모난 상자처럼 생긴 방들이 다닥다닥 붙어 있는 집들이 나타났는데, 거기서 맨 끝에 있는 다리도 마음대로 뻗을 수 없을 정도로 작은 방으로 안내되었다. 그곳에는 낮은 천장에 누르스름한 백열전등이 흐릿한 빛을 던진 채 더러운 이불이 한 개 달랑 깔려 있었다.

얼마 동안 그가 이불 위에 누워서 그 전등에 멀뚱멀뚱 시선을 두고 있는데, 삐거덕거리는 소리와 함께 미닫이문이 열렸다. 이내 한 아가씨가 방으로 들어오더니 그를 흘겨보며 살짝 눈웃음을 치고 나서, 조금도 주저함이 없이 바지와 팬티를 벗어 버렸다.

"돈부터 주세요."

그가 바지 주머니에 있던 돈을 꺼내서 그녀에게 건네자, 그녀는 그것을 자기의 지갑에 있는 돈과 합친 다음 그것들을 천천히 세기 시작하였다. 그런데 가느다란 손가락으로 낡고 꼬깃꼬깃한 지폐들을 한 장씩 넘기다 말고, 느닷없이 얼굴을 번쩍 들고는 붉게 충혈된 눈으로 그를 힐끔 쳐다보았다.

"옷 안 벗고 뭐 하고 있는 거예요?"

그는 퍼뜩 정신을 차리고서 전등 스위치를 한 손으로 엉거주춤 잡았다.

"불은 끄지 말고 그냥 내버려 두세요."

그러나 그녀는 다시 신경질적으로 말하고는 이불 위에 벌렁 드러누웠다. 그러자 그는 어처구니없는 듯한 표정을 짓고서 시커멓게 모습을 드러내 놓고 있는 그녀의 하체를 물끄러미 내려다보았다. 그때 문득 슬픔에 젖어 있는 설이의 모습이 떠오름과 동시에 심한 자책감 속에 당장 이곳을 뛰쳐나가고 싶은 충동이 가슴속에 강하게 일어나는 것을 느꼈다.

"아직까지 옷도 안 벗고 뭐 하고 있는 거예요? 이까짓 돈 몇 푼 주고서 온종일 시간을 끌 작정이에요?"

별안간 그녀는 몸을 반쯤 벌떡 일으키더니 그의 바지 혁대를 홱 잡아당겼다.

"이 계집애가!"

그가 화를 버럭 내며 그녀의 손을 뿌리치자, 그녀는 하던 동작을 멈추고는 붉게 달아오른 얼굴로 그를 빤히 쳐다보았다.

"어떻게 할 거야?"

그녀는 반말로 따질 듯이 물었다.

"그래, 알았어."

그는 고개를 끄떡이고는 벽 쪽으로 돌아서서 다시 혁대를 잡았다.

"하려면 빨리 해. 당신 혼자만 손님이 아니니까."

그녀는 쪼그리고 앉아서 담배를 입에 물더니 그것에 라이터 불을 붙였다. 그 순간 그는 좁은 공간에 꽉 들어찬 매캐한 담배 연기가 코를 찌르는 듯하자 무의식중에 벽에다 침을 탁 뱉었다.

"뭐 이따위 자식이 다 있어? 여기가 무슨 돼지우리인 줄 알아?"

그녀는 앙칼진 목소리로 소리를 버럭 지르며 홱 뒤돌아서서 그를 집어삼킬 듯이 노려보았다. 짧은 순간에 날카롭게 번득이는 그녀의 눈과 그의 눈이 허공에서 부딪혔다.

"왜 멀쩡한 방에다 침을 뱉고 지랄하는 거야?"

그녀는 꽁초를 재떨이에 거칠게 눌러 끄면서 소리를 또 질렀다. 그는 끓어오르는 분노를 가까스로 참으며 반쯤 벗었던 바지를 도로 입었다.

"빨리 이 침 닦아."

"……."

"이 침 닦으라고."

그가 코웃음을 치면서 방문을 열려고 하는데, 그녀가 느닷없이 그의 팔을 꽉 잡았다.

"이 손 놓지 못 해?"

"빨리 이 침 닦으라니까?"

"이 더러운 계집애가……."

그는 다시 짧게 내뱉으며 그녀의 손을 거칠게 뿌리쳤다.

"그래, 나는 더러운 년이다. 더러운 년이야."

그녀는 그의 잠바를 더욱더 꽉 움켜잡더니 그것을 세차게 흔들어 댔다.

"너는 얼마나 깨끗한데, 너는……."

그녀가 그의 앞에 버티고 서서 울먹이는 듯한 어조로 말했다. 그는 가슴이 뭉클해지는 것을 느끼며 그녀에게 무슨 위로의 말이라도 한마디 해줄까 하고 망설였다.

"사과하기 전엔 이곳을 절대로 못 나갈 줄 알아."

"……."

"알았냐니까?"

"그래, 사과하지. 내가 잘못했어."

"그러지 말고 정식으로 사과해."

그러나 그녀의 벌거벗은 하체가 그의 눈에 다시 띄자, 그는 그녀를 이불 위에 힘껏 떠밀고는 밖으로 뛰쳐나갔다.

잠시 동안 그가 천천히 뛰어서 그 어두운 골목을 다 빠져나올 때까지 그녀가 악을 쓰며 소리치는 소리가 계속 들렸다. 곧 그는 뛰는 것을 멈추고서 어떤 건물의 회색 담에 등을 기대고 섰다. 반쯤 일그러진 달과 서너 개의 별들이 희미한 빛을 뿌리고 있는 암청색 공간 너머로 어디선가 개가 짖는 소리도 아련히 그의 귓가를 때렸다. 그는 그 자리에 쪼그리고 앉아 입을 반쯤 벌리고서, 술 냄새를 풍기며 구토를 하기 시작했다. 그때 청초하고 해맑은 설이의 얼굴이 떠오름과 동시에 그의 두 눈에도 얇게 이슬이 맺히는 듯했다.

6

　시일이 흘러서 불볕 같은 태양이 온 대지 위에 군림하는 여름이 되었다. 산다는 것은 왜 이리 어려운 것인지 윤명진은 이 여름을 깊은 절망감 속에서 맞이하였다. 그리고 이 세상의 방관자이건만 자기 자신이 외톨이라는 사실을 잊어버리기라도 하려는 듯 수시로 술을 마시곤 했다. 또 정설이를 진정으로 사랑하고 있는지 어떠한지 확실하게 알지 못 하면서도, 그녀를 항상 그리워한 채 어리석게도 매일 밤 꿈속에서 그녀를 만나고자 하였다.

　사실 친구의 애인을 남몰래 연모한다는 것에 대해 심한 죄책감이 들었으나, 그는 전화번호부 책에서 알아낸 전화번호와 주소를 갖고서 그녀를 어떻게 해서든지 한 번 만나고자 했다. 그래서 그녀의 집으로 그동안 서너 번 전화를 걸어서 그녀의 가족들이 전화를 받으면 아무 말도 없이 전화를 끊곤 했다. 또 그 언젠가는 약속 장소를 적은 엽서를 그녀의 집으로 보낸 다음 오지도 않는 그녀를 기다린 채 혼자서 멍하니 앉아 있기도 했다. 그러나 시간이 좀 더 지날수록 무더운 날씨에 무기력한 상태에 빠져서, 그 언제부터인가 교회 주위를 배회하는 것을 스스로 그만두었다. 일없이 남의 집 앞을 서성거린다는 것이 그리 쉬운 것이 아닌 데다가, 한편으로는 그녀와 정면으로 마주치는 것도 무척 두렵다는 생각이 들기도 했다.

얼마 후 명진은 끊임없이 밀려오는 인파들 틈에 섞여서 이리저리 돌아다니다가 어느 극장 앞에서 걸음을 우뚝 멈추었다. 이틀 동안 집에서 꼼짝 않고 틀어박혀 있다가 밖에 나와서 그런지 가슴속에 가벼운 흥분마저 일어나는 것을 느꼈다. 저녁이 되면서 한층 기승을 부리던 더위가 한풀 꺾인 채 눅눅하면서도 다소 선선한 바람이 불어왔다. 그런데 그가 상영 중인 광고지들을 대충 훑어보고 있는데, 누군가 뒤에서 그의 어깨를 툭 쳤다. 곧 그가 힐끗 뒤돌아서자 뜻밖에도 재하가 쓴 미소를 지은 채 자기의 뒤에 우두커니 서 있었다.

"지금 이 영화를 보려고 그래?"

"아니."

명진은 혼자 극장 앞에서 서성거리다가 다른 사람한테 발각된 것에 부끄러움을 느끼며 재빨리 고개를 내저었다. 그리고 어색한 침묵이 흐르려는 순간 그가 재하의 앞에서 빠져나와 터벅터벅 발걸음을 떼자, 재하도 그 뒤를 멈칫멈칫 따라오기 시작했다.

"요새 학원 다니기는 어때?"

"……."

"공부하기가 무척 힘들지?"

"그냥 그렇지 뭐."

명진은 땅에다 침을 탁 뱉으며 퉁명스럽게 대꾸했다.

잠시 후 두 사람은 신호 대기에 걸린 횡단보도에서 우뚝 걸음을 멈추었다. 명진은 신호등에 파란불이 들어오기 전에 재하와 여기서 헤어질까 하고 생각했다. 그러나 아직도 설이에게 남아 있는 아련한 미련 같은 것이 이상하게도 그의 곁을 떠나지 못 하게 하고 있었다. 재하를 만나는 순간부터 그의 가슴 속에는 미지근한 열정 같은 것이 또다시 타오른 채 재하를 통해서 설이에 대해서 무언가 꼭 알아내고 싶었다. 또는 그마저도 어렵다면 그녀에 관한 이야기를 단 한마디라도 듣고 싶었다.

"너는 학교 다니기는 어때?"

"늘 그렇지 뭐."

"재미있겠군."

"재미는 무슨 재미가 있어? 서울에서 대학교를 다니고 있는 못난 놈의 학비를 대 주느라고 농촌에 계신 어머니만 죽도록 고생할 따름이지."

재하의 손에 들려 있는 색이 바란 조그만 가방과 뿌옇게 먼지가 묻어 있는 낡은 밤색 구두가 그의 초췌한 모습을 더 해 주는 듯했다.

"요즘에 아르바이트 같은 것은 안 해?"

"시간 나는 대로 틈틈이 하려고 하는데 그것이 뜻대로 잘 되지 않는 거 같아."

재하는 메마르고 까무잡잡한 얼굴에 어색하게 미소를 지어 보였다.

그때 문득 명진은 어느 5층 건물의 지하에 있는 호프집 앞에서 걸음을 멈추고는 그 생맥줏집과 재하의 얼굴을 번갈아 바라보았다. 지금과 같은 상황에서 자신의 뜻을 조금이라도 이룰 수 있는 유일한 방법은 술을 마시는 것밖에는 달리 없을 거 같았다.

"술 한잔할까?"

"……."

"간단하게 생맥주나 좀 마시도록 하자고."

곧 명진은 재하의 대답을 기다리지도 않고서 그 호프집을 향해 계단을 성큼성큼 내려가기 시작했다.

두 사람은 포크송이 애잔하게 흐르고 있는 꽤 넓은 술집에 들어가자마자, 창가 쪽의 구석진 곳에 자리를 잡고 앉았다. 그러나 조그만 탁자를 사이에 두고 마주 앉은 채 웨이터가 가지고 온 생맥주 500cc를 각각 한 개씩 마실 때까지 말 한마디도 하지 않았다. 그러다가 명진이 무겁게 감돌고 있는 침묵을 깨고서 진작부터 물어보고 싶은 말을 할까 하고 망설이는데 재하가 먼저 입을 열었다.

"명진아, 너 작년에도 학력고사를 보지 않았다면서? 대학은 다니지 않으려고 작정을 한 거야?"

재하는 컵을 들고 500cc를 거의 다 비우고 나서 불그스름하게 충혈된 눈을 위로 치켜떴다.

"그래도 어떻게 해서든지 대학은 들어가야지. 부모님들이 얼마나 걱정을 많이 하시겠어?"

"알았으니까 그런 쓸데없는 소리 좀 그만해."

명진은 소리를 버럭 지르며 컵의 바닥에 조금 남아 있던 생맥주를 쭉 들이켰다. 그리고 뒤로 몸을 젖힌 채 두 팔을 벌리고 앉아서 가쁘게 숨을 몰아 내쉬었다. 저녁도 먹지 않은 상태에서 급하게 술을 마셔서 그런지 뱃속이 부글부글 끓어오를 뿐 아니라 얼굴은 순식간에 벌겋게 달아오르는 듯했다.

잠시 명진은 더 이상 엉뚱한 말이 오가기 전에 그만 자리에서 일어날까 하고 망설였다. 그런데 그때 갑자기 그의 입에서 자신도 모르는 사이에 뜻밖의 말이 툭 튀어나오고 말았다.

"재하야, 너 요즘도 설이를 계속 만나고 있지?"

명진은 더부룩한 배를 손바닥으로 한 번 쓰다듬으며 그의 얼굴을 슬쩍 쳐다보았다. 그 순간 재하는 생맥주가 얼마 남아 있지 않은 컵을 입에 대다 말고 퍼뜩 놀란 채 그것을 탁자에 도로 슬며시 내려놓았다.

"너는 설이를 어떻게 알게 됐는데?"

"지난겨울에 교회에 들렀다가……."

"……"

"거기에서 우연히 한 번 만났을 뿐이야."

변명하듯 말하는 명진의 소리를 들으며 재하는 안심하는 듯한 표정을 짓고서 고개를 살짝 끄떡였다.

"설이와 나는 단순한 친구가 아니라 애인과도 같은 사이야. 사귀게 된 지 1년밖에 안 됐지만 서로 조금도 떨어질 수 없을 정도로 아끼고 사랑하면서……."

그는 두 눈을 지그시 내리감고는 굳은 결의가 어려 있는 듯한 표정을 한 채 단호한 어조로 말했다.

갑자기 10대 후반이나 20대 초반 정도 된 젊은 남녀 6명이 술집 안으로 우르르 몰려 들어왔다. 그들은 실내 중앙에 있는 커다란 테이블을 차지하더니 왁자지껄 떠들며 맥주와 안주들을 이것저것 시키기 시작했다.

"그런데 내가 요새 설이를 만나고 있는지 왜 물어보고 그래? 혹시 너도 설이에게 무슨 관심이 있는 거 아냐?"

"네 애인인데 내가 무슨……."

명진이 날카롭게 번득이는 재하의 시선을 피해 말끝을 흐리자, 재하는 히스테릭한 웃음을 짧게 터트렸다.

"아무렴, 그렇고말고. 그리고 또…… 설이는 다른 여자들하고는 다른 그 무엇이 있어서 일반 평범한 사람들은 설이를 사귀기 힘들 거야. 뭐라고 할까? 하나님의 순결한 딸과도 같은 여자라고나 할까?

"……."

"아무튼 설이는 미팅 같은 것을 해서 만나거나 또는 우연히 오다가다 만나서 서로 즐기거나 하는 그런 단순한 놀이 대상이 아냐. 그래서 나도 여태껏 설이를 사귀어 오면서 그녀에게 엉뚱한 행동뿐만 아니라 말 한마디라도 함부로 하지 않았어."

명진도 재하의 말처럼 그녀를 처음 본 순간 그녀에게는 남다른 그 무엇이 있음을 막연히 깨달을 수 있었다. 만일 자기도 그녀를 사귈 수 있다면 하나님의 딸인 그녀를 통해 영혼의 더러운 때를 깨끗이 씻어낸 채, 혼탁한 이 세상을 밝게 살아갈 수 있다는 그 어떤 가능성 같은 것을……

저녁이 이슥해질수록 넓은 홀 안은 꾸역꾸역 들어오는 사람들로 금세 소란스러워졌다.

잠시 침묵이 길어지는 사이에 명진은 마른안주와 생맥주 500cc 두 잔을 더 시키고는 조심스럽게 다시 입을 열기 시작했다.

"네 말처럼 내가 보기에도 설이 씨는 일반적인 사람들하고는 다른 특별한 여자인 거 같아. 아무리 목사의 딸이라고 하더라도 나이에 비해 종교에 너무나 깊이 심취되어 있는 거 같기도 하고……."

"그래. 그것은 선천적으로 타고난 성격이 그럴 수도 있겠지만……."

"……."

"그보다는 설이가 자라 온 성장 과정에서 그러한 것이 저절로 형성되었을지도 모른다는 생각도 들더군."

"설이 씨가 자라 온 성장 과정이라니?"

명진이 의아스러운 표정을 짓고서 되묻자 재하가 멋쩍은 미소를 지었다.

"남의 애인에 대해서 왜 그리 관심이 많은지 모르겠는데……. 아무튼 네가 그토록 궁금해하니까 내가 한마디만 해 주지. 설이의 어머니는 설이가 10살 때 돌아가셨고, 또 설이도 어릴 때부터 지금까지 심장병을 앓아서 초등학교 때와 중학교 때 두 번씩이나 병원에 입원했다고 하더군."

실내 한 가운데에 크고 둥그런 테이블에 앉아 있는 여섯 명의 젊은 남녀들이 큰 소리로 웃으면서 떠드는 소리가 울려 퍼졌다. 그들은 가끔 호들갑을 떨며 상스러운 농담을 주고받기도 하고, 또 어떤 여자는 앉은 채로 발을 동동 구르면서 환호성을 지르기도 했다.

그런데 곧 재하의 착 가라앉은 목소리가 이런저런 상념에 젖어 있는 명진의 귓가를 다시 때렸다.

"설이는 어머니의 사랑을 모르는 채 엄격하고 완고하기만 한 아버지 밑에서 자라거나 가끔 병마에 시달리기라도 하는 등 너무나 불행한 환경 속에서 사춘기를 보냈던 거 같아. 그러다 보니 종교에만 더욱더 매달려서 하나님을 향한 끝없는 기도 속에 천사처럼 자기 자신을 고양시켰는지도 모르지."

재하는 자기가 왜 이렇게 횡설수설 떠드는지 잘 알 수 없었으나, 속이 부글부글 끓어올라서 입을 다물고 가만히 있을 수가 없었다. 짧은 시간에 빈속에다 생맥주를 계속 들이부어서 그런지, 모든 걸 다 토해 내거나 또는 그 무엇이든 닥치는 대로 때려 부수고 싶은 충동에 사로잡혔다.

"그런데 참 너는 남의 애인한테 왜 그리 관심이 많은 거야?"

"……."

"그 이유가 뭐냐니까?"

"관심은 무슨……."

추궁하듯 재차 묻는 재하의 질문에 명진은 말끝을 흐리며 붉게 달아오른 얼굴을 슬그머니 숙였다. 그리고 숨을 한두 번 거칠게 내쉬다 말고 이내 컵을 들고는 생맥주를 벌컥벌컥 들이켰다.

"솔직히 말해서 내가 너하고 마주 앉아서 설이에 대해서 계속 언급을 하는 것 그 자체가 상당히 기분이 좋지 않지만, 마지막으로 한마디만 더 한다면 애인인 나도 그녀에게 접근하는 데 그 어떤 한계가 있었어. 그런데 하물며 공부는 하나도 하지 않고서 술이나 마신 채 몇 년째 대학교에도 못 들어간 네가 어떻게 그러는 것인지 도저히 이해할 수 없네."

갑자기 재하는 큰 소리로 말하면서 실내의 한가운데에 앉아 있는 젊은이들을 힐끔 쳐다보았다. 그때 불그스름하게 젖어 있는 그의 얼굴에 야릇한 미소가 언뜻 스치고 지나갔다.

"네가 사랑할 수 있는 건 저기에 앉아 있는 저런 여자들이라고 할 수가 있어. 아무 데서나 담배를 피우며 큰 소리로 떠들거나 상스러운 욕설이나 주고받거나 하는……."

"그만 입 닥치지 못 해!"

명진이 주먹으로 탁자를 쾅 치며 벌떡 일어섰다. 그러나 그는 독한 술기운이 목구멍에까지 치밀어 오르는 걸 느끼며 말을 또 이어서 했다.

"왜 내가 틀린 말 했나? 이봐, 그만 화 좀 가라앉히고 자리에 앉도록 해. 당연한 말을 한 것을 가지고 왜 그렇게 화를 내고 그러는 거야?"

"……."

"만일 네가 설이에게 엉뚱한 생각을 갖고 있다면 그것은 타락한 자가 하나님에게 또 다른 죄를 짓게 되는 거라니까?"

명진은 뭐라고 한마디 하려다 말고 조소를 띠고 있는 재하의 얼굴을 빤히 노려보았다. 그러다가 낙담한 표정을 짓고서 의자에 털썩 주저앉은 다음 담배를 입에 물었다.

잠시 담배 연기가 침통하게 일그러진 얼굴 위로 뿌옇게 피어오르는 사이에, 명진은 변명하듯 입을 다시 열었다.

"네가 뭔가 오해를 하고 있는 것 같은데…… 설이 씨가 네 애인인 이상 나는 더 이상 아무런 관심도 없어."

"뭐? 관심이 없다고?"

재하가 코웃음을 쳤다.

"관심도 없다면서 왜 그렇게 끈질기게 쫓아다니고 그러는 거야? 설이가 그러던데 요새 자기 집에 이상한 전화가 가끔 걸려 오거나 또는 그 언젠가는 네가 꼭 한번 만나자는 편지를 설이에게 보내기도 했다면서……."

"……."

"이봐! 제발 정신 좀 차려. 다른 건 다 고사하고라도 설이는 일류대학에 다니는 여대생이고 너는 그 나이를 먹도록 학원이나 기웃거리고 있는 재수생에 불과하단 말이야."

명진은 몇 번 빨지도 않은 담배를 재떨이에 신경질적으로 비벼 끄고서, 앉은 채로 그의 한쪽 팔을 꽉 움켜잡았다.

"그만 입 다물지 않으면 죽여 버릴 거야."

"날 죽이겠다고?"

재하는 자기 팔을 잡고 있는 명진의 손을 거칠게 뿌리쳤다.

"너는 아직도 나를 네 마음대로 할 수 있는 줄로 착각하고 있는가 보군. 그러나 그건 그 옛날에 코흘리개 어릴 때나 가능했던 얘기일 따름이야."

번들거리며 빛나고 있는 재하의 얼굴이 흐릿한 조명을 받고서 더욱더 붉게 달아오르는 듯했다.

"그 당시에 너는 나의 모든 것을 빼앗고 말았지. 내 자존심도, 내 이성과 감정까지도……."

"……."

"이봐, 친구! 그때 있었던 이야기 하나 해 줄까? 나는 지금도 너를 보면 가끔 그 생각이 떠오르는데, 초등학교 다닐 때 너는 학교에서 나눠주는 급식 빵이 딱딱하고 맛이 없다고 하면서 그것을 반 아이들한테 집어던지곤 했어. 그런데 나는 그 빵을 주워서 먼지를 대충 털고 난 다음 그것을 맛있게 먹을 수가 있어서, 그것으로 내 얼굴을 얻어맞기를 속으로 얼마나 바랐는지 몰라."

재하의 두 눈에 언뜻 눈물이 어리는 듯했다.

"그 정도로 너는 나의 모든 것을 빼앗아갔어. 그런데 이제 와서는 내 사랑까지도 빼앗으려고 하는 거야?"

"이 자식! 그만 입 닥치지 못해?"

명진은 벌떡 일어서서 재하의 멱살을 꽉 잡았다. 그러나 재하는 그 팔을 천천히 비틀면서 그의 손을 자기 옷에서 떼어냈다.

"이봐, 네가 나를 마음대로 할 수 있는 것은 그때 그 시절일 따름이고 이제 상황은 정반대로 바뀌고 말았다니까? 너는 그 나이를

먹도록 여태껏 대학도 못 들어간 채 빈둥거리며 놀면서 부모님한
테 버림받은 자식처럼 취급당하고 있잖아?"

별안간 명진이 선 채로 재하의 얼굴을 향해 주먹을 날리자, 재하
는 외마디 비명을 지르며 테이블 아래로 쓰러졌다.

"이 개새끼! 죽여 버릴 거야."

누군가가 재하의 배 위에 걸터앉아서 주먹을 휘두르고 있는 명
진을 뒤에서 힘껏 떠밀었다. 그러나 그는 옆으로 쓰러졌다가 이내
다시 벌떡 일어서더니 뒤뚱거리며 문밖으로 뛰쳐나갔다.

다소 선들선들한 공기가 그의 뺨에 스침과 동시에 그는 짜릿한
쾌감이 가슴속에 솟구쳐 오르는 것을 느꼈다.

거실에서 전화벨이 계속 요란하게 울려 퍼지기에 명진이 방에서 거실로 후다닥 뛰어 내려가 전화를 받았다. 그러자 수화기를 통해서 설이의 떨리는 듯한 음성이 들려왔다.

"명진 씨, 보고 싶었어요."

그런데 그때 활짝 열린 현관문 너머로 허공에서 하얀 물방울이 쏟아져 내림과 동시에 미소를 머금고 있는 그녀가 나타났다.

"보고 싶었어. 설이!"

그는 가슴속이 터질 듯이 부풀어 오르는 것을 느낀 채 그녀를 꼭 껴안았다.

"명진 씨, 안 돼요. 여기서 이러지 말고 다른 곳으로 가요."

그러나 그녀가 그의 행동을 저지하며 한 발자국 뒤로 물러서는데 느닷없이 대문이 벌컥 열리면서 아버지가 나타났다. 그 뒤를 이어서 재하도 이쪽으로 황급히 뛰어오고 있는 모습도 보였다.

명진이 퍼뜩 잠에서 깨어나자 화사한 형광등 불빛이 눈까풀을 때렸다. 뒤통수가 뻐근하게 쑤셔 오면서 갈증으로 인해 목이 바싹 타오르는 듯했다. 그는 침대에서 일어나 책상 위에 놓여 있는 주전자의 물을 벌컥벌컥 들이마셨다. 책꽂이 앞에 놓여 있는 탁상시계는 새벽 3시 10분을 가리키고 있었다.

그는 어젯밤 10시경에 집에 들어온 후 형광등도 끄지 않고서 침대에 널브러진 채 그대로 잠든 것 같았다. 빠끔 열려 있는 책상 서랍 안에는 어젯밤에 약국에서 사 온 상당한 양의 수면제가 그대로 놓여 있었다. 그것들은 그가 재하와 싸우고서 호프집에서 도망쳐 나온 후 자포자기의 상태에서 몇 시간 동안 이 약국 저 약국 돌아다니며 사 모은 것들이었다. 그때 이 약들을 사게 된 이유를 정확하게 알 수 없지만, 어느 순간부터 자신도 모르게 발걸음은 약국을 향하고 있음을 깨닫게 되었다. 그는 어젯밤의 어둠이 영원히 지속되기를 간절히 바랐다. 슬픔과 수치심으로 인해 내일 아침에 떠오를 해를 맞이할 용기가 전혀 나지 않았다.

"너같이 타락한 자가 설이를 사랑한다는 것은 신에게 또 다른 죄를 짓게 되는 거야."

재하의 이 말이 그의 귓가에서 끊임없이 맴돌면서 그를 덧없는 절망감에 빠지게 했다. 물론 일말의 기대감을 가지려고 했던 것은 아니지만, 우연히 재하를 만나는 순간 그 모든 것은 보다 더 명확해진 듯했다. 만일 설이가 자기에게서 완전히 떠난다면 그때는 그 무엇을 바라고 이 어두운 세상을 살아야 하나? 오다가다 만난 아무 여자들에게 그 한 가닥 희망의 빛줄기를 구해야 하나? 아니면 자신의 방탕함을 채워 줄 수 있는 홍등가의 여자들에게 그것을 돈을 준 채 사야 하는 것인가?

이제 더 이상 방황하기에도 지쳤다. 아니, 그보다는 온갖 불효를

다 저지르며 속을 박박 썩이는 이 뻔뻔스러운 얼굴을 부모님에게 더 이상 보이고 싶지 않았다. 그 반면에 약을 먹는다고 해서 정말로 죽지는 않겠지만, 이런 자살 연극을 통해서나마 주위의 모든 사람에게 지난날의 방황이 얼마나 고통스러웠나 하는 것을 역설적으로 증명해 보이고 싶은 생각도 들었다.

그는 편지지를 꺼내서 설이에게 보낼 마지막 편지를 쓰기 시작했다.

〈내 주변의 모든 사람들에게 아무런 말 한마디 없이 사라진다는 것은 무척 흥미로운 일일 것이다. 그러나 나는 나라는 존재를 가장 잘 이해해 줄 수 있을 것이라고 생각하는 내 친구에게, 몇 마디 남기고 싶은 충동을 도저히 억제할 수 없었다. 이런 행동은 내 모든 것에 대한 마지막 오점이 될 수 있을지도 모르지만, 어떻든 나는 꺾이지 않는 그 유혹에 결국 굴복하고 말았다.

벗이여!

나는 내 별에 간다. 나에게는 이제 고뇌의 열정도 그 환희의 도취도 사라져 버린 채 남은 일은 오직 신의 품에 안기는 것뿐……. 나는 내 별에 가서 그곳에서 너에게 승리의 미소를 보낼 것이다.

벗이여!

나는 얼마나 원시인의 열정과 그 자유를 갈망해 왔던가? 태양의 아들임을 나는 얼마나 자랑스럽게 생각했던지…….

신은 나에게 꿈을 주었다. 그리고 나는 그 꿈으로 인해 굴욕적인 삶 속에서도 순수한 영혼의 울부짖음을 들을 수 있었다. 그러나 그 모든 것은 내가 내 별로 가기 위한 일종의 준비 과정일 뿐, 나는 더 이상 이 어둠 속에 묻혀서 망설일 필요가 없다. 만일 내가 조금이라도 더 이곳에 머물고자 한다면, 그것은 똑같은 시련을 다시 반복하여 받아들이는 것밖에는 아무런 의미가 없기 때문이다.

나는 아름다운 몽상가였다. 현실은 나에게 여러 가지 재료들을 제공해 주었고, 나는 그것들을 가지고 매일 밤 성을 쌓았다. 새로운 성! 나는 그곳에서 가면을 쓴 채 춤을 추면서 어리석게도 그 가면이 벗겨진다는 것은 상상조차도 하지 않았기에, 그것은 도피가 아니라 나의 신념이면서 이상이었다. 그런데도 왜 나는 그것을 꿈속에만 묶어 두려고 했나? 분명히 나는 그 성을 쌓을 수 없다는 것을 잘 알고 있었다. 아니, 그 반면에 그 꿈이 실제로 실현되는 것을 거부하였는지도 모른다.

그러나 나는 가면 이전의 본래의 얼굴이 내 가슴속 깊숙한 곳에서 꿈틀거리고 있다는 것을 항상 의식하지 않았던가? 어쩌면 나는 나의 형제들이 누리고 있는 생활의 유희를 함께 맛보며 이곳에서 살고 싶었는지도 모른다. 나도 나의 형제들처럼 밝은 햇살을 받거나 또는 거친 풍랑에 휩쓸려 이리저리 표류하면서 격정과 환희의 나날을 보내고자 했던 것을……. 그러나 진정 그것은 나에게 있어서는 가장 낮은 단계의 유혹에 지나지 않기 때문에, 나는 더 이상 그 시험에 응할 필요가 없다. 비록 나의 형제들이 자기들의 뜻을 충족시키기 위해 비속한 욕구에 매달린 채 그토록 날뛰고 있다고 하더라도, 나만은 나를 낳아 준 이 우주의 뜻을 저버릴 수가 없는 것이다.

벗이여! 드디어 새로운 막이 올랐다. 신은 나를 결코 버리지 않았다. 신은 갈등과 불안의 나날 속에 몸부림치고 있는 나에게 손짓을 하였고, 나는 나를 구해 준 그 신을 향해 두 날개를 힘차게 파닥이며 날아갈 것이다. 그리고 나는 그 별에서 승리의 잔에 흠뻑 취해서 너에게 축가를 불러 줄 것이다.

고뇌! 갈등과 방황!

이 사회의 기성세대들은 그 단어들을 한낱 시적인 감상으로 생각할지 모르지만 젊은 우리들은 그 단어의 의미만으로도 하나로 영합할 수 있지 않은가? 이 마지막 길이 나의 영혼을 깨끗이 씻어 주고, 또 저 어둠 속에서 깜박이는 하나의 별이 되기 위해서…….

— 이 모든 것이 아름다운 영화의 한 장면같이 —

어느 누군가 나를 위해 눈물을 흘리거나 또는 다른 그 누가 내 굳어 버린 시체에 침을 뱉을지라도 나는 조금도 개의치 않을 것이다.

떠나가라, 벗이여!

벗이여, 떠나가라!

— 네 덧없는 영혼으로부터 —

네 머리 위엔 태양이 있고, 無言의 생활을 하라.〉

어느덧 희미하게 먼동이 트자 명진은 이 편지를 어떻게 할까 하고 순간적으로 망설였다. 그런데 너무 이른 시간이라서 우표 같은 것을 살 수가 없고, 또 그사이에 자기 마음이 변할 가능성도 있었다. 더군다나 속이 쓰리고 계속 갈증이 난 채 간단하게 요기를 하거나 몇 시간 더 잠을 자고 나서 좀 더 편안한 상태로 약을 먹을까 하는 엉뚱한 생각도 들었다. 그러나 더 이상 마음이 흔들리기 전에 실행에 옮기기로 마음먹고는 재빨리 집을 나섰다.

거리에는 쓰레기를 치우는 청소부들 외에는 다른 사람들은 거의 눈에 띄지 않았다. 잠시 후 그가 그 교회에 도착했을 때 설이의 집도 상쾌한 새벽 공기가 감돌고 있을 뿐 고요한 정적 속에 묻혀 있었다. 곧 그는 그녀의 집의 편지함에 편지를 넣고 나서 집으로 되돌아왔다. 그리고 방에 들어오자마자 한 움큼의 수면제를 먹고는 이불을 푹 뒤집어쓰고서 자리에 누웠다.

그런데 그는 약을 먹은 지 얼마 되지 않아서 어머니에게 발각되어서 병원으로 실려 갔다. 아침 10시가 지나도록 그가 일어나지 않기에 어머니는 그를 깨우려고 그의 방에 들어갔다가 그 광경을 목격하게 되었다. 그래서 그녀는 기겁을 하고 놀란 채 혼자 울고불고 소란을 피운 끝에 가까스로 병원의 앰뷸런스를 부를 수 있었다. 그리고 그는 병원에 도착한 즉시 위세척을 받는 등 응급조치를 받은 다음 서너 시간 지나서 오후 늦게 퇴원을 했다.

그는 또다시 어두운 방에 홀로 갇히게 되자 깊은 낭패감에 빠졌다. 어제저녁에 재하를 만났을 때부터 현재 이 상태에 이르기까지 정확히 하루밖에 지나지 않았지만, 몇 년의 세월이 흘러간 듯한 느낌이 들었다. 사실 그는 병원에서 퇴원한 후 집으로 돌아올 때 알 수 없는 분노와 자괴감에 휩싸여 있었다. 물론 그는 그 상태로 영원히 잠들어 버리지 않을 것이라는 것을 막연히 확신하고 있었지만, 또다시 눈을 뜨고서 이 세상을 대하게 된 것에 대해 심한 모멸감을 느꼈다. 그가 약을 먹기 전이나 또는 약을 먹고 난 후에나 이 세상에 변한 것은 아무것도 없었다. 그전과 마찬가지로 아침이면 사람들은 거리로 쏟아져 나와 활기차게 돌아다니고, 또 밤이면 집에 들어가 텔레비전 앞에서 웃으며 떠들어댔다. 그가 깊은 잠에 든다고 해서 이 세상도 영원히 어둠에 묻히는 것이 아니라 여전히 해는 뜨고 달은 지곤 했다. 다만 담배를 피울 때 입에서 흘러나온 담배 연기가 허공에 무심히 흩어져 버리는 것처럼, 그 자신만이 모든 가치와 의미를 상실한 채 이 세상의 기억 저편으로 흔적도 없이 사라져 갈 뿐이었다.

왜 그런 어설픈 연극을 해서 자기와 주위 사람들의 마음에 또다시 더 큰 상처를 주고 말았나? 그는 자기 자신이 너무나 비참하고 초라해서 밤새 뒤척이며 울었다. 마치 소녀가 슬픔에 젖어 울기라도 하는 것처럼 이불을 푹 뒤집어쓰고서 소리 없이 흐느껴 울었다. 그가 집에 도착한 후에 부모님도 더 이상 아무 말도 하지 않은 채 그를 이런 상태로 홀로 방치해 두었다.

앞으로 어떻게 살아야 하나? 그런데 곰곰이 생각해 보면 그 자신의 삶을 그리 대단하거나 또는 그 반대로 전혀 무가치한 것도 아닐지도 모른다. 이 지구상의 모든 사람이 자신들에게 주어진 삶을 묵묵히 살다가 덧없이 한 줌의 흙으로 사라지는 것처럼 그도 그와 같이 살아가기만 하면 될 것이다. 거창하게 떠들 필요도 없다. 의기소침하게 숨죽일 필요도 없다. 소리 없이 하루하루 살다가 마무리를 지면 되는 것이지 그 외에 다른 의미는 아무것도 없다. 마치 영화의 한 장면같이 화면에 언뜻 나타났다가 사라져 가는 엑스트

라처럼…….

"이제 방황은 끝났다. 이제는…… 이제는……."

그는 이 말을 수없이 되뇌었다. 그와 함께 그 무언가 그 자신이 해야 할 일이 그의 가슴속에 확연히 자리 잡고 있음을 깨달았다. 남들처럼 살리라. 평범하게 살리라. 다른 친구들처럼, 이웃집 자식들처럼…… 부모님이 대학에 가라면 대학에 가고, 또 군대에 가라면 군대에 가고, 또 취업을 하라면 취업을 하면서…….

8

명진과 설이가 마주 보고 앉아 있는 거실의 소파 주위에는 후덥지근하면서도 나른한 오후의 공기가 펼쳐져 있었다. 정원에서 날아온 파리 한 마리가 거실의 천장과 두 사람의 머리 위를 윙윙거리며 날아다니기 시작했다. 그다음 날 오후에 명진이 집에 혼자 있는데 때마침 정설이가 그곳을 방문하였다. 그는 어쩌면 그녀가 찾아올지도 모른다는 생각을 했으나, 막상 그녀를 대하자 반가움보다는 당혹스러움이 앞서는 것을 느낄 수 있었다.

"어제저녁에 명진 씨 집에 전화를 했더니, 명진 씨 어머니께서 병원에 간 지 얼마 되지 않아 회복이 된 채 퇴원을 했다고 하시더라고요. 어제 오후에 학교에서 끝나고 집에 왔다가 우편함에 있는 그 편지를 우연히 본 후에 얼마나 놀랐는지 몰라요. 너무나 어처구니가 없는 데다가 또 두려운 생각이 들기도 해서……."

명진은 날카롭게 쏘아보는 그녀의 시선을 피하며 자리에서 슬그머니 일어났다. 그리고 주방에 있는 냉장고로 가서 쟁반에 주스와 과일을 담아서 갖고 왔다.

"우리 집에 어제 전화를 했다고요?"

"……."

"그런데 참 우리 집 전화번호는 어떻게 알았어요?"

그가 의아스러운 표정을 짓고서 묻자 그녀는 멋쩍은 미소를 머금고서 쾌활한 어조로 대답했다.

"명진 씨가 그전에 나에게 편지를 한 번 보냈던 적이 있는데 그걸로 이 집 전화번호를 알아냈어요. 그 편지 봉투에 적혀 있던 주소를 전화번호부 책의 이 동네 사람들 집 주소와 일일이 다 대조해서……."

잠시 그녀는 소파에 앉은 채 그가 가져온 쟁반을 무릎 위에 올려놓고서 사과를 깎기 시작했다.

"오늘처럼 낮에는 집에 명진 씨 외에는 다른 사람이 아무도 없나 봐요?"

"거의 그런 셈이죠. 엄마도 외출을 자주 하시는 편이라서……."

그는 한쪽으로 드리워진 긴 머리카락이 살짝 덮고 있는 그녀의 하얀 목을 물끄러미 바라보았다.

"사과를 아주 예쁘게 잘 깎는군요. 나는 사과를 깎을 땐 거의 반이나 버리고 마는데……."

그녀는 사과 한 개를 다 깎더니 반으로 쪼갠 것을 포크로 쿡 찍어서 그에게 내밀었다. 순간 그는 가슴속엔 그 무엇이 또다시 치밀어 오르는 걸 느끼며 그것을 받아 쥐었다.

"명진 씨는 항상 이렇게 할 일 없이 집만 지키고 있어요?"

"……."

"그 나이에 온종일 아무것도 하지 않고서 빈둥거리고 놀며 지내고 있냐고요?"

그는 정색을 하고서 빈정거리는 투로 물어보자 쓴 미소를 머금고서 고개를 옆으로 돌렸다.

"내일부터 다시 학원에 다닐 거예요. 몇 달 남지 않았지만 이를 악물고서 공부를 다시 한번 해 볼 생각이에요."

"당연히 그래야죠. 이제라도 정신 좀 차리고서 공부를 열심히 좀 하도록 하세요."

그녀는 주스를 쭉 마시고 나서 빈 컵을 탁자에 살며시 내려놓았다. 그때 파리 한 마리가 두 사람 사이를 윙윙 날아다니다 말고 탁자 위를 엉금엉금 기어다니기 시작했다.

"그런데 어떻게 보면 명진 씨는 너무나 무모한 사람 같아요. 다른 사람들이야 어떻게 되든 말든 자기가 하고 싶은 것은 무슨 일이든지 저지르곤 하니까요?"

"미안해요."

"미안하다고 해서 될 일이 아니잖아요?"

명진은 또다시 자기를 쏘아보려는 듯한 그녀의 눈빛을 피해 소파에서 벌떡 일어나 베란다 쪽으로 갔다. 그리고 유리문 너머에 대낮의 강렬한 햇살이 하얗게 쏟아져 내리고 있는 정원 쪽으로 시선을 던졌다.

"하지만 나도 더 이상 어쩔 수가 없었어요. 만일 그렇게라도 하지 않았다면 정말 정신이 돌아 버릴 것 같아서……."

문득 그의 목소리가 착 가라앉음과 동시에 두 눈에 얇게 이슬이 맺히는 듯했다.

"아무리 그렇다고 해도 왜 하필 나에게 그 편지를 보낸 거죠? 나는 명진 씨하고는 아무런 상관이 없는 사람인데……."

"……."

"명진 씨가 왜 나에게 그런 편지를 보냈는지 모르겠지만, 나는 명진 씨의 행동을 도저히 이해할 수가 없어요."

"그래요. 설이 씨는 나하고 아무런 관련이 없고, 또한 나도 재하와 설이 씨의 사랑을 방해하고 싶은 생각이 조금도 없어요. 재하는 어릴 때부터 내 친구일 뿐 아니라, 그 무엇보다도 가장 중요한 것은 설이 씨는 나처럼 건달 같은 놈에게는 조금도 관심이 없으니까요. 내가 그 편지를 설이 씨에게 보낸 것은 다른 의미가 있어서가 아니고 그냥 설이 씨에게 보내고 싶어서 그렇게 한 것뿐이에요. 마지막으로 내 마음을 정리한다는 의미에서……."

그는 베란다에서 돌아서서 그녀를 열을 띤 눈으로 똑바로 쳐다보았다.

"그동안 나는 너무나 방황했어요. 정말 무모할 정도로 나 자신을 학대해 가면서…… 그래서 어떠한 형태로든 그런 상황을 정리하고 싶었을 따름이에요."

그러나 그녀는 그를 정면으로 마주 본 채 어깨를 한 번 으쓱했다.

"그래서 약을 먹은 거예요? 그 상황을 정리하기 위해서 그런 엄청난 모험을 한 거냐고요?"

"……."

"명진 씨는 죽음의 공포가 어떤 것인지를 전혀 모르고 있어요.

정말로 그 절망감이 어떤 것인가 하는가를⋯⋯ 죽는다는 것은 그와 같이 단순한 유희의 대상이 아니라 그 자체로서 모든 것이 다 끝나고 말아요."

유리창으로 들어온 해맑은 빛이 순간적으로 짙은 그늘이 드리워져 있는 듯한 그녀의 얼굴을 언뜻 비추었다.

"나의 엄마는 내가 열 살 때 돌아가셨는데 그 이후에는 아무리 보고 싶어도 엄마를 더 이상 볼 수가 없었어요. 그와 같이 죽음이라는 것은 순식간에 모든 것을 다 끝장내고 말아요. 그리고 나도 그 옛날에 몸이 아파서 병원에 몇 번 입원한 적이 있어서 죽음에 대한 공포심을 여태껏 가슴속에 지닌 채 살아왔어요."

별안간 그녀는 마음을 진정시키려는 듯 숨을 한 번 길게 내쉬었다.

"명진 씨! 하나밖에 없는 생명을 그처럼 무의미하게 버리려고 하는 것은 하느님에게 가장 큰 죄를 짓는 거예요. 하지만 우리 젊은 이들이 지니고 있는 그런 번민과 고통은 하느님에게 진실한 기도를 드리는 것으로서 충분히 극복할 수가 있을 거예요."

"설이 씨! 자기 자신의 일이 아니라고 해서 그런 식으로 너무 쉽게 단정적으로 말하지 말아요."

"그럼 대체 왜 그러는 거예요? 무슨 이유로 공부는 하지 않고서 항상 그처럼 자신을 학대하면서 방황하는 거죠? 명진 씨는 어디 몸이 불편한 불구자인가요? 아니면 불치병에 걸려서 시한부 인생이라도 살아가는 사람이기라도 하나요?"

"그만해요."

그는 소리를 버럭 지르면서 베란다 쪽으로 다시 홱 돌아섰다.

"설이 씨 말대로 나는 너무나 어리석었어요. 하지만 지난 일들에 대해서 안타깝다고 생각은 하더라도 후회 같은 것은 하지 않아요. 그 모든 것은 내가 성장하기 위한 하나의 과정이었다고 생각하고 있기 때문에……."

잠시 흐르는 침묵 속에 명진이 유리문에 기대고 서서 푸르스름한 하늘에 솜털처럼 흩어져 있는 구름을 바라보았다. 그때 별안간 설이가 책과 노트를 들더니 소파에서 벌떡 일어났다.

"그만 가 봐야겠어요. 오늘 내가 말을 심하게 했더라도 이해 좀 해줬으면 좋겠어요. 사실 나도 너무나 화가 나 있어서 그랬던 것이니까……."

"조금만 더 있다가 가지 왜 벌써 가려고 그래요?"

"아니에요. 1학기 기말고사 기간이 얼마 남지 않아서 시험공부 때문에 지금 가 봐야 해요."

그녀는 쓴 미소를 머금고서 긴 머리카락을 뒤로 살짝 쓸어 넘겼다.

"어떻게 보면 명진 씨도 다른 사람들처럼 특별히 잘못된 점은 하나도 없는지도 몰라요. 그래서 모든 사람이 인생은 살만한 가치가 있다고 하잖아요? 한때는 그와 같이 어두운 시절이 있는 반면에 앞으로는 밝고 희망찬 미래도 활짝 펼쳐져 있기도 하니까요. 아무튼 앞으로 몇 달 동안이라도 공부를 열심히 해서 원하는 대학교에 꼭 들어갈 수 있으면 좋겠어요."

그녀는 그가 뭐라고 한마디 할 사이도 없이 휙 돌아서서 현관 쪽으로 천천히 걸어갔다.

"그럼 이렇게 헤어져서 다시는 못 만나는 건가요?"

"글쎄요. 그런 것은 명진 씨가 우선 대학부터 들어가고 나서 그 다음에 생각해 보도록 하죠."

그녀는 어색한 미소와 함께 이 말을 남기고서 이내 현관 밖으로 사라져갔다.

제3부

그곳은 아직도
안개 더미에 쌓여 있다

1

　설이는 도서관에서 나온 후 벤치에 혼자 우두커니 앉아 우울한 마음으로 밤하늘을 올려다보았다. 2학기가 시작된 지 벌써 한 달이나 지났는데도 마음만 심란한 채 공부가 전혀 되지 않았다. 재하를 학교에서 만나지 못 한 것이 상당히 오래된 데다가, 공부이건 학교생활이건 간에 그 모든 것이 의욕이 전혀 나지 않았다. 그가 거의 수업을 받지 않고서 학교 앞에 있는 술집에서 몇 시간 동안 죽치고 있는 다거나, 또는 영문과 3학년인 어떤 여학생과 자주 어울려 다닌다느니 하는 등 그에 관한 이상한 소문도 끊이지 않고 들려오고 있었다. 이제 그녀는 그를 그리워하거나 그를 위해 더 이상 하느님께 기도를 드리지 않았다. 그 모든 것이 순수한 우정인지 사랑인지는 확실하게 알 수 없어도, 세월이 흐르면서 그 의미가 상당히 변질되어 버린 듯했다.

　곧 그녀는 이왕 생각이 난 김에 재하를 한번 찾아보기로 하고는 벤치에서 부스스 일어났다. 그리고 재하가 평소에 자주 가는 그의 친구인 송인수의 하숙집에 가기 위해 학교 밖으로 나와, 뒤쪽에 길게 뻗어 있는 오솔길로 접어들었다. 인적이 드문 한적한 그 길 위로 가로등 불빛이 하얗게 부서져 내렸다. 야트막한 산에서 불어온 바람에 의해 길 양옆에 늘어서 있는 울창한 숲의 나뭇잎들이 살랑

살랑 부딪히는 소리가 났다.

　잠시 후 그녀가 언덕 너머의 주택가에 있는 그 하숙집을 향해 걸음을 빨리 재촉하고 있는데, 한 남자가 언덕의 위에서 아래로 내려오고 있는 것이 언뜻 눈에 띄었다. 그런데 그녀가 그를 자세히 살펴보니 어둠 속에서 확연하게 드러나 보이는 그 남자는 재하임에 틀림없었다.

　"선배!"

　그녀는 너무나 반가운 나머지 재하를 큰 소리로 부르며 그쪽으로 재빨리 뛰어갔다.

　"설이, 지금 이 시간에 어딜 가고 있는 거야?"

　"혹시 선배가 송인수 씨 하숙집에 있나 해서 그곳에 가고 있던 중이야."

　더욱더 꺼칠꺼칠해진 얼굴에 더부룩하게 길은 머리는 마구 헝클어진 채 오래간만에 만난 그의 모습은 무척 초췌해 보였다. 또 낡은 그의 감색 잠바도 가로등 불빛에 희끄무레한 빛을 발하고 있었다.

　"선배, 요즘 너무 이상해진 거 같아. 학교는 거의 나오지도 않으면서 매일 술이나 마시며 돌아다니는 거 같고……."

　"……."

　"대체 왜 그러는 거야?"

　"글쎄, 나도 잘 모르겠어. 아마 이것저것 되는 게 하나도 없이 가슴만 답답하니까 그러는 것일 거야."

곧 두 사람은 앞서거니 뒤서거니 하면서 학교 쪽으로 다시 터벅 터벅 내려오기 시작했다.

"몇몇 친했던 친구들과 선배들도 경찰에 잡혀갔거나 또는 어디론가 자취를 감추고 말았잖아? 또한 나도 학교에 다니는 것은 얼마 남지 않았는데 취업 공부 같은 것을 어떻게 해야 할지 마음의 갈피를 전혀 잡지 못하고 있어."

"왜 바보처럼 해 보지도 않고서 자꾸만 자신이 없다고 하는 거야? 앞으로 1년이나 훨씬 더 남았는데……."

"그래, 네 말대로 앞으로 1년은 남았으니까 공부를 좀 더 열심히 하면 뭔가 잘 될 수도 있겠지."

"그렇다니까? 선배도 나중에 자신이 원하는 곳에 얼마든지 다 취업할 수가 있으니까 쓸데없는 생각 같은 것 좀 하지 마. 그리고 그전처럼 학교나 착실히 다니면서 공부를 더 열심히 했으면 좋겠어."

"알았으니까 만날 때마다 그런 잔소리 좀 제발 그만해. 공부고 취업이고 내 일은 내가 다 알아서 할 테니까."

갑자기 그가 화를 내며 소리를 버럭 지르자, 그의 옆에서 조심스럽게 한 발자국씩 내딛던 그녀가 돌부리에 채여서 쓰러지기라도 할 듯이 옆으로 휘청거렸다. 그래서 그가 재빨리 그녀의 팔을 잡으려고 했으나 그녀는 그 손을 홱 뿌리치더니, 길가에서 조금 떨어져 있는 곳에 있는 벤치에 가서 앉았다.

"좋아. 공부 얘기는 더 이상 하지 않을 테니까 선배가 알아서 하도록 해."

어디선가 호오이 호오이 하면서 새가 우는 듯한 소리가 들려왔다. 한적한 공간 속에 가을밤의 정취가 한층 무르익어 가는 듯했다.

"그런데 들리는 말에 의하면 선배가 요즘 영문과 3학년에 다니는 여학생하고 사귀고 있다고 하던데 그게 사실야?"

그녀가 이 말을 하자마자 그는 퍼뜩 놀란 채 입에 물려고 했던 담배를 땅에다 떨어뜨렸다.

"어떻게 된 건지 말 좀 한번 해 봐?"

그녀가 재차 날카로운 어조로 질문하는 순간 그는 담배를 주워서 입에 물고, 가늘게 떨고 있는 손가락으로 라이터를 켰다.

"도서관에서 공부하다가 우연히 만나서 한두 번 커피를 마신 것밖에 없어."

"거짓말하지 마."

그에게서 막상 이런 얘기를 듣게 되자, 그녀의 목소리는 질투심으로 바짝 더 타오르는 듯했다. 그녀는 평소와는 달리 이런 감정이 왜 갑자기 생기는 것인지 그 이유를 잘 알 수가 없었다.

한동안 짙은 어둠과 함께 질식할 듯한 침묵 속에서 담배 불만이 빨갛게 타들어 갔다.

두 달쯤 전에 찌는 듯이 무더웠던 어느 날 밤에 재하는 인수와 라면 한 개를 달랑 끓여 놓고서 소주 4홉짜리를 나눠 마신 적이 있었다. 그때 그는 원래는 그 하숙집에서 그 친구와 같이 잘 생각이었으나, 열대야 현상으로 늦은 밤에도 전국이 가마솥처럼 들끓는 탓에 그 좁은 방에서 도저히 같이 누워 있을 수가 없었다. 그래서 인수가 코를 골며 잠에 곯아떨어진 밤 10시 30분쯤에 더 이상 더위에 견뎌내지 못한 채 혼자 슬그머니 밖으로 나왔다. 그리고 학교 쪽을 향해 털레털레 발걸음을 떼다가 언덕 위에서 주택가 쪽으로 내려오고 있던 한 여자와 우연히 마주쳤다. 그 순간 그는 그녀를 학교에서 자주 봤을 뿐만 아니라 작년에도 어느 교양 강좌를 같이 들은 적이 있던 여학생임을 단번에 알아차릴 수 있었다.

어두컴컴한 어둠 속에서도 그녀의 새하얀 얼굴과 함께 짙은 속눈썹과 빨간 입술이 선명하게 드러내 보였다. 또한 그녀가 걸음을 내딛을 때마다 짧은 치마가 펄렁거림과 동시에 그녀의 하얀 허벅다리가 언뜻언뜻 내비치기도 하였다. 그때 그가 그녀의 곁을 스쳐 지나가면서 그녀에게 인사를 할까 어떻게 할까 하고 망설이고 있는데, 그쪽에서 먼저 묘한 미소를 흘리는 듯했다.

"저…… 여보세요."

그가 용기를 내어서 그녀를 불러 세우자, 그녀가 걸음을 멈추고는 그를 힐끔 뒤돌아보았다. 그 순간 화장품의 짙은 향취와 함께 땀 냄새가 뒤섞인 채 그의 코끝을 강하게 자극했다.

"저하고 잠깐…… 얘기 좀 나눌 수 없겠어요?"

곧 그는 오솔길에서 조금 떨어진 곳에 흐릿한 가로등 불빛 아래에 놓여 있는 벤치로 그녀와 함께 천천히 걸어갔다. 그리고 거기에 나란히 앉아서 고요한 정적 속에 속삭이는 듯한 어조로 이야기를 몇 마디 나누기 시작했다. 그때 학교에서는 서로 안면 정도 알고 있던 사이에 불과했지만, 그녀는 그 짧은 시간 동안 술 냄새를 조금 풍기면서 자신의 신상에 관한 이야기를 그에게 비교적 상세하게 털어놓았다. 1년 후에 졸업한 다음에 취업할 문제라든가 또는 얼마 전에 헤어진 애인 때문에 요새 술을 자주 마시고 있다는 등등……

그런데 그런 이야기들을 몇 마디 더 주고받던 중에 뜻밖에도 상상도 할 수 없는 일이 벌어지고 말았다. 그는 알 수 없는 힘에 이끌려서 자기 자신을 제어하지 못 한 채 한순간 그녀에게 와락 달려들었다. 그리고 마치 꿈을 꾸고 있는 것처럼 후덥지근한 열기와 독한 술기운에 젖어서, 그녀와 함께 풀밭에서 뒹굴어 대기 시작했다.

그날 밤 그 산에서 격정적인 시간을 보낸 후에도 그는 그녀와 함께 육체적 관계를 두 번이나 더 가졌다. 그래서 처음으로 여관이라는 곳을 가 보고 또 섹스라는 것이 무엇인가 하는 것을 조금이나마 알게 되었지만, 그뿐이지 그 이상도 그 이하도 아니었다. 지방에서 올라와 학교 부근에서 혼자 자취 생활을 하고 있는 그녀는 사생활이 다소 문란하다는 소문이 학생들 사이에 퍼져 있었다. 실제로 그녀는 여러 명의 남자들을 친구처럼 사귀고 있는 것 같을 뿐 아니라, 재하도 그녀가 설이하고는 근본적으로 다르다고 생각하고 있기 때문인지 그녀와 진실한 대화를 나눈 적이 한 번도 없었다.

별안간 어디선가 또다시 새가 조그맣게 우는 듯한 소리가 들려왔다. 서너 개의 별들이 희미한 빛을 깜박거리며 그 산 너머의 암청색 공간 위로 나타났다.

"그 여자와 어떤 관계야?"

그녀가 침묵을 깨고서 다시 짧게 소리치자, 그는 담배꽁초를 땅바닥에다 내팽개치더니 그것을 구둣발로 밟았다.

"빨리 말해 보라니까?"

"아무런 관계도 아냐."

"거짓말하지 마!"

그녀는 벌떡 일어서서 집어삼킬 듯이 그를 노려보았다. 그때 바람이 불어오면서 그녀의 긴 머리카락이 이리저리 휘날리곤 했다.

"선배, 그러지 말고 사실대로 말해 줘."

"……"

"제발 거짓말하지 말고 솔직하게 말해 봐."

그러나 한순간 발갛게 상기된 채 거의 울상이 되어서 말하고 있는 그녀의 얼굴이 그에게 야릇한 반발심을 불러일으켰다. 그와 함께 그의 가슴속에 순간적으로 가학적인 파괴 본능 같은 것이 꿈틀하고 치솟아 오르는 듯했다.

"빨리 말해 보라니까?"

"그래, 그 여자하고 육체적 관계를 맺었어."

"뭐라고?"

"……"

"아!"

그녀는 비탄의 소리를 내면서 몸을 반대쪽으로 홱 돌리고는 흐느껴 울기 시작했다.

한동안 재하는 자신의 경솔함을 자책한 채 고개를 숙이고서 길게 한숨을 내쉬었다. 그 반면에 그의 가슴속에는 그 여름날 밤의 뜨거운 열기와 함께 그 여자의 요염하면서도 관능적인 모습이 또다시 또렷하게 되살아났다.

"선배, 그게 사실이야?"

"⋯⋯."

"사실인지 어떤지 말 좀 해봐."

그러나 그는 그녀의 말을 들은 척도 않고서 그녀의 뒤통수에 대고 소리를 버럭 질렀다.

"제발 나보고 선배라고 좀 하지 마. 다른 사람들처럼 너도 나를 오빠라고 부르면 안 돼?"

"⋯⋯."

"네가 나를 선배라고 부르는 소리가 너무나 듣기 싫단 말이야. 마치 우리 두 사람의 관계가 아무것도 아닌 것처럼 호칭하는 그 소리가⋯⋯."

그는 숨을 한 번 격하게 토해내고 나서 갑에서 담배를 또 꺼내 들었다.

"그런 식으로 너는 항상 나를 거부해 왔잖아? 젊은 남녀의 사랑이라는 게 무엇인지 아무것도 모르는 바보처럼⋯⋯."

그의 목소리가 쩌렁하고 울려 퍼졌지만 그녀는 들은 척도 않고서 벤치에서 부스스 일어났다. 그러자 그는 라이터 불을 막 붙이려던 담배를 내팽개치고는 벌떡 일어나서 그녀의 손을 꽉 잡았다.

"설이, 그게 아냐."

아직도 물기가 남아 있는 그녀의 두 눈이 가로등 빛에 반들거리고 빛났다.

"그 여자에게 그와 같이 했던 것은 그냥 호기심에서 한 번 해본 것뿐이지, 그 외에 다른 뜻은 아무것도 없었어."

"……."

"정말이야. 설이 내 말을 믿어 줘. 장난삼아 그랬던 것이지, 그녀에게서 사랑이라든가 하는 감정 같은 것을 느낀 적이 단 한 번도 없었다니까?"

그는 자기를 뿌리치려는 그녀의 손길을 피하면서 그녀를 벤치에 도로 앉혔다.

"설이, 나를 용서해 줘. 앞으로 다시는 그런 짓 안 할 테니까."

"아냐, 됐으니까 그만해."

"그러지 말고 제발 한 번만 용서해 달란 말이야."

그러나 그가 울상이 되어서 또다시 질러대는 소리를 들은 척도 않고서, 그녀는 천천히 고개를 내저었다.

"용서고 뭐고 이제 다 소용없어. 나도 이번 기회에 모든 걸 정리하고서 선배의 곁을 떠날 생각이니까."

"내 곁을 떠나겠다니…… 그게 대체 무슨 소리야?"

"나는 조만간에 학교를 휴학한 다음 고향에 내려가서 잠시 쉬려고 해."

"뭐라고?"

그는 깜짝 놀라며 반문했다.

"왜? 나 때문에 그래?"

"그렇기도 하지만…… 그보다도 더 중요한 것은 서울에서의 숨막히는 생활이 너무나 싫어서 그렇게 하려는 거뿐이야."

"그런 말도 안 되는 소리 좀 그만해. 나는 앞으로는 엉뚱한 짓 하지 않고서 공부나 열심히 할 테니까 너도 더 이상 쓸데없는 고집 같은 것을 부리지 말도록 해."

"그게 아니라니까? 비리와 부정부패가 만연되어 있는 이 사회를 마주 대하면서 하루하루 살아가는 게 너무나 지겨워서 그러는 거라고. 또 그러한 현실을 빌미 삼아 공부는 전혀 하지도 않은 채 늘 술이나 마시며 돌아다니거나, 또는 툭하면 휴강을 하고서 데모나 하는 대학 생활이 너무나 싫기도 하고. 그리고……."

어둠 속에서 그녀의 두 눈에 또다시 이슬이 언뜻 맺히는 듯했다.

"나는 어릴 때부터 병을 앓아왔잖아?"

"……."

"그래서 이번 기회에 모든 걸 다 잊고서 고향에 내려가 쉬면서 몸을 요양할 생각이야."

산기슭으로부터 밤안개가 서서히 밀려옴과 동시에 다소 서늘하면서도 축축한 바람이 불어왔다.

"그 병은 그전에 수술 같은 것을 해서 거의 다 나았다고 하지 않았어?"

"글쎄, 요즘 들어서 어디 특별히 아픈 곳은 없다고 하더라도 100% 완치되었다고는 할 수 없겠지."

"……."

"어떻든 지옥과 같이 아비규환을 이루고 있는 이곳을 떠나, 당분간 아무도 없는 곳에서 몸과 마음을 편안하게 쉬면서 재충전할 수 있는 기회를 갖고 싶어."

가로등 불빛을 받은 채 허옇게 들떠 있는 그의 얼굴이 더욱더 딱딱하게 굳어지는 듯했다. 그는 냉소를 머금고서 가늘게 떠는 목소리로 입을 다시 천천히 열었다.

"그럼 만일 네가 고향에 내려가 살면 병이 다 낫기라도 한다는 거야?"

"……."

"그게 사실인지 어떤지 말 좀 한번 해 보라니까?"

"그래. 그곳에서 악하고 더러운 것들을 다 버린 채 하나님하고만 관계를 맺고 산다면 충분히 그럴 수 있을 것이라고 확신해."

그는 히스테릭한 웃음을 짧게 터트렸다.

"그런 말도 안 되는 소리 좀 그만해. 몸속에 있는 병을 고치는데 하나님이 무슨 소용이 있다고 그러는 거야? 설이의 하나님이 더 좋은 약을 갖다주나, 아니면 더 훌륭한 의사를 구해 다 주나? 제발 그런 헛된 망상에 사로잡혀 있지 말고 실질적으로 자신에게 도움이 될 수 있는 게 뭔가 하고 진지하게 생각해 보도록 해."

"그렇다면 선배는 이곳에서 살면서 얻은 게 그 무엇인데? 정의? 명예? 선배도 그 어느 것도 얻지 못하고 절망감에 빠진 채 그 고통을 잊기 위해 매일 술이나 마시며 방황하고 있잖아?"

허공에 우뚝 솟아 있는 가로등이 뿌옇게 올라오는 안개 더미에 가린 채 그 불빛이 점점 더 흐릿하게 가물거리는 듯했다.

"물론 그곳에서 산다고 해서 내 몸이 훨씬 더 좋아진다고 장담할 수는 없지만, 여기에 있는 것보다는 그 가능성이 훨씬 더 높다고 할 수가 있어. 온갖 정신적 고통과 압박감에 시달리면서 이곳에서 계속 머무르고 있다 보면, 틀림없이 손톱만 한 병균도 바윗덩어리만큼 커지고 말 테니까."

"하지만 네가 아무리 뭐라고 해도 내 생각에는 너는 나를 이 기회에 완전히 잊어버리려고 일부러 그러는 거 같아. 잘 다니고 있던 학교를 느닷없이 휴학을 하고서 서울을 떠난다는 게 과연 있을 수 있는 일이야? 너는 나를 더 이상 사랑하지도 않고 또 내가 잘못을 저지른 것도 절대로 용서하지 않고 있단 말이야."

산 아래에 있는 도로에서 가끔 차들이 질주하는 소리가 정적을 깨고 아련히 들렸다. 곧 그는 애절하면서도 착 가라앉은 듯한 목소리로 다시 말을 이었다.

"너에겐 나보다도 하나님이 더 중요하지. 아니, 이 세상에 그 누구보다도……."

"……."

"내 말이 맞지?"

"그래. 선배 말대로 하나님은 나에게 어떤 실제적인 도움을 주지 않을는지 몰라도 선배처럼 나를 그런 식으로 무참하게 짓밟지는 않아."

그녀는 고개를 번쩍 들고서 눈물이 또 맺혀 있는 눈으로 그를 빤히 쳐다보았다.

"누가 나약한 나를 끝까지 변치 않고 사랑해 줄 수 있겠어? 선배가? 아니면 그 누가? 그 어떤 사람도 나를 끝까지 사랑해 주지 못하고 중도에서 냉정하게 돌아서고 말아. 그래서 이번에 선배가 몰래 그 여자를 사귀면서 그런 일을 저지른 것처럼 그 누구도 나를 끝까지 사랑해 주지 않아. 하지만 하나님은 나의 모든 것을, 나의 아름다운 것뿐만 아니라 병들어 있는 이 몸과 마음까지도 끝까지 저버리지 않고서 지켜 준다니까?"

"그만해! 이제 나도 너라면 생각만 해도 지긋지긋하니까, 그런 허위와 가식에서 제발 좀 벗어나도록 해."

그는 비참하게 일그러져 있는 그녀의 얼굴을 물끄러미 쳐다보다 말고 벤치에서 벌떡 일어났다.

"그리고 마지막으로 하는 말인데…… 나도 너를 더 이상 쫓아다니지 않을 테니까 너도 내가 싫어졌으면 더 이상 나를 찾지 말고 잊도록 해."

그는 그녀를 남겨 둔 채 휙 돌아서서 산 아래로 허우적거리며 내려가기 시작했다.

해맑은 햇살이 살짝 젖혀져 있는 커튼 사이로 들어와 잠자리에서 막 일어난 설이의 눈까풀을 때렸다. 침대의 머리맡에 놓여 있는 동그란 시계는 어느새 오전 10시를 가리키고 있었다. 요즈음 들어서 학교생활이 힘들다는 것을 핑계 삼아 늦잠을 자주 잤는데, 오늘은 수업이 없는 토요일이라서 그런지 더 늦게 일어나고 말았다.

잠시 후 그녀는 방에서 나와 고요함 속에 다소 서늘한 냉기가 감돌고 있는 거실을 지나 냉수를 마시기 위해 주방으로 갔다. 그런데 싱크대 위에 빈 그릇들이 수북이 쌓여 있기에, 어떻게 할까 하고 망설이다가 설거지부터 해 놓기로 했다. 그러고 나서 식사를 하기로 마음먹고는 고무장갑을 낀 채 수돗물을 콸콸 틀어 놓고서 그것들을 닦기 시작했다.

그런데 그녀가 얼마 동안 그릇들을 요란스럽게 달그락거리면서 닦고 있는데, 할머니가 주방으로 쑥 들어왔다.

"인제서 일어났냐?"

"……."

"아츰은 먹었고?"

"아직 안 먹었어요."

설이는 할머니 쪽은 돌아다보지도 않고서 설거지나 계속하며 퉁

명스럽게 대답했다. 그러자 할머니는 쯧쯧 혀를 차면서 콩나물국이 든 냄비를 가스레인지 위에다 올려놓고는 불을 붙였다.

"학교 도서관에는 안 갈 거냐?"

"아침 먹고 곧 갈 거예요."

"그럼 일찍 좀 일어나그라. 아츰마다 니 아빠한테 야단 좀 그만 먹고. 여자가 부지런해야지 그렇게 게을러서는 아무런 쓸모가 없는 거여. 이 할미가 너희들 나이 때만 해도 시집가서 자식들 낳아 기르면서 꼭두새벽부터 밤늦게까지 허리가 휘도록 집안 살림만 하고 살았었다."

"할머니, 알았으니까 마주칠 때마다 그런 잔소리 좀 제발 그만 하세요."

그녀는 고무장갑을 벗어서 싱크대 위에 탁 던져 놓고는 식탁의 의지에 앉았다. 곧 할머니는 식탁 위에다가 밥 한 공기와 반찬 몇 가지를 곁들여서 아침 식사를 간단하게 차려 놓았다. 그리고 그녀와 마주 앉은 채 말라비틀어진 밥에다가 콩나물국을 곁들여서 식사를 하기 시작했다.

"애, 아가야. 내가 또 이런 잔소리를 한다고 해서 니 마음이 무척 상하겠지만……."

"……."

"어떻든지 니가 조금 일찍 일어나서 아츰도 같이 먹고 또 부엌일도 좀 도와주고 하면 니 아빠가 얼마나 좋아하겠냐. 말만 한 애가 아침 늦도록 잠만 자고 있으니까 항상 그렇게 꾸지람을 하는 것이지…… 내가 가운데에서 이러지도 못하고 저러지도 못하고 정말로 속이 타 죽것다."

"내 친구들은 툭하면 늦잠을 자기도 하고, 또 집안 살림 같은 것은 신경도 안 쓴 채 실컷 놀곤 하는데 왜 아빠는 나한테만 그러는 거예요?"

"저런 철딱서니 없는 거…… 네 친구들은 엄마 아빠가 다 있지만 지금 니 애비는 혼자 몸이잖아? 너나 나나 안 도와주면 애비 혼자 어떻게 살라고 그런 쓸데없는 소릴 하는 거여?"

할머니는 밥을 한 숟가락 입안으로 꾸역꾸역 넣은 다음 수저로 콩나물국을 두세 번 떠먹었다.

"평생 할머니하고 나하고만 부려 먹으라고 하지 말고, 아빠한테 제발 재혼 좀 빨리 하라고 하세요. 몇 년 후에는 나도 시집가야 하고 또 할머니도 언제 돌아가실지도 모르는데, 그때는 혼자서 어떻게 살려고 하는 건지 정말 답답해 죽겠어요."

"그러게 말이다. 그런데 내가 재혼 말만 꺼내면 저렇게 막무가내로 싫다고 하니…… 아마도 니 애미를 아직도 못 잊어서 그러는가 보다."

한숨을 내쉬고 있는 쭈글쭈글한 할머니의 얼굴에 한순간 짙은 그늘이 드리워졌다.

"나도 나이가 먹어서 그런지 살림하기가 갈수록 힘들어서 더 이상 못하겠다. 느 오빠가 미국서 돌아와 빨리 장가라도 간 다음 새색시를 이 집에 들여오든지 해야지 원."

"아빠가 싫어서 미국으로 도망간 오빠가 제 발로 걸어서 이 집으로 들어올 거 같아요? 오빠는 절대로 한국으로 돌아오지도 않을 뿐더러, 또 장가를 간다고 하더라도 아빠를 모시고 살려고 하지 않을 거예요."

갑자기 그녀는 치밀어 오르는 슬픔으로 목이 콱 메는 걸 느끼고는 밥을 몇 번 떠먹지도 않은 채 수저를 슬그머니 내려놓았다. 그리고 냉수를 조금 마시고서 주방에서 황급히 빠져나왔다.

아버지는 왜 재혼을 하지 않으려고 하는 것인지 설이는 그를 생각만 하면 마음이 무척 무거워지는 것을 느꼈다. 먼 훗날 모든 사람이 이 집을 다 떠났을 때 늙은 아버지 혼자서 어떻게 살아가려고 하는지 도저히 이해할 수 없었다. 그는 정말 본인 말대로 결혼해서 사는 것보다는 혼자 사는 게 훨씬 더 편하고 좋아서 그러는 것일까? 그는 방바닥에 머리카락 하나 떨어져 있는 것도 그냥 지나치지 않을 정도로 성격이 깔끔해서, 요즘에도 집 안 청소라든가 그 외에 궂은일은 혼자서 다 도맡아서 하곤 했다. 그래서 나중에 혼자서 살림을 꾸려가며 살아가는 데 크게 지장이 없을 뿐 아니라 외로움 같은 것은 종교의 힘으로 충분히 극복할 수 있다고 생각하고 있는 듯했다. 아무튼 할머니나 그 외에 다른 사람들이 자기 앞에서 재혼 같은 것에 대해서 더 이상 언급조차 하지 못하게 했던 것이다.

어머니가 죽은 지 4~5년 정도 지났을 무렵에 아버지는 나이가 열댓 살 정도 차이가 나는 30대 후반의 여자와 재혼을 한 적이 있었다. 그 여자는 아버지와 고향이 같은 사람으로서 읍내에서 미용실을 운영했는데, 설이 큰어머니의 중매로 아버지를 만나게 되었다. 할머니 말에 의하면 그녀는 성격이 무척 참한 데다가 얼굴이 예쁘장하게 생겼지만 젊었을 때 결혼에 한 번 실패한 적이 있다고 했다. 그래서 나이도 많고 자식이 둘씩이나 딸린 아버지 같은 사람에게 재취로 오게 된 것이라는 것이다. 아무튼 아버지는 할머니의 강요에 못 이겨서 결혼을 억지로 했기 때문인지 새어머니에게 별로 정이 없는 듯했다. 그녀는 이 낯선 집에 온 지 얼마 되지 않았을 때부터 소리 없이 눈물을 흘리다가 설이에게 가끔 들키기도 했는데, 설이는 지금도 착하고 정이 많았던 그녀를 생각하면 불쌍한 생각이 들어서 가슴이 아프곤 했다. 설이는 그녀에게 몇 달이 지나도록 엄마라고 부르지도 않은 데다가, 매사에 반항적이기만 하던 설이 오빠인 우성이도 그 새어머니에게 2년 동안 같이 살면서 한 번도 엄마라고 부른 적이 없었다. 전실 자식들이 그처럼 속을 썩여도 별다른 내색 없이 따뜻하게 감싸주었던 그녀는 그 가족들 안으로 깊숙이 껴들지 못한 채 겉으로만 빙빙 돌다가 끝내 2년 만에 이 집을 떠났던 것이다.

"나도 늦게 한 결혼이라서 어떻게 해서든지 참고서 살아보려고 했는데 더 이상 어떻게 해볼 수가 없구나. 어린 너에게 어머니 노릇도 한 번 제대로 못 하고 마음속에 상처만 남긴 채 이렇게 떠난다는 게 너무나 미안하다."

그 집을 떠나기 바로 전날 새어머니는 설이의 손을 꼭 잡고서 눈물을 흘리며 마지막으로 이 말을 남겼다.

　새어머니가 떠난 지 보름 정도 지나서 여름 방학이 되었을 때 설이는 할머니를 따라서 새어머니의 친정에 한 번 갔던 적이 있었다. 그러나 새어머니는 이미 어디론가 자취를 감춘 채 그곳에서도 찾을 수가 없었다.

　"정서방 그 양반, 목사라는 사람이 왜 그리 성격이 까닥시럽다요? 우리 딸 가가 참 심성이 곱고 착한 아인데 얼매나 맘고생이 심했으면 그러것어요?"

　설이의 외할머니가 될 뻔했던 사람이 할머니와 설이가 그 집에 도착하자마자 툇마루에 쪼그리고 앉아서 면박을 주었다. 나이가 여든이 다 된 듯한 그 할머니는 시커멓게 기미가 낀 채 주름살이 쪼글쪼글한 얼굴로 한숨을 길게 내쉬었다.

　"뭐 때문에 멀쩡한 사람을 그렇게 달달달 볶는대유? 뭐 묻은 개가 뭐 묻은 개를 나무란다고⋯⋯. 본인도 장대 같은 아들과 딸을 둔 홀애비이면서 나이 먹어서 남의 집 재취로 들어갔다고 사람을 그런 식으로 무시해도 되는 감유?"

　문득 잔주름이 쭈글쭈글한 그 할머니의 눈가에 이슬이 맺히는 듯했다. 호박 넝쿨 우거진 담 너머에 펼쳐진 새파란 하늘에는 매미소리가 끊임없이 울려 퍼지고 있었다.

　"그 애도 지 애비도 없이 이 홀애미 밑에서 얼마나 고생을 하면서 살았는디⋯⋯. 우리 딸애는 어릴 때부터 미장원에서 시다 노릇만 하다가, 서른이 다 된 나이에 콧구멍만 한 가게를 하나 채려놓고서 지 동상들 학교 보내느라고 고생한 죄밖에 없고만유."

"우성이 애비가 성격이 조금 모가 나서 그렇게 된 거 사돈 마님이 달리는 생각하지 말도록 하세유."

한동안 아무 말 없이 듣고만 있던 할머니가 한마디 거들면서 두 사람의 대화가 더 길어지는 듯하자, 설이는 그곳을 빠져나와 그 초가집 옆 마당의 빈터 쪽으로 갔다. 그리고 굴뚝 옆에 쌓아 놓은 장작개비 위에 앉아서 솜털 같은 구름들이 듬성듬성 떠 있는 하늘을 올려다보았다.

'새엄마는 저 구름을 타고서 어디로 갔을까?'

설이는 이곳에 올 때부터 새어머니를 붙잡은 채 집으로 같이 돌아가자고 통사정을 해 보려고 마음을 먹었던 탓에, 그녀의 부재가 더욱더 안타까운 생각이 들었다.

"무신 놈의 남자가 사람 말도 못 믿고서 그렇게 의심이 많대요?"

또다시 아버지를 헐뜯기 시작하는 이 집 할머니의 음성이 카랑카랑하게 들려왔다.

"여자가 그 나이를 먹도록 살면서 옛날에 남자 한두 명을 사귈 수도 있는 것이지 그걸 그렇게 트집 잡고 그러니……. 그리고 또 웬 남자하고 동거를 하면서 애를 낳느니 어쩌지 하면서 있지도 않은 일을 혼자 맹글어 가지고 일없이 들들 볶았다고 하더라니까유?"

"당사자가 지 입으로 그런 말을 했으니까 그런 것이지 우성이 애비가 없는 소리를 억지로 만들어 가지고 그러겠어요?"

"글쎄, 그 철딱서니 없는 것이 뭐라고 쓸데없는 소릴 했는지는 몰라도 내 딸은 그런 애가 아니라닝께요? 어쩌다 남자를 알게 되어 결혼을 하네 어쩌네 한 적은 있어도 내 딸은 절대로 그런 일을 저지를 애가 아니란 말이어유."

"……."

"그리고 또 전처하고도 15년 넘게 살았던 사람이 몇십 년 전에 있었던 일을 뭐 할라구 그리 꼬치꼬치 캐묻고 그러는 거시오? 참말로 적반하장도 유분수지 나이가 벌써 50이 넘었으면 창피한 줄도 알아야제……."

매미 소리도 끊기고 잠시 고요한 정적이 찾아들었다. 시원한 바람이 솔솔 불어오면서 미루나무 가지에 달려 있는 나뭇잎들이 살랑살랑 움직여 댔다.

"상추 거리 같은 걸 사러 장엘 한 번 갔다 올 수가 있나 아니면 두부나 콩나물을 사러 집 옆에 있는 구멍가게라도 마음대로 갔다 올 수가 있나……. 밖에만 조금 나갔다 오믄 그 새 외간 남자라도 만났다 오기라고 한 거처럼 의심이나 하는 사람하고 어떻게 살 것서유? 사돈도 생각해 보면 알 것이지만 그런 사람 허구는 아무도 못 산다니까유. 그러니께 전처도 살다 살다 더 이상 참지 못하고서 약을 먹고 자살을 해 버리고 말은 것이지."

"아무리 화가 나도 그렇지……. 말씀이 너무 심한 거 아니에유?"

할머니가 한마디 톡 쏘아붙이자 그녀의 음성이 주춤 잦아드는 듯했다. 그러나 곧 이어서 한숨을 내쉬는 소리와 함께 탁한 어조의 목소리가 다시 이어지기 시작했다.

"이 말은 할까 말까 하고 망설이다가 하는 것인디……."

"……."

"정 서방은 전처를 그렇게 못 잊어 하면서 뭐 하러 재혼을 한 것이래유? 정 목사 맴 속 깊은 곳에는 항상 다른 여자가 자리 잡고 있는디, 왜 다른 여자하고 살면서 툭하면 아웅다웅 싸우곤 한 것이난 말이에유?"

누런 창호지를 바른 들창으로부터 아침 햇살이 뿌옇게 번져오는 것을 느끼며 재하는 퍼뜩 잠에서 깨어났다. 그리고 이불 옆에 놓여 있는 네모난 알람 시계가 오전 9시 30분을 가리키고 있는 것을 힐끔 쳐다보고는 부스스 일어났다. 김미옥이 잠을 자던 옆자리는 횅뎅그렁하게 빈 채 아직도 미지근하게 남아 있는 그녀의 체취가 풍겨 오는 듯했다.

곧 그는 미닫이문을 열고서 손바닥만 하게 작은 부엌으로 내려 갔다. 그리고 연탄 아궁이에 놓여 있던 양동이와 세숫대야를 들고서 마당으로 나갔다. 가끔 차가운 바람이 불어오고 있는 시멘트의 담 밑에는 녹지도 않은 하얀 눈이 수북하게 쌓여 있었다. 그는 양동이의 뜨거운 물을 대야에 부은 다음 나무 기둥에 걸려 있는 누렇게 변색된 조그만 거울을 보면서 일회용 면도기로 면도를 하기 시작했다. 그리고 비누를 몇 번이나 칠해서 세수도 하고 또 머리도 깨끗하게 감을 예정이었다.

재하는 겨울 방학 내내 두 달 가까이 밖에 거의 나가지도 않고 미옥의 자취방에서 지냈다. 그리고 그녀가 방직 공장에 다니면서 벌어오는 몇 푼의 돈으로 밥이나 지어 먹은 채 책을 읽거나 텔레비전을 보면서 시간을 보냈다. 그는 모든 것에서 벗어나고 싶었다. 앞으로 남은 대학 생활은 생각만 해도 정신이 아득해졌다. 화염병이 난무하거나 형사들의 눈초리가 번득이고 있는 그 캠퍼스에서 일 년을 더 어떻게 보내야 하나? 그 외에도 아르바이트를 해서 한두 푼씩 모아서 등록금을 마련한다는 것에 넌더리가 나고, 또 늙고 병든 어머니에게도 더 이상 손을 벌리고 싶은 생각이 없었다.

그는 실의와 좌절감에 빠져 방황하던 작년 늦가을에 야학에서 고등학교 검정고시 공부를 하던 미옥을 처음으로 만났다. 그녀가 그에게 존경한다는 말을 하면서 접근해 왔을 때 그는 모든 사람들과 연락을 끊어 버리고서 그녀의 자취방에서 살기 시작했다. 그리고 그녀가 거부하지 않는 한 이 생활을 계속 지속할지도 모른다는 생각을 한 채 틈만 나면 그녀에게 달려들어서 젊은 육체를 불살랐다. 그와 함께 천사처럼 고고한 척하는 설이와 악마와 같은 형상을 하고 있는 자기 자신에게 조소를 보냈다.

잠시 후 그는 어제저녁에 먹다 남은 김치찌개를 석유풍로 위에다가 올려놓았다. 그리고 조그맣고 네모난 상을 펼쳐 놓고는 전기밥통에서 수저로 닥닥 긁어서 그릇에 담아 놓은 밥을 갖다 놓았다. 그는 식사가 끝나는 대로 어머니가 살고 있는 고향에 갔다 올 작정이었다. 집에 가 보았자 뾰족한 수가 없겠지만 이곳에서는 눈치가 보여서 더 이상 지낼 수가 없었다. 공장에서 타오는 쥐꼬리만 한 월급으로 두 사람의 생활비를 충당하기에 너무나 어려워서 그런지, 어젯밤에도 미옥은 쌀하고 연탄이 다 떨어졌다고 꿍얼거리며 걱정을 늘어놓곤 했다.

얼마 후 그가 밖에 나왔을 때는 해맑은 햇살이 사방에 은은하게 펼쳐져 있었다. 그는 조그맣게 휘파람을 불면서 녹지 않은 눈이 듬성듬성 깔린 채 빙판을 이루고 있는 길을 조심스럽게 내딛기 시작했다. 그러자 두더지처럼 웅크리고 있던 굴속에서 뛰쳐나온 해방감 같은 것이 그의 마음을 한층 더 들뜨게 하면서 그전의 생활로 돌아가고 싶은 충동도 강하게 일어나는 것을 느꼈다.

곧 그는 꼬불꼬불한 골목을 다 빠져나오다 말고, 공터의 한쪽에 있는 어느 공중전화 부스 앞에서 걸음을 멈추었다. 갑자기 설이가 너무나 보고 싶어서 당장 그녀의 목소리라도 몇 마디 들어야만 직성이 풀릴 거 같았다. 그러나 막상 그녀에게 전화를 걸려고 하자, 새 학기에 등록도 못 한 채 이처럼 초췌한 모습을 하고서 그녀를 뭐 하러 만나려고 하는가 하는 생각이 들었다.

잠시 그는 망설이다가 자신도 모르게 수화기를 들고는 그녀의 집 전화번호를 쿡쿡 눌러댔다.

"여보세요?"

"……."

"여보세요?"

그러나 그는 설이의 목소리를 듣자마자 아무 말 없이 수화기를 도로 내려놓았다. 그리고 부스 밖으로 나와서 담배를 피우며 어떻게 해야 할까 하고 골똘히 생각에 잠겼다. 그러고 나서 그사이에 다른 사람이 전화를 걸고 밖으로 나오자, 담배꽁초를 길바닥에 내던지고는 부스 안으로 다시 들어갔다.

"여보세요?"

"선배?"

"……"

"선배, 맞지?"

설이의 목소리는 금세 축축이 젖어 드는 듯했다.

"응, 그래."

그는 뜨거운 그 무엇이 목구멍에까지 치밀어 오르는 것을 느끼며 대답했다.

"지금 거기 어디야?"

"……"

"거기가 어디냐니까?"

"지금 고향의 어머니 집 부근에 있는 공중전화에서 전화를 하고 있는 거야."

"거기에는 언제 내려갔는데?"

"겨울 방학이 시작되자마자 내려와서 지금까지 계속 여기에서 있었어."

잠시 침묵이 흐르다가 그녀의 목소리가 다시 이어졌다.

"그럼 거기서 그동안 뭘 하고 지냈어?"

"공부도 하고…… 또……"

"거짓말하지 마. 거기 어머니 집 아니지? 작년에 2학기 때부터 학교에 제대로 나오지도 않다가, 언제부터인가 학교에서 아예 자취를 감추어 버리고 말았잖아."

"아냐. 겨울 방학 동안 고향에 있었다니까?"

잠시 저쪽에서 흐느껴 우는 듯한 소리가 조그맣게 들려왔다.

"선배, 그러지 말고 우리 만나서 얘기하자. 거기가 어딘지 말 좀 해 봐? 내가 지금 당장 그리로 갈 테니까?"

"안 돼. 며칠 후에 서울에 올라가면 그때 다시 연락할게."

"그러지 말고 거기가 어디인지 말 좀 해 줘."

"……."

"선배, 제발 말 좀 해 보란 말이야?"

"며칠만 기다려 줘. 새 학기 등록을 할 때 다시 꼭 연락하도록 할 테니까."

그는 끝까지 거짓말을 하고서 전화를 끊었다. 그리고 착잡하고 무거운 마음으로 시외버스 터미널을 향해 발길을 돌렸다.

석양빛이 불그스름하게 물들어 있는 야트막한 야산의 능선과 휑뎅그렁하게 텅 빈 들판으로부터 싸늘한 바람이 불어왔다. 그와 함께 길옆에 있는 대나무 숲에서도 바람이 윙윙거리며 세차게 소용돌이치고 있는 소리도 났다. 재하는 소고기 한 근과 사탕 한 봉지를 싼 꾸러미를 옆구리에 끼고는 두 손을 바지 주머니에 쑤셔 넣었다. 그리고 눈과 흙이 뒤엉켜서 얼어붙어 있는 오솔길을 바삭바삭 소리를 내며 천천히 걷기 시작했다. 자기만을 믿고 사는 어머니나 동생에게 나약한 모습을 보여 줄 수가 없어서, 지금까지 집에 갈 때마다 빈손으로 간 적이 한 번도 없었다. 이번에도 집에 갈 때 쓸

비용으로 5만 원을 숨겨 놓은 채 그 어려운 상황 속에서도 조금도 쓰지 않고서 차비 같은 걸로 쓰려고 오랫동안 버텨왔던 것이다.

얼마 후 그가 집에 도착하자 쓸쓸함과 썰렁함에 젖어 있던 집안에는 잠시나마 생기가 도는 듯했다. 곧 그는 너무나 피곤한 나머지 추위에 언 몸을 녹이기 위해 안방의 미지근한 아랫목에 이불을 덮고서 누웠다. 그리고 어머니가 그가 사 온 소고기를 갖고서 부산을 떨며 저녁을 준비하는 사이에, 어슴푸레한 빛이 감도는 썰렁한 방에서 깜박 잠이 들었다. 그 옛날에 어머니는 아버지가 죽자 가족들을 데리고서 마을 한 자락 산기슭에 있는 낡은 오막살이집에서 텃밭을 일구어 가며 살기 시작했다. 그러나 그는 이상하게도 어머니의 고향인 이 덕바위 마을이 전혀 정이 들지 않을 뿐 아니라, 또한 외할머니와 외숙부와 외숙모와 몇몇 인척들이 모두 다 낯설고 생소하기만 했다.

마침내 그가 잠에서 막 깨어날 무렵에 어머니가 뿌연 김이 모락모락 나고 있는 밥상을 들고서 안방으로 들어왔다. 그리고 세 사람은 오래간만에 밥상에 둘러앉았으나 별다른 말도 없이 허겁지겁 식사만 하기 시작했다.

"자연이는 학교 잘 다니고 있어요?"

별안간 재하가 다소 길게 이어지고 있는 침묵을 깨고서 소고깃국에다 밥을 말며 입을 떼었다.

"저 지지배는 지금도 인문계 고등학교를 가지 못해서 심통이 잔뜩 나 있어? 상고나 잘 다녀서 나중에 은행 같은 데나 취직했으면 좋겠는디……. 공부도 집안 사정을 봐 가면서 하는 것이지 여자가 대학교는 나와서 뭘 어쩌겠다고 저렇게 지 애미 속을 썩이는지 모르겠다니껭."

어머니는 젓가락으로 김치를 집으면서 뚱한 표정으로 밥을 끼적끼적 먹고 있는 자연이를 힐끔 흘겨보았다.

"재경이도 회사 생활 잘하고 있죠?"

"웅. 그런데 월급을 쥐꼬리만큼 주면서 하루 종일 부려 먹는다고 얼마나 불평불만이 많은지 몰러. 그래서 아마 몇 달 사이에 거기를 그만두고서 군대나 갈 생각을 하고 있는 거 같더라."

재하의 남동생인 재경은 재작년에 읍내의 공업고등학교를 졸업할 무렵에 지방에 있는 어느 철강회사에 실습생으로 취업을 했다. 그런데 예의가 바르면서 자기가 맡은 일을 완벽하게 처리하는 근면 성실한 성격의 소유자라서 그런지 6개월가량 지난 이후에는 정식 사원으로 발령받을 수 있었다. 그러나 월급이 얼마 되지도 않을 뿐 아니라, 직원들이 몇 명 되지도 않은 탓에 혼자서 온갖 잡일을 도맡아서 하고 있다고 늘 불평불만을 늘어놓곤 했다.

"재하야, 너는 학교 다니는 게 좀 어떠냐?"

흐릿한 백열전등이 어머니의 어둡게 그늘진 얼굴을 언뜻 비추었다.

"서울에서 혼자 살면서 학교 다니기가 힘들쟈?"

"힘들긴요? 그냥 그렇고 그렇죠 뭐."

"아무도 없는 곳에서 남자 혼자서 생활하면서 공부하기가 얼마나 힘들겠냐?"

어머니는 코맹맹이 소리로 말하다 말고 자기의 국그릇을 그에게 내밀었다.

"이 소고깃국 좀 더 먹어라."

"아니에요. 저는 됐어요."

그는 그 국그릇을 황급히 밀쳐내며 그녀의 앞에다 도로 갖다 놓았다.

"니 아버지가 남겨 놓은 빚만 없었어도 어떻게 해서든지 서울에서 같이 살면서 니 뒷바라지를 했어야 했는디……"

살아서 정이 없는 부부는 죽어서도 매일반 같은 것인지, 어머니는 자식들 앞에서 죽은 아버지의 험담을 수시로 늘어놓곤 했다.

사실 그의 아버지는 기껏 막노동을 해서 힘들게 번 돈으로 인사불성이 될 정도로 술이나 마실 뿐이지, 그의 어머니가 가족들의 생계의 거의 대부분을 책임을 져야 했다. 또 죽을 때도 사채 같은 것 등 이런저런 자질구레한 빚을 남겨 놓는 바람에, 가족들은 서울을 떠나 어머니의 고향으로 가서 살 수밖에 없었다.

"나도 나이를 많이 먹어서 그런지 이제는 힘에 부처서, 남의 집 품앗이도 계속할 수가 없을 것 같아."

어머니의 얼굴은 그전에 비해 주름살이 부쩍 많이 늘었고 또 머리의 여기저기에 새치도 상당히 많이 눈에 띄는 듯했다.

"이렇게 힘들 때 너희 아버지가 우리들한테 빚만 남겨놓지 않았더라면 얼마나 좋았겠냐? 돈 좀 조금만 있다면 서울 변두리에서 구멍가게 같은 거나 하면서 너희들하고 같이 오순도순 살 수 있었을 텐디……. 너희들 애비라는 사람은 숨이 넘어가는 순간까지 남아 있는 살림마저 다 말아먹고 말았제?"

너무 자주 들어서 귀에 목이 박힌 그 얘기를 다른 사람들이 듣건 말건 어머니는 또다시 하기 시작했다.

"느그들도 생각나지? 방 윗목에 막걸리 통과 소주병들이 수북이 쌓여 있던 것을……. 간이 퉁퉁 부어서 의사가 술을 절대로 마시지 말라고 신신당부했는데도 술하고 무슨 원수가 졌기에 숨이 넘어가는 그 순간까지 그걸 마셔댔으니……. 그래서 이 애미가 목욕탕에서 억척같이 때밀이 하면서 한 푼 두 푼 모아놓은 것들까지 땡전 한 푼 남겨놓지도 않고서 약값이나 술값으로 다 쓰고 말았다니께?"

"엄마! 제발 좀 그만해."

자연이가 버럭 소리 지르며 수저를 상 위에다 탁하고 내려놓았다. 그러자 어머니는 흠칫 놀라며 자연이를 힐끔 쳐다보더니, 아무 말 없이 입에 밥을 한 움큼 떠 넣었다.

잠시 질식한 듯한 침묵 속에서 수저가 그릇에 부딪히는 소리만이 간간히 울려 퍼지기 시작했다. 그러다가 식사가 거의 다 끝나갈 무렵에 어머니가 재하의 얼굴을 슬쩍 쳐다보며 넌지시 입을 또 열었다.

"재하야. 너 이번에 등록금은 어떻게 됐냐?"

그러나 그는 아무 대꾸도 없이 수저로 사발에 남아 있는 밥풀 알

갱이를 닥닥 긁어서 입에 넣었다.

"니 등록금은 어떻게 해서든지 내가 만들어 줘야 할 텐디 촌에서 날품팔이 해 봤자 입에 풀칠하기도 힘들고…… 또 니 동상 자연이도 고등학교 다니면서 웬 돈이 그리 많이 들어가는지 눈만 뜨면 돈을 달라고 해서 참말로 힘들어 죽것다."

그녀가 침울하게 가라앉은 목소리로 넋두리하는 것을 들으며 재하는 수저를 내려놓고는 숭늉을 마셨다. 그리고 저절로 흘러나오는 한숨을 소리 없이 꿀꺽 삼키고서 등을 벽에 기대고 앉았다.

"등록금을 하나도 마련하지 않았지?"

"……."

"어떻게 했는지 말 좀 한번 해 보라닝께?"

"이번에는 제 등록금은 제가 알아서 할 테니까 어머니는 그것에 대해서 조금도 신경 쓰지 마세요. 학교에서 장학금도 나올 뿐 아니라, 또한 제가 아르바이트해서 벌어 놓은 것도 꽤 있어서 그것으로 충분히 할 수가 있으니까요."

"그려. 내 새끼 참말로 장하구나. 그래도 니가 내일 서울 갈 때 단 얼마라도 마련해서 줄 테니까, 부족하나마 이 애미 정성으로 생각하고 학비에 보태 쓰도록 해라."

기미가 시커멓게 껴 있는 얼굴에 쓴 미소를 지으며 어머니는 숭늉 대접을 집어 들었다.

4

마침내 윤명진은 6개월가량 자신과의 처절한 싸움을 벌인 끝에, 최선을 다한 결과로서 다소 아쉬움이 없지 않으나 J대학교에 합격할 수 있었다. 마치 회한과 자책 속에 방황하였던 지난날을 조금이라도 보상받으려는 듯이, 시험공부를 하는 동안 그의 방에는 밤새도록 불이 꺼지지 않았다. 그리고 꽉 막힌 가슴이 터질 지경이라도 되면 가끔 소주를 병 채로 들이붓고서 쓰러져 잠이 들었다가 깨어나서 다시 책을 붙잡았다. 또 원래 고독을 즐기며 혼자 있기를 좋아하는 성격의 소유자답게 그 사이에 친구들을 거의 만나지 않을 뿐 아니라, 학원에도 한 번도 가지 않고서 그 혹독한 시련의 기간을 견뎌냈다.

인생의 긴 대목에서 보면 — 재수생이 대학생이 되는 것은 — 그리 중요하지 않을지 모르나 이제는 더 이상 견뎌 낼 수 없는 극도의 상태에 빠져 있었던 그에게 그의 합격은 실로 숨 막히는 순간이었다. 또 주위의 사람들에게도 가장 큰 기쁨이 될 수 있기에 그것이 그의 청춘을 얽어매었던 어두운 그림자에서 벗어나 새로운 생활을 할 수 있는 전환점이 되기를 진정으로 갈망했다. 비록 그라는 위인은 어떠한 일에도 만족을 느끼지 못하고 스스로 의혹과 회의 속에 빠지기를 좋아한다고 해도, 이번만은 그런 굴레에서 벗어난 채 아직도 고뇌의 잔뿌리가 남아 있는 자신의 눈빛이 차츰 나아지리라 확신했다. 그러나 기대와 호기심을 갖고서 대학교에 입학을 한 지 얼마 되지 않아, 하루하루는 — 다른 모든 사람이 인정해주는 — 나태함과 방종 속에 덧없이 흘러가기 시작했다. 또한 오랜 겨울잠에서 막 깨어나듯 어리석게도 또다시 설이의 환영을 쫓으면서, 자기 자신이 그 이전의 상태로 되돌아가고 있음을 막연히 깨달을 수 있었다.

그러던 4월 초순경인 그 어느 날 그는 아침 늦게 일어나서 첫 시간에 든 윤리학 강의를 빼먹고는 아침 겸 점심인 식사를 한 후에 거의 정오가 다 되어서 집을 나왔다. 그리고 나서 최근 들어서 하던 습관대로 혹시나 하는 기대감을 갖은 채 그의 집 뒤로 교회 쪽으로 뻗어 있는 길로 발길을 돌렸다가 뜻밖에도 교회 부근에서 그녀와 우연히 마주치게 되었다.

"명진 씨!"

그녀가 먼저 그를 발견하고는 손짓을 하자, 그는 너무나 당황한 채 억지로 쓴 미소만 지어 보였다.

얼마 만에 만난 것인지 순간적으로 두 사람 사이에 긴밀한 흐름이 흘렀다. 그러나 거의 8개월 만에 만났는데도 그녀의 모습은 조금도 변하지 않은 듯했다. 얇은 입술, 하얀 목덜미, 해맑은 눈망울…… 바람에 살랑살랑 나부끼고 있는 긴 머리카락까지도…….

"무척 오래간만이네요. 아주 영영 못 만나는 줄 알았는데……."

"그래요. 정말 그런 거 같아요."

"……"

"그런데 어떻게 한동네에 살면서도 그동안 길에서고 어디에서고 한 번도 마주치지 않을 수 있는 거죠?"

그는 기쁨에 젖은 목소리로 소리치며 그녀의 옆으로 재빨리 다가갔다.

다소 서늘해진 바람이 발갛게 상기되어 있는 두 사람의 얼굴에 살짝 부딪혔다.

"요즘에는 어떻게 지내고 있어요?"

"……"

"혹시 대학교에 들어갔나요?"

"……"

"너무나 궁금해서 그러니까 말 좀 한번 해 봐요?"

"예. 이번에 J대에 합격해서 거기를 다니고 있어요."

추궁하듯 재차 묻는 그녀의 질문에 그는 멋쩍은 미소를 머금고서 마지못해 대답했다.

별안간 그녀는 우뚝 걸음을 멈추더니 미소를 머금은 눈으로 그를 물끄러미 쳐다보았다.

"늦게나마 축하해요."

"축하는 무슨……"

그가 쓴 미소를 머금고서 그녀에게 몸을 돌리고서 다시 발걸음을 떼기 시작했다.

"그럼 지금 학교에 가는 거예요?"

"네."

"그런데 학교에 간다면서 왜 책은 한 권만 달랑 옆구리에 낀 채 가는 거죠?"

그는 아무 말 없이 그녀의 시선을 피해 다시 고개를 숙였다. 한적한 길에는 두 사람 외에 오가는 행인들이 거의 보이지 않았다.

"하기야 1학년 때에는 누구나 다 그렇긴 해요. 일 년 내내 노는 것에만 정신이 팔려서 책 같은 건 거의 거들떠보지도 않아요."

"아마 그런 거 같아요. 나도 작년에 몇 달 동안 책을 너무나 많이 봐서 그런지 이상하게도 공부 같은 것을 하기가 또 싫어졌어요. 그래서 요즘에도 학교에 가 봐야 몇 시간 되지도 않는 수업도 거의 들어가지 않은 채 쓸데없이 이것저것 하면서 시간을 보내곤 해요. 오늘도 어젯밤에 술을 너무 많이 마셨기 때문에 제시간에 일어나지 못 해서 첫째 시간에 든 윤리학도 빼먹고 말았어요."

잠시 두 사람은 마땅히 주고받을 수 있는 대화거리를 찾지 못한 채 이런저런 생각에 빠져서 터벅터벅 발걸음만 뗐다. 그러다가 100m쯤 떨어진 곳에 버스정류장이 나타나자 그녀가 다소 길게 이어지고 있는 침묵을 깨고 입을 열었다.

"대학 생활에 큰 의미를 찾지 못하고 있나 봐요?"

"그래요. 내가 이 나이를 먹고서 1학년에 다닌다는 것이 다소 창피한 생각이 들어서 그런 거 같아요."

"창피하긴요? 공부하는데 나이가 무슨 상관이 있다고 그런 쓸데없는 생각을 해요?"

그녀가 쓸쓸한 빛이 감돌고 있는 그의 눈을 힐끔 쳐다보며 또다시 힐난하는 투로 말했다.

그런데 그는 버스정류장에 자꾸 가까이 다가갈수록 마음이 더욱더 우울해지는 것을 느꼈다. 너무나 오래간만에 만났는데 그녀와 이대로 허무하게 헤어지고 싶은 생각이 들지 않았다. 그때 저쪽에서 빈 택시 한 대가 그들이 있는 곳으로 천천히 다가오는 것이 그의 눈에 언뜻 띄었다.

"설이 씨, 우리 그런 얘기는 그만하고 어디 다른 데에 가서 바람이나 좀 쐬도록 할까요?"

"안 돼요. 나는 지금 꼭 학교에 가 봐야 해요."

"그러지 말고 시간 좀 조금만 내줘요."

그는 택시를 잡자마자 뒷문을 열고서 그녀를 억지로 그 안으로 밀어 넣었다. 그리고 자기도 그 옆에 타더니 엉뚱하게도 택시 기사에게 시외버스 정류장으로 가자고 했다.

풋풋한 흙냄새를 실은 바람이 겹겹이 쌓여 있는 산들과 넓은 들판에서 불어와 시외버스에서 내린 두 사람의 코끝을 스치고 지나갔다. 그와 함께 정오의 해맑은 햇살도 그들의 머리와 몸 위로 눈부시게 쏟아져 내렸다.

곧 그들은 2차선 도로에서 벗어나 냇가 쪽으로 뻗어 있는 오솔길로 발길을 돌렸다. 그때 멀리 떨어져 있는 울창한 숲 어디에선가 뻐꾸기의 울음소리가 아련하게 울려 퍼지기 시작했다.

"신비스럽죠? 뻐꾸기의 울음소리……."

문득 그가 그녀를 힐끔 뒤돌아보며 중얼거렸지만, 그녀는 아무 대답도 없이 조그만 다리 아래에 흐르고 있는 냇가로 내려갔다. 그리고 넓적한 돌 위에 앉더니 반짝반짝 빛나고 있는 모래를 손가락으로 만지작거리기 시작했다. 그도 그 주위에 우두커니 서서 조그만 조약돌들을 집어 들고는 그것들을 냇물에 퐁당퐁당 던지곤 했다.

그때 느닷없이 산 뒤에서 나타난 기차가 다리 위쪽에 있는 철로를 요란스런 굉음을 내며 지나갔다. 그러자 그녀는 그 기차를 바라본 채 자리에서 부스스 일어나며 한마디 툭 내던졌다.

"아! 나도 저 기차를 타고 어디론가 멀리 훨훨 떠나 버렸으면……."

그는 의아스러운 표정을 짓고서 그녀에게 고개를 홱 돌렸다.

"설이 씨, 왜 그래요? 무슨 안 좋은 일이라도 있어요?"

그녀는 처음에 만났던 거와는 달리 시간이 지날수록 다소 들떴던 마음은 사라진 채 자꾸만 우울한 상태에 빠져드는 듯했다. 그래서 버스를 타고서 40분가량 교외로 나오는 동안에도, 가끔 그가 말을 걸어도 그녀는 어색한 미소를 지으며 고개를 끄떡이거나 또는 아무런 대꾸도 없이 한숨만 내쉴 뿐이었다.

"무슨 일인지 말 좀 해 봐요?"

"……."

"말 좀 한번 해 보라니까요?"

"명진 씨, 나는 요새 학교를 그만 다니고서 휴학할까 하고 생각하고 있어요."

"네? 학교를 휴학한다고요?"

그는 깜짝 놀라며 반문했다.

"네. 휴학계 내는 거 때문에 어제 교수님하고 상담까지 했어요."

"갑자기 학교를 휴학하다니 그게 대체 무슨 소리예요?"

"모든 것을 다 잊고서 당분간 좀 쉬고 싶어서 그런다니까요?"

그녀는 다시 고개를 돌려서 해맑은 햇살을 받은 채 하얗게 반짝거리고 빛나며 흘러가고 있는 냇물에 시선을 던졌다.

"혹시 재하 때문에 그러는 거예요?"

"……."

"내 말이 맞죠? 재하와 대판 싸우고서 헤어지기라도 했나요?"

"싸우고 뭐고 할 거 없이 그 사람을 못 본 지 벌써 몇 개월은 되었어요. 그가 작년 가을부터 어디론가 완전히 자취를 감추고 말았기 때문에……."

"그럼 재하를 그동안 학교에서도 한 번도 만나지 못했어요?"

"그렇다니까요? 그가 학교는 작년 3학년 2학기 때부터 나오지 않았지만, 시위운동 같은 거에는 가끔 참가했던 거 같아요. 그래서 요즘 들리는 소문에 의하면 작년 늦가을에 일어났던 대규모 시위운동에 연루가 되는 바람에, 현재 수배가 된 채 도피 생활을 하고 있다고 하더라고요."

"하지만 재하가 그렇게 됐다고 해서 설이 씨까지 학교를 휴학한다는 게 말이나 되는 소리예요?"

"그런 거 때문에 그러는 게 아니라니까 자꾸 왜 그래요?"

그녀는 소리를 버럭 지르고는 이내 뒤돌아서서 냇가를 따라 발걸음을 다시 떼기 시작했다.

햇살은 따사로웠지만 다소 서늘한 바람이 계속 불어왔다. 곧 명진은 설이의 뒤를 바짝 쫓아가며 다시 따질 듯이 물었다.

"그럼 갑자기 휴학을 하려는 이유가 뭐예요?"

"……."

"그 이유가 뭐냐고요?"

"공부는 하나도 하지 않는데 학교에 가면 뭘 해요? 네 편 내 편 갈라서서 화염병을 던지거나 각목을 휘두르면서 죽을 동 살 동 싸우기만 하는데……."

잠시 후 그들은 침묵 속에 비탈진 길을 앞서거니 뒤서거니 올라가서 길가로 도로 나왔다.

그런데 조금 떨어져 있는 길가에 페인트 색깔이 변색된 채 낡은 식당 건물이 보이자, 그는 그녀에게 그곳에서 간단하게 점심 식사나 하자고 했다. 그리고 그들은 그 식당에 들어가자마자 동그란 원목 식탁에 앉아서 뚱뚱한 아주머니에게 칼국수 두 개를 시켰다.

"정말로 휴학할 생각이에요?"

"네. 아까도 말했듯이 학교에 다니기가 너무나 힘들어서 당분간 재충전을 위해 농촌에 있는 큰아버지 댁에서 쉴 생각이에요."

"그럼 복학은 언제 할 생각인데요? 6개월 후인 다음 학기에 할 건가요?"

"글쎄요. 그런 것은 아직 생각해 보지도 않았어요. 사실 학교가 이렇게 어수선한데 복학해서 공부를 한다는 게 엄두가 나지 않아서……"

주방의 찬장 위에 놓여 있는 손바닥만 한 트랜지스터라디오에서는 흥겨운 유행가가 계속 흘러나왔다. 들창에서 흘러 들어온 햇빛을 받아 불그스름하게 반짝거리고 있는 그릇들 사이로 징그러울 정도로 큰 파리 한 마리가 윙윙거리며 날아다니기 시작했다.

"그리고 그냥 고향에 있다가…… 어느 정도 마음이 안정이 되면 그때 수녀나 될까 하고 생각하고 있어요."

"네? 뭐라고요?"

그는 유행가를 듣다 말고 깜짝 놀라는 표정을 짓고서 그녀를 빤히 쳐다보았다.

"지금 상황이 다소 어렵다고 해서 그런 말도 안 되는 소리 좀 하지 말아요. 이 시기만 조금 참고 견디면 모든 것이 다 잘 될 텐데 무슨 그런 얼토당토않은 말을……"

"……"

"아무튼 내가 생각하기에는 설이 씨가 아무리 이런저런 핑계를 대지만 휴학을 하려는 근본적인 이유는 재하 때문인 거 같아요. 그런데 어느 정도 시간이 지나면 재하도 다른 학생들과 마찬가지로 졸업을 한 후에 자기가 원하는 곳에 취업하게 될 텐데 무슨 그런 쓸데없는 걱정을 하는 거예요?"

"그렇지 않아요. 재하 씨는 평범한 사람들과는 달라서 취업은커녕 영원히 감방에 갇혀 있을 거예요. 시위운동 같은 것도 한때 젊어서 혈기 왕성한 때 하는 것이라고 하지만, 그 사람은 평생 그런 일에 매달려 있을 게 분명하니까……."

잠시 후 아주머니가 칼국수가 들어 있는 그릇 두 개와 김치를 탁자에 내려놓았다. 그들은 배가 무척 고팠던 탓에 칼국수를 후후 불어가며 허겁지겁 먹기 시작했다.

"그런데…… 만일 내가 설이 씨에게 멋있는 남자 친구를 한 명 소개해 주면 학교를 잘 다닐 수 있겠어요?"

"네?"

그녀는 두 눈을 동그랗게 뜨고서 들고 있던 젓가락을 슬그머니 내려놓았다.

"설이 씨를 영원히 사랑해 줄 수 있는 남자 말이에요."

"대체 지금 무슨 소리를 하는 거예요?"

그녀가 불그스름하게 물든 얼굴로 어처구니없는 표정을 지었지만 그는 조심스럽게 말을 다시 이어서 했다.

"설이 씨가 재하하고의 그런 어설픈 사랑이 아니라 그 누구와 진실한 사랑을 나눌 수 있다면, 그처럼 섣불리 학교를 떠나려고 하지 않을 거 아니에요?"

"글쎄요. 하지만 이런 상태에서 그 누구와 사랑 같은 것을 다시 시작할 수 있겠어요? 재하 씨에게서 받은 것도 감당하기 어려운데 어떻게 또……."

"그렇지 않아요. 왜 해 보지도 않고서 무조건 안 된다고 하는 거죠? 설이 씨는 다른 사람을 사귀어 보려고 노력하기는커녕 다른 사람에게 관심조차 가져 보지도 않잖아요?"

"……."

"그래서 하는 말이지만…… 나를 한 번 김재하처럼 진정으로 사랑해 보지 그래요?"

"……."

"아니, 그 반만큼이라도……."

이글이글 타오르고 있는 그의 두 눈을 마주 보며 그녀는 쿡 하고 웃음을 짧게 터트렸다.

"명진 씨를요?"

"네. 이 윤명진을……."

그러나 그녀는 더 이상 아무 말이 없이 고개를 숙이더니, 젓가락을 재빨리 움직여서 칼국수를 먹기 시작했다.

얼마 후 두 사람이 식당에 나왔을 때에는 바람은 거의 불지 않은 채 밝은 햇살이 넓은 들판에 은은하게 펼쳐져 있었다. 그들은 조금 걷다 말고 나무의 그늘이 길게 드리워져 있는 제방의 풀 더미 위에 나란히 앉았다.

"나는 아무리 생각해 봐도 설이 씨가 학교를 그만두고서 수녀가 되겠다는 것을 도저히 이해할 수 없어요. 사실 재하라든가 또는 다른 남자들과의 문제 때문에 그러는 거 같지도 않은데 대체 왜 그러는 건지……."

"당연하죠. 여학생이 학교를 다니다 말고 남자 때문에 휴학한다는 게 가능한 일이겠어요?"

"그럼 왜 그러는 거냐고요?"

"솔직히 말해서…… 요즘 같은 상황에서는 아무도 없는 깊은 산속에서 하루 종일 성경 공부나 하고 싶을 따름이에요."

들판을 가로질러 오는 한결 부드러워진 미풍을 맞고 그녀의 긴 머리카락이 가볍게 흩날렸다.

"명진 씨는 예수를 진정으로 사랑할 수 있나요? 그분의 고뇌를, 그분의 열정을…… 이 세상에 그 누구보다도……."

"그렇다면 설이 씨는 그 누구보다도 예수를 가장 사랑한단 말인가요?"

"네. 그 누구나 다 진정한 기독교 신자로서 참된 믿음을 갖는다면 충분히 그럴 수 있어요."

문득 허공을 올려다보고 있는 그녀의 두 눈이 햇살을 받은 채 영롱하게 타오르는 듯했다.

"그래서 설이 씨는 수녀가 되려는 거예요?"

"그래요. 누구를 사랑한다는 것은 바로 자신의 이상형을 사랑하는 것이라서, 나는 진정으로 예수를 사랑하기 위해서 수녀가 되려는 거예요. 나의 그릇된 자아를 깨트린 채 그분의 형상을 조금씩 닮아가면서 그 뜻에 따르기 위해……."

별안간 그녀가 자리에서 부스스 일어나자 그도 일어난 다음 그녀와 나란히 걷기 시작했다. 그때 그는 온몸에 화사한 햇살을 받은 채 그녀와 함께 한 걸음씩 내딛을 때마다, 출렁이는 빛의 물결 속을 떠다니는 듯한 느낌을 받았다.

"명진 씨, 내가 수녀가 되려고 하는 것은 현실에 대한 도피가 아니라 내 꿈을 실현시킬 수 있는 가장 좋은 방법이기 때문이에요. 아직도 내 마음속에 남아 있는 때 묻은 찌꺼기를 깨끗하게 제거한 채 하나님이 최초에 계획했던 것을 이곳에 펼쳐나가기 위해…… 죄악과 질병이 없이 선이 충만한 세계, 나날을 기쁨과 감사의 기도 속에서 보낼 수 있는 세상을……."

그는 마른침을 꿀꺽 삼키고서 발갛게 상기되어 있는 그녀의 얼굴을 슬쩍 쳐다보았다.

"설이 씨는 다른 여자들과는 달리 일상적인 즐거움 대신에 정신적인 그 무엇을 추구하고자 하는 열망이 너무 강한 거 같아요. 그래서 이번에도 더 큰 유혹에 못 이긴 채 감당할 수 없는 고뇌, 더 큰 영혼의 갈증을 맛보기 위해 수녀가 되겠다는 얼토당토않은 생각을 하고 있는 거예요."

"……."

"설이 씨! 나는 설이 씨에게 관한 것이라면 무조건 다 좋아해요. 좋은 것이든 나쁜 것이든 이유 여하를 불문하고…… 그런데 이번처럼 설이 씨가 정신적인 허영심에 들떠서 모든 것을 버린 채 수녀가 되겠다는 것에는 결코 찬성할 수 없어요. 아무리 그 꿈이 높고 숭고하더라도 자신의 삶 그 자체보다 더 중요한 게 있을까요? 그런데 설이 씨는 그 헛된 꿈을 위하여 자신의 모든 것을 반밖에 취하지 않고서 그 나머지 반은 헌신짝처럼 내팽개치려고 하고 있을 따름이라니까요?"

봄이 무르익을수록 더욱더 어수선해진 정국 상황과 맞물려서 대학가는 걷잡을 수 없는 폭력 시위에 휘말려 들기 시작했다. 대부분의 대학들이 휴교령을 내리고서 교내 출입을 통제하는 바람에 학생들은 한 달 가까이 학교에 갈 수가 없었다. 그러나 그 당시에 윤명진은 세상은 암흑에 쌓여 있을지언정 그의 마음은 화창한 봄날의 청명한 하늘처럼 항상 흥겹게 들뜬 채 건달 같은 친구들과 어울려 다니기에 바빴다. 즉, 입시의 중압감에서 완전히 벗어난 만큼 그의 행위는 조금도 거칠 것이 없었는데, 그 어느 때는 시내에서 재미있는 잡다한 놀잇거리를 찾아서 이리저리 헤매다 보면 하루의 해도 짧을 지경이었다.

그 외에도 그는 그전보다 더 적극적으로 설이에게 접근해서 얼마 전에도 커피숍에서 그녀를 다시 만나기도 하였다. 사실 친구 애인에게 접근한다는 것은 있을 수 없는 일이지만, 사랑이라는 감정은 뭐라고 표현할 수 없는 불가사의한 것이라서 그로서도 더 이상 어쩔 수 없었다. 만일 시간이 흘러서 그 열정이 저절로 사그라지지 않는 한, 누군가가 그를 손가락질하며 비난한다고 해도 그것을 감수할 수밖에 없었다. 또 젊은 남녀 관계는 늘 유동적인 것이라서 그것이 언제 어느 때 어떻게 바뀔지도 모르는 상황이 아닌가? 특히 재하와 설이는 같은 학교에 다니면서 알게 된 선후배 사이에 불과할 뿐 아니라, 또한 재하는 오랫동안 서울에서 완전히 자취를 감춰 버린 채 그 어느 곳에서도 그의 모습을 찾을 수 없었다.

그런데 설이의 행동은 그전과 비교해서 달라진 것이 거의 없어서 그들의 관계는 그가 아무리 노력을 해도 그 어떤 한계를 결코 넘을 수 없었다. 그와 같이 무덤덤한 상태가 지속되던 어느 날 그는 그녀와 함께 어느 레스토랑에서 점심 식사를 같이하고서 오후 3시경에 밖으로 나왔다. 그러나 두 사람은 시내에서 좀 더 돌아다닐 생각이었건만, 뜻밖에도 시내 한복판에서는 무력시위가 막 일어나고 있었다.

대규모의 데모 행렬이 오후의 눈부신 햇살을 받으면서 8차선 거리를 완전히 장악한 채 물밀듯이 밀려오기 시작했다. 도로에 6열 종대로 늘어서 있는 그것의 길이는 족히 200m는 되고도 남는 데다가 그 숫자는 거의 2,000명 정도는 될 거 같았다. 그들은 어깨동무를 한 채 일렬로 죽 늘어서서 발을 맞춰 구르거나, 또는 몇몇이 부르는 선창을 따라 일제히 팔들을 허공에 뻗으면서 목이 터져라 소리를 지르곤 했다.

"민주국가 건설하자."

"독재자는 물러나라."

이런 구호들이 무성한 미루나무 나뭇잎과 고층 건물들 사이에 드러난 새파란 하늘로 높게 울려 퍼졌다. 또 데모대의 그 격렬한 외침이 화음을 이룬 채 대열의 곳곳에서 산발적으로 터져 나옴과 동시에 그 무리들은 점점 더 열광의 도가니 속으로 휘말려 드는 듯했다.

곧 행인들은 웅성거리며 이리저리 뛰어다니고, 또 차들은 쉴 새 없이 클랙슨을 울리며 갈팡질팡하고, 또 대부분의 상가들도 황급히 철거를 했다. 명진도 인도에 꽉 들어차 있는 사람들 틈에서 설이를 찾기 위해 발뒤꿈치를 들고는 고개를 앞으로 쑥 내밀었다. 그리고 사방을 두리번거리는데 도로의 데모대에 가까이 서 있던 설이가 고개를 휙 뒤로 돌리더니, 울먹이는 듯한 표정으로 그를 뚫어지게 쳐다보았다. 흥분으로 붉게 달아오른 채 땀으로 얼룩져 있는 그 얼굴은 침통하게 일그러져 있었다. 그러나 그는 그 위협적인 시선을 황급히 외면한 채 짐짓 아무렇지도 않다는 듯 고개를 다른 곳으로 슬그머니 돌렸다.

〈군사 정권 해체〉〈민주주의 확립〉

데모대가 움직일 때마다 빨간색으로 굵직굵직하게 쓴 플래카드들의 이런 글귀들이 끊임없이 출렁거렸다.

마침내 완전 무장을 한 경찰들과 전경들이 버스와 트럭을 타고서 그곳에 속속들이 도착하자, 데모대에서도 그에 대응하기라도 하듯이 맨 앞줄에서부터 차례대로 도로에 주저앉아 버렸다. 또 나머지 절반가량은 거의 간격이 없이 빽빽하게 밀착한 채 그 뒤에 병풍처럼 우뚝 버티고 섰다.

"……비굴하게 앉아서 살기보단 서서 싸우다 죽기를 원하노라……"

데모대의 합창이 허공 너머로 우렁차게 울려 퍼졌다. 장갑차의 지붕 위에 달린 확성기들이 귀청이 떨어질 정도로 요란스럽게 울부짖었다.

잠시 후 데모 진압대는 8차선 도로에 일렬횡대로 늘어서서 커다란 방패들을 빈틈없이 겹쳐 세우더니 아주 느린 속도로 한 발짝씩 전진하기 시작했다. 마치 중세의 십자군들이 창과 방패를 앞세운 채 적을 향해 다가가는 것처럼, 그들도 방패 뒤에 투구를 쓴 얼굴과 갑옷을 입은 몸을 감추고는 데모대를 향해 바짝 다가갔다.

그때 별안간 몇 개의 돌이 데모대에서 데모 진압대로 향해 날아감과 동시에 이 모든 긴박감과 열기가 최고의 절정에 달아오르는 듯했다. 명진은 피가 거꾸로 솟구치는 듯한 흥분을 느끼며 설이에게로 재빨리 다가가 그녀의 어깨를 꽉 잡았다.

"아, 아!"

뭐라고 말을 하려고 했으나 굳어 버린 그의 혀는 좀처럼 움직일 줄을 몰랐다. 그와 함께 그의 가슴속은 쓰라린 고통과 슬픔으로 미어지는 듯했다.

"명진 씨, 왜 그러는 거예요? 제발 간섭하지 말고 나 좀 혼자 내버려두란 말이에요."

그러나 그는 그녀가 뭐라고 하든 말든 들은 척도 않은 채 위험을 직감하고서 그녀의 한쪽 팔을 꽉 움켜잡았다.

"싫어요. 나는 그냥 여기 있을 거예요."

"……."

"나는 안 간다니까요?"

"왜 자꾸 쓸데없이 고집을 부리고 그래요?"

그녀가 주위의 시선을 아랑곳하지 않고서 앙칼진 목소리로 또 소리치는 순간 펑펑하는 소리와 함께 최루탄 가스가 여기저기에서 터지기 시작했다.

"설이 씨, 제발……."

그는 눈물을 글썽거리고 있는 눈으로 눈물과 콧물로 일그러진 그녀의 얼굴을 뚫어지게 쳐다보자, 그 눈과 마주친 그녀의 눈빛이 어느덧 부드럽게 풀어지는 듯했다.

곧 그가 그녀의 손을 잡고서 정신없이 뛰어갔으나 그 치욕스러운 몸뚱어리를 숨길만한 적당한 장소는 보이지 않았다. 그래서 그는 그 도로의 길목에 자리 잡고 있는 어느 영화관 앞에서 망설이다 말고, 입장권을 산 다음 그녀를 그 안으로 무작정 데리고 들어갔다. 그리고 두 사람은 각자 화장실에 들어가 최루탄 가스가 조금 묻어 있는 얼굴과 손을 수돗물로 깨끗하게 닦고서 복도에서 다시 만났다. 그리고 나서 무슨 영화가 상영되고 있는지 제대로 알지 못하면서도 영화를 보기 위해 상영관 안으로 들어갔다.

그런데 에로물인 듯한 국산 영화가 상영되고 있는 화면에는 감미로운 음악 속에서 두 남녀 배우가 뜨거운 애무를 주고받은 채 거친 동작으로 서로의 옷들을 벗기는 장면이 펼쳐지고 있었다. 그 뒤를 이어서 여자의 흐느낌과 함께 남자의 입술이 여자의 입술에서 목으로, 그 다음에는 어두운 조명 속에서 여자의 가슴 아래로 점차 내려가는 장면이 언뜻 비춰졌다가 사라져갔다.

　문득 명진이 정신을 차리고서 고개를 옆으로 힐끔 돌리자, 설이는 넋이 나간 듯한 표정으로 화면만 똑바로 응시하고 있었다. 그는 마음이 납덩이처럼 무겁고 착 가라앉은 상태에서 슬그머니 자리에서 일어나 복도로 나갔다. 이곳 2층에서 내려다 본 현장의 광경은 ― 은유적인 표현을 빌려 말한다면 ― 비극의 한 예와도 같아서 데모대는 풍비박산이 나고 말았다. 학생들은 뿔뿔이 흩어져서 도망을 가고, 경찰은 그들을 한 명이라도 더 체포하려는 듯이 그 뒤를 바짝 쫓아다니기 시작했다. 마치 어린아이들이 위험한 짓이라도 하면 어른들이 으름장을 놓으며 잔뜩 겁을 주는 것처럼 간혹 고함을 지르거나 또는 허공에 대고 곤봉을 휘두르면서…… 그러다가 그 어느 때는 대학생들이 반항을 하거나 또는 돌이나 나무 같은 것을 가지고 대항이라도 하면 경찰들은 그 딱딱한 곤봉으로 그들을 사정없이 후려치기도 했다.

　여학생 셋이 눈물과 콧물로 뒤범벅이 된 얼굴을 손수건으로 가리고는, 도로를 가로질러서 반대쪽에 있는 보도로 뛰어갔다. 그때 전경 한 명이 그 도로가 부근에서 최루탄을 마신 듯 계속 기침을 콜록거리고 있는 어느 남학생의 등을 곤봉으로 내리찍었다. 그러자 그 학생이 무너지듯 앞으로 푹 고꾸라지는 순간, 한쪽 깃대가 부러진 채 길바닥의 한쪽에 내팽개친 플래카드에는 〈정권 이양〉이라는 글귀가 선명하게 드러나 보였다.

　잠시 후 명진은 귓가에 가볍게 와 닿는 숨결을 느끼고 고개를 펴

뚝 돌렸다. 어느새 설이도 그의 옆에서 가늘게 떠는 시선으로 밖을 내려다보고 있는데, 그 표정은 살짝 건드려도 당장 터져 버릴 것만 같았다.

"명진 씨, 왜 나를 여기로 데리고 왔죠? 모든 학생이 저렇게 피를 흘리며 싸우고 있건만……."

"……."

"그리고 또…… 재하 씨도 저곳에서 반정부 시위운동을 하고 있을지도 모르는데, 왜 명진 씨하고 나하고만 이처럼 비겁하게 이런 데에 숨어서 구경만 하고 있는 거죠?"

그는 수치심으로 붉게 달아오른 얼굴로 그녀를 노려보았으나, 오히려 그녀는 조금도 물러섬이 없이 그에게 한 발자국 더 다가섰다.

"명진 씨, 우리도 같이 싸워야 하잖아요? 안 그래요? 이런 식으로 숨어서 구경만 하고 있을 게 아니라 정정당당하게 나가서 싸워야만 한다니까요? 그런데 왜 명진 씨는 싸우자면서 힘을 북돋아주지는 못할망정 나를 이곳으로 끌고 온 거냔 말이에요?"

"그만해요! 제발……."

그는 울상이 된 채 애원하다시피 소리치면서 복도에 놓여 있는 긴 의자에 힘없이 주저앉았다. 그러자 왁자지껄 떠들면서 계단을 올라오던 두 중년 남녀가 우뚝 걸음을 멈추고는 그들을 물끄러미 쳐다보았다. 그러다가 이내 다시 3층으로 올라가자 그들의 발자국 소리를 삼켜 버린 복도에는 햇살만 가득한 채 다시 정적만이 감돌았다.

명진은 다시 마음이 불안해져서 안절부절못하다가 무심코 흑백 사진과 칼라 사진이 다닥다닥 붙어 있는 벽보판으로 시선을 옮겼다. 할리우드의 여배우가 빨간 장미꽃에 키스하는 장면, 삿갓을 쓴 중이 칼을 휘두르는 흑백 사진, 그리고 반나체의 두 남녀가 욕실에서 대화를 나누거나 또는 오토바이가 무서운 속도로 질주하는 장면 등등……. 그러나 그 벽보판 위를 일없이 날아다니는 파리 한 마리처럼 그의 두 눈은 그 사진들 사이를 오락가락할 뿐 그에게 아무런 감흥도 주지 못했다.

"나는 명진 씨가 왜 그러는지 도저히 이해를 못 하겠어요. 명진 씨는 이 세상을 아무런 불편 없이 흥청망청 놀면서 살아갈 수 있기 때문에 그러는 거예요?"

"……."

"가만히 있지 말고 말 좀 한번 해 봐요?"

"물론 설이 씨 말대로 이렇게 숨어 있기보다는 당연히 나가서 싸워야 하겠지만, 그런 것을 다른 사람에게 억지로 강요할 필요는 없어요. 설이 씨나 재하에게 그런 것들이 얼마나 중요한지 몰라도 다른 사람들에게는 그렇게 생각하지 않을 수도 있으니까……."

그는 짧게 한숨을 쉬면서 아직도 발긋하게 상기되어 있는 그녀의 얼굴을 슬쩍 쳐다보았다.

"얼마 전에도 시내에 돌아다니다가 지금처럼 대학생들이 데모를 하는 것을 본 적이 있어요. 그런데 그때 시내버스에 타고 있던 아주머니와 아저씨들이 그 대학생들에게 차창 너머로 얼마나 욕을 퍼부었는지 몰라요. 학생들이 하라는 공부를 하지 않고서 저렇게 빨갱이들처럼 날뛰다가 정말 전쟁이라도 나면 어떻게 할 거냐고 하면서……."

"그럼 그것이 명진 씨가 다른 젊은이들과는 달리 이런 곳에 숨어서 구경이나 하고 있는 것에 대한 구차한 변명이라도 된다는 거예요?"

별안간 그녀는 창밖을 내다보다 말고 그를 향해 홱 돌아섰다.

"어쩌면 기성세대들은 육이오 때 폐허가 된 나라에 한강의 기적을 일으켜서 현재와 같은 물질적 풍요를 이루었기 때문에, 그것을 끝까지 지켜나가는 것을 가장 중요하다고 생각할 수 있겠죠. 하지만 아무리 그렇다고 하더라도 대한민국 국민으로서 이런 불의한 상황을 언제까지나 계속 받아들인 채 살아갈 수는 없잖아요?"

"……."

"아무튼 명진 씨는 뭔가 오해하고 있는 것 같은데 젊은 사람들이 저렇게 싸우는 것이 좀 더 편안하게 지내거나 잘 살기 위해서 그러는 게 아니에요. 오직 우리의 권리, 그것을 침해받지 않고서 인간답게 살기 위해서 저렇게 싸우고 있을 따름이란 말이에요."

아무도 없는 곳에서 날카롭게 울려 퍼지고 있는 그녀의 목소리는 조금도 사그라지지 않고 점점 더 커지는 듯했다.

"나는 명진 씨하고 같이 이 어두운 곳에 숨어서 무엇이 옳으니 그르니 하면서 말다툼이나 하고 싶지 않아요. 그래서 지금 당장 저곳으로 뛰쳐나가서 재하 씨와 다른 젊은이들과 함께 정의를 위해서 투쟁할 것이니까, 명진 씨는 내가 뭘 하든 말든 더 이상 간섭 좀 하지 마세요."

그녀는 이 말을 마지막으로 남기고는 그가 잡을 사이도 없이 밖으로 후닥닥 뛰어나갔다.

설이는 중간고사를 대충 치르고 난 후 며칠 동안 모든 게 어수선하고 뒤죽박죽인 상태에 빠져 있는 학교에 가지 않았다. 시위하던 학생들은 대부분 경찰서에 끌려가고, 다른 학생들도 무엇을 어떻게 해야 할지 갈피를 잡지 못하고 있었다. 그녀는 돈독한 관계를 유지해 오던 교우들뿐만 아니라 언제나 군중 심리에 휩쓸려서 이리저리 끌려다니기만 한 자기 자신에게도 환멸을 느낀 채 항상 자랑스럽게 여겨왔던 학교에서 잠시나마 벗어나고 싶었다. 무엇 때문에 그토록 광분하며 날뛰었나? 그 무엇을 찾고, 그 무엇을 얻기 위해서…… 재하와 같이 돌아다니던 교정의 곳곳에서는 최루탄 가스 냄새가 여전히 계속 맴돌고 있었다. 욕설과 싸움과, 화염병과 최루탄…… 그 끝없는 투쟁의 아비규환…… 젊은 패기와 열기는 사라져 버리고 그 대신에 증오와 분노로 일그러진 눈빛들만이 번뜩이고 있었다. 아! 재하는 어디로 가고 또 그 절친했던 친구들도 모두 다 어디로 갔나? 오직 모두의 가슴속에 영원히 지울 수 없는 상처만 남겼을 뿐 남은 것은 아무것도 없었다. 그녀는 당장이라도 모든 걸 잊고서 이곳을 떠나 어디론가 멀리 사라지고 싶었다.

그런데 재하에 대한 소식을 전혀 들을 수 없었던 그 어느 날, 그의 후배이면서 경영학과 2학년에 다니는 한 남학생한테서 그녀의 집에 전화가 걸려 와 그녀는 그를 만났다. 그러자 그 후배는 재하를 만날 수 있는 장소와 시간이 적혀 있는 쪽지를 그녀에게 건네주어서, 그녀는 그다음 날 오후 2시쯤에 시외버스를 타고서 C도시로 갔다. 그리고 어느 시장의 뒷골목에 있는 순대나 빈대떡 같은 것을 팔고 있는 허름한 식당에서, 다른 두 명의 남자와 함께 막걸리를 마시고 있는 그를 만났다. 그러나 술기운에 불그스름하게 물들어 있는 그의 얼굴을 보자 이상하게도 반가움보다는 울컥 화가 치밀어 오르는 것을 느낄 수 있었다. 오래간만에 본 그의 모습은 조금도 변함이 없는 데다가, 그도 마치 최근에 자주 만났던 사람처럼 손을 번쩍 들어서 아는 체를 했을 뿐 그녀에게 별다른 반응을 보이지 않았다.

곧 다른 두 남자가 재하에게 오후 5시경에 다른 그 어느 곳에서 만나자는 약속을 하고는 밖으로 나가자, 그녀는 극적인 재회의 감동을 저버린 채 무덤덤한 상태에서 그의 앞에 슬며시 앉았다.

"무척 오래간만에 만났는데도 설이는 변한 게 하나도 없는 거 같군."

멋쩍은 미소를 짓고 있는 그의 입에서 술 냄새가 풀풀 풍겼다.

"C도시에서 지금까지 계속 있었던 거야?"

"아니, 여기저기 떠돌아다니다가 이 도시에 있게 된 것은 일주일 정도밖에 안 돼."

별안간 그는 자기의 앞에 사발을 한 개 갖다 놓더니 막걸리 통을 들었다.

"한 잔 마셔 봐. 시원하고 좋을 거야."

"싫어. 마시지 않을 테니까 따르지 마."

그녀는 막걸리를 빈 사발에 막 따르려는 그의 손을 제지하며 톡 쏘아붙였다. 그러자 그는 그 통을 내려놓고는 묵묵히 사발을 들더니 뿌연 막걸리를 쭉 들이켰다.

"학생이 대낮부터 술이나 마시면서 이게 대체 뭐 하는 거야?"

"내 사정 뻔히 알면서 왜 그래?"

"아무리 그렇다고 해도 학생이 오랫동안 학교에 나오지도 않으면서 이렇게 지내려고 하냐고?"

"제발 좀 그만해. 요즘에 네가 학교에 잘 나오지도 않는다는 둥 들리는 소문이 하도 뒤숭숭해서, 위험을 무릅쓴 채 너를 여기까지 오게 한 것뿐이니까. 내가 직접 한 번 확인해 보고 왜 그러는지 그 이유 좀 알고 싶어서……."

그녀는 햇볕에 시커멓게 그을린 채 술기운에 불그스름하게 젖어 있는 그의 얼굴을 여전히 한심하다는 눈초리로 쳐다보았다.

"너는 얼마 전부터 뭐 때문에 학교에 잘 가지 않았어?"

"……."

"왜 그랬는지 말 좀 한번 해 봐?"

"언제부터인가 학교는 학생들이 공부하는 데가 아니라 꼭 난민 수용소 같다는 생각밖에 들지 않아. 여기저기 깨지고 부서진 건물들 사이로 최루탄 냄새가 감돌고, 또 경찰들이 학교 정문을 통제한 채 일일이 출입하는 학생들의 학생증을 검사나 하면서……."

하고 싶지 않은 말들을 억지로 해서 그런지 그녀의 입에서 탄식 소리가 저절로 흘러나왔다.

"아무튼 지난 생활 동안 즐거웠던 건 하나도 없이 항상 그 무엇엔가 쫓기면서 대학 생활을 했던 거 같아."

"하지만 그런 것은 설이뿐만 아니라 현재 이 나라의 대학생이라면 누구나 다 겪고 있는 것이잖아?"

"그럴지도 모르지. 그런데 그 무엇보다도 가장 중요한 것은 절친했던 친구들과 선배들 등 대부분이 학교에 나오지 않고 있다는 사실이야."

언뜻 눈가에 눈물이 맺힘과 동시에 그녀는 다소 떨리는 듯한 어조로 말을 또 이어서 했다.

"선배! 우리 그전처럼 학교에 잘 다니도록 하자. 그때는 같이 공부도 하고 또 같이 돌아다니기도 하면서 학교생활이 정말 즐거웠잖아?"

"……."

"선배만 학교에 다니겠다고 하면 나도 내일부터 학교에 잘 나갈 수 있을 거 같아."

그녀의 두 눈이 발갛게 충혈되어 있는 것을 보고는 그는 가슴이 찡하게 저려 옴을 느꼈다.

"우리 그렇게 하자?"

"나는 현재 수배 중이라는 걸 너도 잘 알고 있으면서 어떻게 나에게 그런 말을 계속하고 그래?"

"그런 바보 같은 소리 좀 그만해. 선배보다 더 열성적이던 사람들 중에서도 아직도 학교에 잘 다니고 있는 사람들이 얼마나 많은데……. 그러니까 선배도 자수를 하고서 선처를 바란다면 틀림없이 좋은 결과를 얻을 수 있을 거야."

그러나 그녀가 애절한 어조로 재차 말하는데도 그는 고개를 쓸쓸히 내저었다. 그리고 막걸리를 또 마시고는 젓가락으로 김치 쪼가리를 한 개 집어서 입에 넣었다.

"그렇지 않아. 나는 이번에 잡힌다면 적어도 몇 년은 감방에 갇히게 될 거야."

"아무리 그렇다고 해도……. 평생 이렇게 숨어 다니는 거보다는 하루라도 빨리 자수해서, 그 어떤 방법을 찾는 것이 훨씬 더 낫지 않겠어?"

"경찰에 잡히는 순간 그걸로 바로 끝장인데, 그 무슨 방법을 어떻게 찾으라고 자꾸 그러는 거냐고?"

그가 소리를 버럭 지르자 그녀도 갈증을 느끼고는 앞에 놓여 있는 막걸리 통을 집어 들었다. 그리고 사발에 막걸리를 조금 따라서 그것을 홀짝 마셨다.

"그뿐만 아니라 앞으로도 계속 학비 같은 것을 걱정하면서 학교를 다녀야 한다는 게 생각만 해도 넌더리가 날 지경이야. 가난하다는 것은 가장 큰 죄악이라서 중고등학교 다닐 때도 아침에 잠자리에서 일어나면 학교에 간다는 사실이 두렵곤 했지. 버스비를 걱정해야 하고, 또 점심을 먹을 것을 걱정해야 하고, 또 공납금과 이것저것 내야 하는 잡비들 걱정 때문에…… 담임 선생님의 꾸중과 호통 소리, 반 급우들의 비웃음……."

그녀는 그의 말이 상당히 길어질 거 같다는 것을 직감하며, 누리끼리한 식당 벽의 한쪽에 걸려 있는 동그란 시계를 힐끔 쳐다보았다.

"그 고생을 다 해서 대학을 졸업한 후에 평범한 직장인이 된 채 불의한 이 사회에 살아간다는 것이 그 무슨 의미가 있겠어? 현재와 같은 상황에서는 나는 그냥 이대로 이렇게 사는 게 좋아. 물론 그전에는 아무리 힘들어도 학교에 다니는 게 즐거웠지만, 이제 우리의 이상과 희망도…… 또한 우리 두 사람의 관계도 다 깨진 이상 그렇게까지 하면서 학교에 계속 다니고 싶지 않아."

"우리 두 사람의 관계가 다 깨지다니 그건 또 무슨 소리야?"

그녀는 깜짝 놀라며 되물었다.

"네가 아무리 안 그런 척해도 나는 네가 너를 배신한 채 다른 여자를 만났다는 사실을 결코 용서하지 않는다는 것을 잘 알고 있어."

"그렇지 않다니까? 선배만 옛날로 돌아온다면 나도 모든 걸 잊고서 선배와 함께 새롭게 시작할 수 있어."

그러나 그는 조소를 머금고서 고개를 또 설레설레 흔들었다.

"천만에! 우리는 끝났어. 완전히 다 끝나고 말았다고."

갑자기 그는 팔을 괴고고 탁자 위에 엎드리더니 야릇한 신음 소리를 냈다.

"그런 식으로 모든 게 다 끝나 버렸는데 앞으로 뭘 더 바라고 살아야 하나? 허구한 날 술이나 퍼마시면서 닥치는 대로 살아가기만 하면 될 뿐이지."

잠시 침묵이 흐르는 사이에 그는 주인아주머니에게 막걸리 한 통을 더 시켰다. 그러고 나서 아주머니가 이내 가지고 온 그것을 빈 사발에 콸콸 따르기 시작했다.

"아무튼 최근 들어서 나도 평생을 우리 아버지처럼 살아가게 될지도 모른다는 생각을 하곤 해. 아버지가 그랬던 것처럼 현실에 제대로 적응도 못 한 채 아무 때나 술을 마시고 싶으면 술을 마시고, 또 잠자고 싶으면 아무 데서나 머리를 처박고 잠이나 자면서…… 어느 때는 나도 한시라도 빨리 정신을 차리고서 그전처럼 정상적인 생활로 되돌아가고 싶다는 생각을 하기도 하지만, 내 자신을 철저히 파괴시키고 싶은 이 감정을 도저히 어찌할 수가 없어. 부조리한 현실에 순응하지 못해서 생기는 자괴감과 굴욕감 같은 것을 더 이상 어찌지 못하고서……."

그는 막걸리를 다시 쭉 들이키더니 말라비틀어진 순대를 소금에 찍어서 입 안에 넣었다.

"그런데 그것은 아마 내가 아버지를 닮아서 그런 거 같아. 평생을 자학 속에서 자기 자신을 비하하며 살았던 아버지의 피를 이어받아서……."

"……."

"설이, 우리 아버지에 대해서 얘기 좀 해 줄까? 불쌍한 우리 아버지가 어떻게 돌아가셨나 하는 것을…… 나는 지금도 임종 당시의 아버지의 모습을 생생하게 기억하고 있어. 아버지는 부릅뜬 눈으로 천장을 응시하고서 말 한마디 없이 까칠까칠하게 메마른 손으로 내 손만 꽉 쥐고 계셨지. 그리고 이 세상의 한을 품고 있는 듯한 핏발이 서 있는 눈으로 소리 없이 눈물을 흘린 채 죽음을 맞이하셨어."

그는 울음인지 웃음인지 알 수 없는 소리를 길게 터트렸다. 그와 함께 가늘게 떨고 있는 그의 목소리는 차츰 울먹이는 듯한 어조로 바뀌고 말았다.

"지금 처음으로 밝히는 사실인데 아버지는 6·25 때 북에서 남으로 혈혈단신으로 흘러 들어와 이곳에서 살 게 되었다고 하더군. 1950년대 후반에 어머니는 공사판에 떠돌아다니던 아버지를 처음 만났는데, 아버지가 당장이라도 쓰러져 죽기라도 할 듯이 비참한 형상이어서 너무나 불쌍한 생각이 들었다는 거야. 그래서 몇 번 만나다가 어머니가 나를 덜컥 임신하는 바람에 고향에서 야반도주한 다음 서울에서 살게 된 거라고 하더군."

잔뜩 일그러져 있는 그의 얼굴에 조소가 또다시 스치고 지나갔다.

"아버지는 이곳에 아무런 연고가 없는 데다가 또한 특별한 기술도 없어서 그런지, 변변한 직장 같은 데는 한 번도 다녀 보지 못했어. 그리고 허구한 날 날품팔이나 했을 따름이고, 어머니가 나와 내 동생을 먹여 살리기 위해 행상이나 막일 등을 닥치는 대로 다

하며 살았어. 그런데 부모님들은 내가 어릴 때부터 자신들의 모든 불행과 고통을 상대방 탓으로만 돌린 채 무던히도 싸웠어. 아무튼 어머니는 그 감정의 골이 얼마나 깊은지 아버지가 돌아가신 지 십 년이 넘었는데도, 아직도 틈만 나면 아버지의 욕을 하면서 증오의 감정을 드러내곤 하지."

다른 손님들은 한 명도 없이 오후의 나른한 정적 속에 묻혀 있는 식당 안에는 비릿한 돼지기름 냄새가 감돌고 있었다. 그런데 그때 중년 남자 세 명이 미닫이문을 드르륵 열고서 안으로 막 들어섰지만, 재하는 그들을 조금도 의식하지 않고서 카랑카랑한 어조로 입을 또 열기 시작했다.

"그런데 왜 우리 아버지는 평생 가난 속에 허덕이며 살다가 굴욕적인 삶의 자취만을 남겨 놓은 채 쉰네 살이라는 짧은 생을 마감할 수밖에 없었나? 그것은 바로 무산 계급의 노동력은 영원히 유한계급의 부를 쌓기 위한 도구로밖에 활용되지 않는 모순투성이의 사회구조 때문이라고 할 수가 있지. 그래서 노동자들이 쏟은 땀은 대한민국의 근대화를 위한 초석이 되었으나, 그것은 제대로 평가받지 못한 채 그들에게 돌아오는 것은 거의 아무것도 없었어."

그의 말대로 이 땅의 노동자들은 위대한 조국 건설을 위해 모든 것을 다 바쳐 열심히 일을 해서 빈민국이었던 이 나라를 중진국의 반열에 올려놓았다. 하늘 높이 치솟은 고층 건물들, 전국에 거미줄처럼 뻗어 있는 고속도로들, 힘차게 돌아가고 있는 공장의 기계 소리……. 그러나 부조리한 이 사회는 노동자들에게 목숨을 근근이 부지할 수 있는 몇 개의 먹이 덩어리만 던져 준 채 그들의 노동력을 악랄하게 갈취했을 뿐이었다.

"부익부 빈익빈……. 왜 하루 종일 뼈가 으스러지도록 일하는 사람들은 갈수록 빈곤해질 수밖에 없는 데 반해서, 손가락 하나 까닥하지도 않은 채 호의호식하며 살아가고 있는 사람들은 더욱더 부를 축적하게 되는 것인가? 어떻게 해야 그 격차를 조금씩이라도 줄여가면서 노동자들도 인격체로서 존중받는 들의 정의로운 사회가 건설될 수 있는 것인지……."

오늘도 또 그 얘기인가? 설이는 다소 짜증이 나는 걸 느끼며 자리를 박차고 나가고 싶은 충동이 가슴속에 일어나는 것을 가까스로 참았다. 그런데 그는 얼마 떨어지지 않은 곳에 앉아 있는 세 명의 남자들이 이쪽을 가끔 힐끔힐끔 쳐다보는데도 그녀를 향해 고개를 다시 부스스 들었다.

"얼마 후에 각 대학에서 대대적인 시위운동을 일으키려고 만반의 준비를 다 하고 있는데, 그때 설이도 마지막으로 나를 한 번만 더 도와주었으면 좋겠어. 아직도 미온적인 태도를 보이고 있는 학생들이 많이 있지만, 그들도 이번 시위운동에 모두 다 동참할 수 있도록 해주면서……."

"뭐라고?"

"바로 이러한 때가 모든 사람이 사생결단을 하고 승부를 걸 수 있는 아주 좋은 기회라니까? 현재 국민들이 군사 독재 정권에 완전히 등을 돌리고 있는 상태라서, 우리 모두가 힘을 합쳐서 일어선다면 반드시 소기의 목적을 달성할 수가 있단 말이야."

"그런 소리 좀 제발 그만해. 더 이상 듣기 싫으니까……."

그녀는 의자를 거칠게 밀쳐 내면서 자리에서 부스스 일어났다. 그러나 그가 그녀의 손을 꽉 잡은 채 그녀를 빤히 쳐다보자, 의자에 도로 힘없이 주저앉고 말았다.

"선배, 내가 마지막으로 다시 한번 부탁하는데 우리 옛날처럼 학교에 같이 다니면서 공부나 열심히 하도록 하자."

"안 돼. 내가 그러기에는 너무 늦었다고 몇 번 말했는데도 왜 바보처럼 자꾸 그래?"

그녀는 터져 나오려는 울음을 애써 참으려는 듯 입술을 지그시 깨물었다.

"그럼 선배는 학교고 뭐고 다 때려치우고서 앞으로도 계속 이런 식으로만 살겠다는 거야? 자신의 인생의 모든 것을 다 포기할 정도로 정말 꼭 하고 싶은 것이 그것밖에 없냐고?"

"그렇다니까?"

그는 의미심장한 미소를 짓고서 고개를 두세 번 끄떡였다.

"내가 이 세상에서 다른 평범한 사람들처럼 그럭저럭 무가치하게 살다가, 흔적도 없이 허무하게 사라져 버릴 거 같아?"

"……."

"앞으로 나는 이 나라에서 진정한 혁명가가 될 거야. 이 나라를 개혁할 뿐 아니라 새로운 역사의 장을 펼쳐나갈 훌륭한 주역이 될 거란 말이야."

아담하면서도 고풍스런 멋을 자아내는 정설이의 양옥집이 석양 빛을 받고서 반짝거리며 빛났다. 그 집의 주황색 기와지붕에는 감나무 가지가 드리워져 있고, 또 한쪽에 있는 조그만 장독대에는 담쟁이넝쿨이 얼기설기 얽혀 있었다. 4월 말에 윤명진과 정설이는 우연히 시내에 나갔다가 데모 현장에서 헤어진 후에 서로 만나지 못한 것이 두 달이나 된 거 같은데도 그는 그녀를 좀처럼 그녀를 만날 수 없었다. 그가 그 어느 때는 용기를 내고 그녀의 집에 전화를 걸기도 했는데, 그때마다 그녀의 아버지가 전화를 받아서 둔탁하면서도 굵직한 목소리로 "지금 설이 집에 없다."라는 말만 되풀이하곤 했다. 또는 조금 밤늦은 시간에 전화를 걸면 "지금 몇 시인데 설이를 찾는 거야?"라고 화를 내면서 상대방이 뭐라고 말할 사이도 없이 전화를 딸각하고 끊어 버리기도 하였다.

오늘도 그는 저녁을 먹자마자 교회로 달려가 그 부근에 있는 공중전화로 그녀의 집에 전화를 걸었다. 그런데 그녀의 아버지가 그것을 받기에 아무 말도 없이 슬그머니 끊고서 그녀가 나타나기만을 초조하게 기다리기 시작했다. 만일 그녀가 집에 있다면 자기가 전화를 했다는 것을 알고서 반드시 밖에 나와 볼 거라고 확신했던 것이다.

얼마 동안 간절하게 기다린 보람이 있었던지 저녁 7시 30분쯤 되었을 때 그녀가 밖으로 나왔다. 그러자 그는 흥분된 마음을 애써 진정시키며 그녀에게 불쑥 다가갔다.

"명진 씨가 여기에는 웬일이에요?"

"설이 씨를 만나서 이야기를 잠깐 나누고 싶어서요."

"아빠가 요새 이상한 전화가 집에 자주 걸려 온다고 하면서 얼마나 화를 내는지 몰라요."

그녀는 쓴 미소를 지으며 그를 물끄러미 쳐다보더니, 이내 저쪽으로 걸음을 떼기 시작했다.

며칠 사이로 날씨가 더워져서 그런지 행인들 중에는 반팔 티셔츠 차림을 하고 있는 사람들도 간혹 눈에 띄었다. 또 해도 무척 길어져서 늦은 저녁 시간인데도 주위에는 아직도 어슴푸레한 석양빛이 희미하게 남아 있었다.

"학교에 다니기는 그전보다 조금 나아졌어요?"

"항상 그렇고 그렇죠 뭘."

그가 터벅터벅 발걸음을 떼며 심드렁하게 대답을 하고 있는데, 빨간 지프차 한 대가 요란스럽게 쿵쾅거린 채 꼬불꼬불하고 좁은 소방 도로를 지나갔다.

"설이 씨는 기말고사를 어떻게 봤어요?"

"……."

"물론 잘 보았겠죠?"

"아뇨. 어떻게 하면 학교에 가지 않을 수 있을까 하는 생각에만 사로잡혀 있는데 시험 같은 것을 잘 볼 수 있겠어요?"

그는 퍼뜩 놀라는 표정을 짓고서 그녀의 옆모습을 힐끔 쳐다보았다.

"그럼 저번에 말했던 대로 정말로 휴학할 생각이에요?"

그러나 그녀는 아무런 대답도 없이 걸음만 좀 더 빨리 떼기 시작했다.

그들은 침묵 속에 3~4분 정도 좀 더 걸은 다음 어슴푸레한 어둠이 얇게 깔려 있는 공원에 도착했다. 그리고 공원 입구에 있는 자판기에서 커피 두 잔을 빼내 들고는 한쪽 구석에 있는 벤치에 가서 앉았다. 그때 저쪽에 있는 벤치에 두 젊은 남녀가 앉아서 소곤대고 있는 것이 언뜻 보이자, 그는 자신과의 처지가 대비되면서 마음이 다시 우울해지는 것을 느꼈다.

"우리 두 사람은 이 핑계 저 핑계 대면서 공부는 하나도 하지 않고 있으니 너무나 한심한 거 같지 않아요?"

그는 뜨거운 커피를 후 불고서 찔끔 마시며 입을 다시 열었다.

"나는 그렇다고 해도…… 명진 씨는 1학년이라고 너무 방심하지 말고서 이제라도 공부 좀 했으면 좋겠어요."

"그래야겠죠. 그런데 아무리 마음을 잡으려고 해도 그러지 못하고서 항상 허공에만 붕 떠 있는 거 같으니……."

"대학생이 된 지 벌써 한 학기가 다 지났는데 왜 아직도 마음을 못 잡고 그러는 거예요?"

"글쎄요. 아무리 생각해도……."

그 순간 그가 그녀에게로 고개를 돌리자, 그녀의 하얀 목덜미와 긴 머리카락이 석양빛에 반사된 채 그의 가슴속에 뜨거운 그 무엇이 치밀어 오르게 했다.

"아마 설이 씨 때문에 그런 거 같아요."

"나 때문에 그렇다고요?"

"집에서고 학교에서고 늘 설이 씨만 생각하느라고 공부는 전혀 할 수가 없다니까요?"

별안간 사랑하는 사람과 단둘이 앉아서 밀어를 속삭이고 있다는 생각이 들면서, 그의 두 눈은 몽롱한 상태로 빠져들고 또한 그의 가슴은 순간적으로 한층 더 부풀어 오르는 듯했다.

"어젯밤에도 나는 뭘 했는지 알아요?"

"……."

"어젯밤에도 나는 사랑하는 사람에 대한 시를 썼어요. 오직 우리 둘만을 위한 시를……."

"그럼 그 시의 내용은 뭐예요?"

그녀는 멋쩍은 미소를 머금은 채 호기심 어린 눈초리로 그를 물끄러미 쳐다보았다.

"말 좀 한번 해 보라니까요?"

"사랑하는 사람은 천사가 되고 나는 왕자가 되어서 밀회를 즐기는 내용이죠. 나는 왕자가 되죠. 위엄 있는 왕자가…… 그래서 모든 신하들에게 명령을 해요. 이곳에 우리의 궁전을 지으라고. 지붕은 별로 수를 놓고 바닥엔 부드러운 구름을 깔고서……."

그는 담배를 입에 물고서 가늘게 떠는 손으로 그것에 라이터 불을 붙였다. 그리고 머쓱해진 상태에 빠져서 뿌연 담배 연기를 허공에 몇 번 품어댔다.

"그리고 나는 그들에게 명령을 해요. 자, 이제 우리의 천사를 맞이할 준비를 하여라. 그러면 그들은 웅장한 음악을 연주를 하고, 또 우리는 뿔 달린 사슴이 끄는 마차를 탄 채 시를 읊조리며 그 궁전을 날아다니죠."

"……."

"궁전의 뜰에는 뭘 심을까? 빨간 꽃을 심을까? 아냐, 나는 그곳에 종려나무를 심을 거예요. 태양을 먹고 사는 종려나무를……."

홍조를 띠고 있는 그녀의 얼굴에 어색한 미소가 또 그려졌다.

"명진 씨는 어느 때는 꼭 어린애 같아요. 순수한 동심의 세계에만 빠져 있는 듯한……."

저만치 앉아 있던 두 젊은 남녀가 마지막으로 사라져 버리자 그 놀이터에는 정적과 어둠만이 찾아왔다.

잠시 침묵이 흐르는 사이에 그는 꽁초를 끄고는 이런저런 상념에 빠졌다. 그녀가 표현한 대로 왜 그녀에게 그처럼 어린아이와 같은 행동을 하게 되었는가? 그러나 그 방법이 유치하든 어떻든 그것은 그녀를 향한 그의 진실한 마음의 표현임에는 틀림없었다. 그녀를 처음 만났던 후로 그녀를 향한 열정은 조금도 수그러들지 않고 시간이 흐를수록 더욱더 활활 타오르곤 했다. 그와 함께 영원히 잡을 수 없는 신기루처럼 그녀는 자기 곁을 금세 다시 떠나고 말

것이라는 불안감에서도 결코 벗어날 수 없었다.

"그런데 설이 씨는 저번에 말했던 대로 학교를 그만두고서 아직도 수녀가 될 생각을 하고 있어요?"

"……."

"그때 그냥 한번 해 본 소리인지 아니면 정말 그럴 생각인지 말 좀 한번 해 봐요?"

"가능하다면…… 꼭 그렇게 하고 싶어요."

"뭐라고요?"

그는 코웃음을 치며 들고 있던 꽁초를 땅바닥에 휙 내팽개쳤다.

어느새 아무도 없이 두 사람만이 벤치에 앉아 있는 공원에는 서늘한 정적 속에 짙은 어둠만이 깔리기 시작했다.

"명진 씨는 우리 집 가정환경이나 또는 나의 성장 과정에 대해서 잘 알지 못하잖아요? 나의 어머니는 내가 열한 살 때 갑자기 돌아가셨는데 벌써 오랜 세월이 지났는데도 나는 여태껏 어머니의 모습을 한시도 잊은 적이 없어요. 그래서 왜 나를 그토록 사랑해 주시던 엄마가 한순간에 영원히 내 곁은 떠나게 되었는가 하는 것을 아직도 받아들이지 못하고 있어요."

"……."

"또한 나도 심장병 때문에 어릴 때 병원에 두 번이나 입원한 적이 있는데, 그것은 어머니의 죽음과 함께 나에게 커다란 공포심으로 다가왔어요. 죽음이라는 것…… 이 세상에서 흔적도 없이 사라진다는 것…… 그런데 그 누가 그러한 모든 것을 물리쳐 줄 수가 있을까요? 훌륭한 의사가? 아니면 재하 씨나 명진 씨가?"

바람이 살랑살랑 불면서 그녀의 긴 머리카락이 가볍게 휘날렸고 또한 흥분으로 달아오른 얼굴도 시원하게 적셨다.

"언젠가도 말했듯이 이 세상에서 나를 구원해 줄 수 있는 것은 하나님밖에 없어요. 그래서 나는 이곳을 떠나서 하나님의 진정한 종이 될 수 있는 방법을 찾아 보려고 하는 거예요."

"그럼 설이 씨가 평범한 사람으로서의 삶을 포기한 채 수녀가 되는 것만이 하나님의 진정한 종이 될 수 있다는 거예요?"

그가 또 조소를 띠고는 빈정거리듯 말했지만 그녀는 아랑곳하지도 않고서 두 눈을 들어 허공을 우러러보았다.

"그래요. 화염병과 최루탄이 난무하는 이곳에서 갈등과 반목을 일으키며 사는 것보다는, 그 방법을 선택하는 것이 나에게는 훨씬 더 나을 거라고 확신해요."

그녀의 목소리가 아무도 없이 텅 빈 채 다소 선선한 기운이 감돌고 있는 공원 너머로 점점 더 고조되기 시작했다.

"하나님은 나에게 말씀하셨어요. 나날을 감사의 제단을 쌓는 자는 나를 영화롭게 하리니 환난을 당함을 기뻐 여기는 자는 구원을 받을 것이니라."

"……"

"나는 그 누구보다도 하나님이 뜻하는 바를 잘 알고 있어요. 하나님은 왜 나를 평범하지 않은 다른 방법을 선택하게 했는지…… 하나님은 나에게 불우한 가정환경과 성장 과정을 준 대신에 다른 사람들이 누릴 수 없는 영혼의 축복을 주셨어요. 그들은 세상의 안목에만 정신이 팔려 하나님의 뜻을 그르치지만, 나는 그리스도 인으로서 하나님의 일만을 염려한 채 몸과 영을 거룩하게 하도록 하셨어요. 죄악과 질병 속에서 허덕이는 이 세상에 한 줌의 빛과 소금이 되어라. 의를 위하여 핍박을 받는 자는 천국이 저희 것이리 니…… 나의 이 미천한 몸이나마 이 세상의 모든 죄인에게 하나님 의 영광을 보이기 위해 희생할 것을 당부하셨어요."

"하지만 설이 씨가 모든 일상적인 삶의 즐거움을 버린 채 마지막 으로 얻을 수 있는 것은 그 무엇이겠어요? 어쩌면 그것은 하나님 이 설이 씨를 영원히 어둠 속에 가두어 놓으려고 하는 속임수에 불과할지도 모르는데……."

"맞아요. 명진 씨 말대로 왜 하나님은 나약한 그리스도인들에게 이 무거운 짐을 끝까지 짊어지게 하시는 것일까요? 그것이 우리를 위해 준비해 놓으신 천국 때문인지…… 명진 씨는 온 인류의 죄를 자기 한 몸에 걸머진 채 십자가에 올라갔던 예수가 하나님으로부 터 무참히 버림을 받은 사실을 알고 있나요? 그때 예수는 겟세마 네의 동산에서 하늘을 향해 울부짖었어요. '나의 하나님이시여, 나 의 하나님이시여! 어찌하여 나를 버리시나이까?'"

한순간 그녀의 얼굴에는 마치 차갑게 굳어 있는 석고상처럼 조 형적인 비장미가 나타났다. 그와 함께 그 얼굴이 짙은 어둠 속에 서 뚜렷한 윤곽을 드러내 보이자, 그 주위에는 일종의 경건함마저 어려 있는 듯했다.

"그때 예수는 온 인류에게 내려질 하나님의 심판을 자기 몸 하나로 대신한 채 하늘을 향해 기도를 계속 드렸어요. '하나님이시여, 저들을 용서해 주옵소서. 저들은 저들이 하는 일을 알지 못하나이다.' 가장 처절한 고통과 고독 속에서 혼자 몸부림치며…… 땀방울이 핏방울이 되어 떨어질 때까지…… 눈물이 겟세마네의 동산을 적실 때까지 저들을 용서해 달라고 애절하게 기도를 드리면서……."

"……."

"그리하여 마침내 하나님과 인간 사이에 화평을 이루고 말았어요. 오래된 대적 관계는 깨끗이 청산된 상태로…… '내가 다 이루었노라. 내가…… 내가…….'"

정적이 어둠 속으로부터 불어오는 바람과 함께 되살아났다가 이내 사라져갔다. 일말의 가로등 불빛이 그녀의 머리와 어깨 위에 희미하게 부서졌다.

"하나님은 자신의 신령한 영감을 예수를 통해 나타내려고 한 거처럼 어쩌면 모든 그리스도인에게도 그와 같은 성스러운 임무가 주어진 것인지도 몰라요. 자신을 위해서가 아닌 남을 위해서 사는 타인 지향적인 삶의 자세로 죄인인 인간들을 하나님의 품으로 올바르게 인도해 줘야 하는 의무가……."

"아무리 그렇다고 해도…… 설이 씨의 그러한 희생이 이런 혼탁한 세상에서 그 무슨 의미가 있을까요? 자신들의 이익만을 위해서 아비규환을 이루며 살아가고 있는 인간들이 그런 고귀한 정신 같은 것에 관심조차 갖기나 하겠어요?"

그는 다소 떨리는 듯한 목소리로 조심스럽게 반문했다.

"그렇지 않아요. 만약 명진 씨의 말대로 기독교인의 올바른 심령의 자세를 지닌 사람이 아무도 없다면 이 세상은 벌써 지옥의 불더미로 변하고 말았을 거예요. 그러나 아직도 그러한 숭고한 정신이 살아 있기 때문에 지금까지 이 세상은 보존되어 왔고 또한 앞으로도 발전할 가능성이 있는 거예요. 마치 지금 이 순간에도 수많은 양심의 등불들이 어둠을 밝히고 있는 것처럼……."

갑자기 그녀는 손을 들어서 검지로 공원 너머의 그 아래쪽을 가리켰다.

"지금도 아버지는 교회의 십자가 아래에 무릎을 꿇고 앉아 가난하고 불쌍한 이웃들을 위해 기도를 드리고 있을 거예요. 그처럼 왜 그분의 마음은 항상 수심과 연민에 가득 차 있는 것일까요?"

어두운 공간에 몇 개의 별들이 뿌려대는 흐릿한 빛줄기가 드러나 보였다. 곧 그녀는 두 눈을 감고는 합장을 하듯 두 손을 가슴위에 모았다.

"명진 씨, 가만히 두 눈을 감고서 조용히 마음의 귀를 기울여 보세요. 그러면 이 밤하늘에 끊임없이 메아리치고 있는 애통하는 자들의 고통의 절규 소리를 들을 수 있을 거예요. 이 세상의 어둠의 주관자들과 싸우고 있는 애절한 그 기도 소리를……."

"……"

"아! 고뇌에 짓눌린 그 탄식 소리가 이 어둠을 어루만지며 위로

하고 있어요. 내일 아침에 떠오를 밝은 태양을 위해서……."

마침내 순결한 그녀의 영혼을 하늘 높이 끌고 올라갔던 그녀의 목소리가 끝나자, 그 공간은 경건하면서도 엄숙한 고요로 충만하였다.

곧 명진은 일종의 감동과 흥분 상태에 빠져 있다 말고, 그 어떤 중압감을 이겨내지 못하고 벤치에서 벌떡 일어났다. 그런데 그때 땅과 하늘이 혼연일체가 되어서 그의 온몸의 수액을 빨아들이는 순간 설이도 천사의 모습을 한 채 은빛 날개를 파닥이며 허공을 향해 날아가는 듯했다.

제4부

그 바다에 해는
다시 떠오른다

1

　명진이 저녁 식사를 하고 나서 거실에 있는 소파에 앉아 텔레비전을 보고 있는데, 한순간 짙은 어둠이 깔려 있는 공간에 번개가 번쩍하고 지나갔다. 그 뒤를 이어서 으르렁 쿵쾅하는 천둥소리가 들려오면서 장대같이 굵은 비가 유리창을 후두두 후려쳤다. 또 정원에 있는 몇 그루의 나무들도 윙윙거리고 불어오는 바람을 맞고서 쓰러져 버리기라도 할 듯이 한쪽으로 휘청거렸다. 그때 느닷없이 탁자 위에 놓여 있는 전화기에서 벨 소리가 요란하게 울려 퍼져서 그가 전화를 받았다. 그러자 뜻밖에도 축축한 물기를 머금은 듯한 설이의 목소리가 수화기에서 흘러나왔다.

　"명진 씨, 나 설이에요. 지금 좀 만날 수 없을까 해서……."

　곧 그는 수화기를 내려놓자마자 옷을 갈아입고 밖으로 후다닥 뛰쳐나갔다. 그리고 우산으로 몸을 반쯤 가리는 둥 마는 둥 하고는 골목을 빠져나와 지나가는 택시를 재빨리 잡아탔다.

　얼마 후 그가 설이가 자기를 기다리고 있는 조그만 카페로 갔을 때 그녀는 진한 재즈 음악이 흐르고 있는 어둠침침한 곳에서 혼자서 술을 마시고 있었다. 7시 30분도 되지 않은 이른 시간이라서 그런지, 몇 명의 사람들만 앉아 있을 뿐 그 안은 비교적 한산했다.

　"경찰서 유치장에서 이틀 동안 갇혀 있다가 오늘 오후에 풀려났어요. 그래서 친구들하고 시내에서 같이 있다가 헤어진 다음 집에 들어가려다 말고 명진 씨에게 전화를 한 거예요."

불그스름한 빛을 띠고 있는 얼굴로 말을 하고 있는 그녀의 입에서는 퀴퀴한 술 냄새가 났다.

"무엇 때문에 경찰서의 유치장에 갇혀 있었는데요?"

"전국의 대학생들이 얼마 전에 서울의 중심가에서 일으킨 대규모 시위에 우연히 참가했다가……."

명진이 묵묵히 고개를 끄떡이고는 유리컵을 들어서 맥주를 쭉 들이켰다.

"그런데 참 재하도 그 시위에 참가했어요?"

"재하 씨요?"

"……."

"글쎄 잘 모르겠어요. 그런데 그게 뭐가 그리 중요하다고 나를 만나자마자 그 사람에 대한 이야기를 또 꺼내는 거예요?"

그녀가 날카로운 눈초리로 쳐다보고 나서 상당히 술에 취해 있는 거 같은데도 맥주가 들어 있는 컵을 다시 들었다.

"이틀 동안 유치장에서 참 고생 많이 했겠네요?"

"그렇죠. 감옥은 사람의 모든 것을 다 빼앗아 갈 정도로 무서운 곳이에요. 거기서 이틀 동안 갇혀 있으면서 나는 얼마나 이 세상과 내 자신을 원망했는지 몰라요."

문득 그녀의 눈자위가 붉게 물드는 듯했다.

"우리 이제 그런 어두운 얘기는 그만해요."

그녀는 이렇게 덧붙여서 말하다 말고, 느닷없이 지갑에서 동전을 꺼냈다. 그리고 자리에서 일어나더니 출입구 쪽에 있는 공중전화 박스로 갔다.

우산에서 빗물을 뚝뚝 떨어뜨리며 사람들이 두세 명씩 계속 들어오자 카페 안은 금세 소란스러워졌다. 잠시 명진이 벽의 통유리 너머로 비가 오고 있는 거리의 풍경에 시선을 두고 있는데, 설이가 어디론가 전화를 걸고 나서 이내 자리로 되돌아왔다.

"어디에다가 전화하고 오는 거예요?"

"친구한테요. 오늘 밤에 꼭 만나야 할 친구가 있는데 그 친구가 지금 집에 없어서 통화를 못 했어요."

"친구는 내일 만나면 되잖아요."

"사실 이 상태로는 집에 너무 들어가기가 싫어서…… 오늘 그 친구네 집에서 자고서 내일 집에 같이 들어가려고 했거든요."

한순간 그녀의 얼굴에 어두운 그림자가 드리워졌다.

"왜? 아빠 때문에요?"

"네. 아빠는 다른 학생들이 데모하는 건 어떻게 생각하는지 몰라도, 내가 그런 행동을 하다가 경찰서에 끌려간 것을 절대로 받아들이려고 하지 않을 거예요."

"그래도 어떻든 용서를 빌고서 집에 들어가야 하잖아요?"

그녀는 그의 말에 고개를 내저으며 한숨을 짧게 내쉬었다.

"집에 들어가서 아빠한테 뭐라고 해야 할지 생각만 해도 당장이라도 숨이 콱콱 막혀서 죽을 거 같아요. 그래서 오늘도 다른 친구들은 벌써 다 집으로 들어갔는데도 나는 이렇게 혼자서 여기저기 돌아다닌 채 방황하고 있는 거예요."

그녀의 짙은 속눈썹이 흐릿한 조명 빛 속에서 더욱더 매혹적으로 드러나 보였다. 그런데 화장기 하나 없는 그녀의 하얀 얼굴을 찬찬히 훑어보던 순간 그의 머릿속에 엉뚱한 생각이 퍼뜩 스치고 지나갔다.

곧 그는 맥주를 다 마시지 않았는데도 그녀를 데리고서 황급히 밖으로 나와, 그곳에서 얼마 떨어져 있지 않은 전당포로 갔다. 그리고 거기에서 대학교의 입학 선물로 아버지가 사 준 고급스런 손목시계를 맡기고 20만 원을 빌렸다.

오랫동안 꼭 막혔던 하늘이 뻥 뚫린 채 비가 시원하게 쏟아져 내리고 있는 것처럼 모든 것이 그의 뜻대로 술술 잘 풀리는 것만 같았다. 그는 오늘 밤에 기차를 타고서 어디론가 훌쩍 떠났다가 새벽에 서울로 되돌아오자고 하면서 그녀를 계속 설득했다. 그래서 이런 상태로는 갈 수 없다고 몇 번이나 거절하는 그녀를 몇 번이나 채근한 다음 기어코 서울역으로 데리고 갔다. 그리고 그들은 피서를 떠나는 배낭족들로 북새통을 이루고 있는 서울역에서 동해안 임시 기차표를 끊은 다음, 자정이 훨씬 넘은 시각에 그 무리들과 함께 기차에 몸을 실었다.

기차는 따가운 모래바람을 휘날린 채 무더운 밤공기를 헤치며 동해 바다를 향해 밤새도록 치달렸다. 설이는 얼마 되지도 않아서 잠이 들고, 그는 혼잡한 객실에서 빠져나와 문이 닫힌 승강구에서 혼자서 소주를 마셨다. 또한 30분쯤 지나서 자리로 돌아와서는 도깨비에 홀린 듯한 기분을 느끼며, 홍조를 띤 채 귀여운 새처럼 잠들어 있는 설이를 지켜보다가 깜박 잠이 들었다. 그러고 나서 문득 눈을 떴을 때는 기차는 이미 종점 역에 도착해 있었는데, 그들은 역에서 빠져나오자마자 버스를 타고서 썰렁한 정적 속에 묻혀 있는 바닷가로 갔다. 그런데 그는 시커먼 파도가 떨어지는 빗줄기와 함께 뒤엉킨 채 출렁이고 있는 것을 쳐다보다 말고, 다짜고짜 그 부근에 있는 여관에서 방 두 개를 잡았다. 그러자 설이도 비가 계속 내려서 더 이상 오도 가도 못하고 있는 데다가 또한 피로에 너무 지쳤기 때문인지 아무 말도 없이 그 두 개의 방 중에 한 개의 방으로 들어가 버렸다.

몇 시간이 지나서 그들이 오후 2시경에 잠에서 깨어났을 때는 비가 멎은 하늘에는 구름 한 점 없이 태양만이 다시 활개치고 있었다. 그들은 여관을 나오자마자 그 부근에 있는 조그만 식당에서 바다가 한눈에 내려다보이는 창가 쪽에 자리를 잡고 앉았다. 창 너머로 끝없이 펼쳐져 있는 검푸른 바다와 함께 낡고 커다란 배들이 부두에 듬성듬성 정박해 있는 것도 보였다.

"설이 씨, 우리 식사를 빨리 끝내고 나서 물속에 들어가 수영이나 하도록 하죠."

"하지만 수영복도 없는데 어떻게 수영을 하려고 해요?"

"그런 것들은 대여점 같은 데에서 빌리면 되니까 너무 걱정할 거 없어요."

열린 창문으로부터 후덥지근하면서도 비릿한 냄새가 나는 바람이 솔솔 불어왔다. 그때 어디선가 길게 울려 퍼지는 뱃고동 소리가 들려오면서 두 사람의 가슴 속에 새삼스럽게 낯선 정감을 불러일으키는 듯했다.

"아! 저 작열하는 태양과 눈부시게 파란 바다."

"……."

"설이 씨, 너무 좋죠? 식사는 대충 하고서 당장 저 바닷속으로 풍덩 뛰어들도록 합시다."

얼마 후 두 사람은 점심 식사를 끝내자마자 오랫동안 바닷속에서 수영을 하며 같이 보내기 시작했다. 그는 그녀 앞에서 두 발로 힘차게 물장구를 치며 여유 있는 동작으로 수영을 하거나, 또는 물속으로 잠수한 다음 그녀에게 몰래 다가가서 그녀를 깜짝 놀라게도 했다. 또 그녀는 수영을 잘 하지 못해서 대부분의 시간을 튜브를 타면서 놀았는데, 그는 그 튜브를 잡아끌면서 그녀의 신체 부위를 슬쩍슬쩍 만지거나, 또는 그 튜브를 뒤집어서 그녀를 물속에 가끔 처박아 놓기도 했다.

어느덧 시간이 흘러 저녁이 되자 시커멓게 그을린 사람들이 가볍게 옷을 걸치거나 거의 반나체로 여기저기 활보하면서, 해변은 그 열기가 더욱더 뜨겁게 달아오르는 듯했다. 수많은 사람이 천막을 쳐서 만든 간이 술집에서 왁자지껄 떠들면서 술을 마시거나, 또는 밴드 소리가 요란하게 쿵쾅거리고 있는 클럽에서 땀을 뻘뻘 흘리며 춤을 췄다. 또 저녁 이른 시간부터 그 넓은 백사장 곳곳에서는 마이크를 잡고 목이 터져라 불러대는 노래 소리가 앰프 소리가 함께 뒤섞인 채 밤하늘에 드높게 울려 퍼지기도 했다. 명진과 설이도 흥분과 설렘으로 들떠 있는 그 해변의 백사장에 앉아서 밀려오는 파도를 바라보며 캔 맥주를 마셨다. 그리고 나서 그는 길거리 농구에서 공 4개 중 3개를 골인시켜서 최신 가요가 녹음된 테이프를 상으로 받거나, 또는 공기총으로 진열되어 있는 인형을 쏘아 넘어뜨린 다음 그것을 그녀에게 선물로 주기도 했다.

그런데 새벽 1시가 되었을 무렵에 해변의 열기는 조금씩 사그라진 채 어두운 밤하늘의 먼 끝으로부터 천둥치는 소리가 어렴풋이 들려오는 듯했다. 그리고 빗방울이 한두 방울씩 떨어짐과 동시에 사람들 대부분이 황급히 그곳을 벗어나 제각기 숙소로 들어가기 시작했다. 그러나 명진은 어떻게 할까 하고 망설이다가 어느 간이 술집으로 그녀를 데리고 들어가, 동그란 나무 탁자 앞에 앉았다. 그는 그토록 갈망하던 것이 실제로 이루어지고 있는 것에 대한 당혹스러움 때문인지, 언제부터인가 그녀와 함께 이 밤을 보낸다는 사실에 두려움을 느끼고 있었다. 다른 연인들처럼 자기들도 한 방에서 같이 자야 하나, 아니면 어제처럼 다른 방에서 각자 떨어져서 자야 하나? 왜 그녀는 그를 항상 거부하는 척하면서도 그와의 어설픈 관계를 계속 유지하고 있는 것일까? 오늘 밤에 반드시 그 무언가 결판이 나야 한다. 술에 흠뻑 취해서라도, 그녀가 자신에게 진정으로 원하는 게 무엇인지 분명히 밝혀내야 한다.

"하지만 아무리 생각해봐도…… 설이 씨가 작년부터 지금까지 그 오랜 시간 동안 재하를 한 번도 만나지 않았다는 것을 도저히 믿을 수 없어요?"

그는 소주와 낙지 안주가 나오자마자 소주를 한 잔 급히 따라 마셨다. 그런데 그때 조금 전부터 그의 혀끝에서 맴돌던 말이 자신도 모르는 사이에 툭 튀어나왔던 것이다

"정말 그런 것인지 어떤지 말 좀 한번 해 봐요."

"술을 한 잔 마시자마자 또 그 사람 이야기예요?"

그녀가 어처구니가 없는 듯한 표정을 짓고서 어깨를 한 번 으쓱했으나, 그는 조금도 물러섬이 없이 입을 재차 열었다.

"사실 재하와 아무런 관련이 없었다면 설이 씨가 이번 시위운동에 그토록 적극적으로 참여하지는 않았을 거 아니에요? 그래서 내가 언젠가도 말한 적이 있지만, 설이 씨가 공부를 등한시하거나 또는 휴학을 한다든지 하는 그 모든 근본적인 원인은 재하에게 있는 게 틀림없어요. 만일 재하만 학교에 잘 다니고 있다면 설이 씨도 방황하는 거 없이 그전처럼 학교생활을 잘 하고 있을 텐데……."

그는 그녀의 얼굴을 슬쩍 한 번 쳐다보고서 낙지를 초고추장에 찍어서 입 안에 넣었다. 그러자 잘게 썬 낙지가 이리저리 꿈틀거리며 그의 입천장에 쩍쩍 달라붙곤 했다.

"내 생각에는 최근 들어서 학생운동이 그전과는 달리 너무나 선동적이고 과격한 방향으로만 변질된 거 같아요? 군부독재 타도이니 민중해방 운동이니 하는 너무 거창하고 투쟁적인 내용들을 주

장하면서⋯⋯."

"그것은 이 사회에 정의는 완전히 실종된 채 부정과 비리만이 만연되어 있기 때문이라고 할 수가 있죠. 민주정권의 수립을 갈수록 요원해진 반면에 악독한 독재정권이 국민들을 무자비하게 탄압하고 있으니까요."

"그렇다면 설이 씨는 3학년 2학기 때부터라도 학교생활을 정상적으로 하려면 재하를 더 이상 만나지 않았으면 좋을 거 같아요. 재하는 그와 같은 운동권 학생들 중에서도 너무 위험한 인물이라서, 설이 씨가 그를 계속 만난다면 학교를 올바르게 다닐 수 없을 테니까요."

바람이 불면서 빗방울 몇 개가 포장마차 안으로 흩날리며 들어왔다. 그와 함께 나무 기둥 위에 걸려 있는 전등도 너울너울 춤을 추기 시작했다.

"맞아요. 명진 씨 말대로 재하 씨는 자신의 눈으로만 사물을 바라본 채 그 가치를 판단하려고 해서, 현실에 순응하면서 살아갈 수 있는 사람이 아니에요. 어떻게 하면 이 세상에서 한순간이라도 자신의 생각이나 이념을 화려하게 꽃 피울 수 있을까 하는 생각에만 몰두해 있을 따름이지⋯⋯."

그녀는 한숨을 짧게 내쉬고서 잔을 들고는 소주를 쭉 들이켰다.

"그래서 나는 재하 씨를 생각할 때마다 마음이 늘 울적해지는 것을 느끼곤 해요. 겉으로는 대단히 강한 거 같으면서도 속으로는 너무나 나약한 사람. 이 사회와 절대 타협하지 못하고 그 밑바닥에서 허우적거리다가 스스로 지쳐서 쓰러져 버릴 사람이라서……."

갑자기 그는 질투심으로 가슴이 바싹 타오르는 것을 느끼며, 술을 또 마시고는 빈 잔을 탁자에 탁 하고 내려놓았다.

"그런데 어떻게 생각해 보면 그 모든 것은 재하가 아직도 젊기 때문에 그러는 것이고, 나중에 대학을 졸업한 다음 사회생활을 하게 되면 모든 게 달라질 수 있을 거 아니에요?"

"그렇지 않아요. 그는 우리가 처음 만나서 현재에 이르기까지 항상 똑같은 말만 해 왔고 또 그렇게만 행동해 왔어요."

통나무에 걸려 있는 백열전등이 낙지를 담은 접시와 소주병을 흐릿하게 비추었다.

"아무튼 설이 씨는 재하가 조금이라도 변한다면 그와의 사랑을 앞으로도 계속 유지시켜 나갈 수 있잖아요?"

"사랑이라고요? 그런 것이 아니라 한때나마 그의 인생관이나 삶의 가치가 내 마음의 한 부분을 차지했기 때문에 그를 따랐던 것에 불과하다니까요?"

"천만에요! 내가 생각하기에는 두 사람은 우정으로 맺어진 단순한 친구 사이가 아니라 연인 관계이고, 또한 지금도 재하하고의 사랑은 조금도 변하지 않은 것이 틀림없어요."

그러나 그녀는 그가 말을 마저 다 끝내기도 전에 벌떡 일어나더니, 붉게 달아오른 얼굴로 그를 빤히 쳐다보았다.

"명진 씨, 그와 나와의 관계는 단순한 선후배 사이에 불과하니까 자꾸 이상한 쪽으로만 생각하려고 하지 마세요."

한순간 번개가 번쩍함과 동시에 천둥이 우르릉 쿵쾅하고 울었다. 그러자 굵은 빗줄기가 천막을 후드득 치면서 떨어지는 소리가 들렸다.

"나 먼저 들어갈 테니까 명진 씨는 나중에 천천히 들어오던지 해요."

설이는 그가 붙잡을 사이도 없이 우산을 들고는 천막 밖으로 횡하니 나갔다.

곧 그가 밖으로 나왔을 때는 그녀는 우산을 든 채 숙소인 여관을 향해 백사장을 따라 걸어가고 있었다. 천둥이 치면서 비가 더욱더 세차게 퍼붓자 그는 재빨리 뛰어가 그녀가 들고 있는 그 우산 속으로 들어갔다.

"내가 실수했으면 사과할 테니까 저기에 앉아서 이야기나 조금 더 나누도록 하죠."

그는 우산을 꼭 잡고서 백사장의 한쪽에 버려진 채 지붕만 달랑 쳐져 있는 천막 안으로 그녀를 천천히 끌고 갔다. 바람이 부는 대로 우산이 이리저리 휘어짐과 동시에 차가운 빗방울이 두 사람의 얼굴과 목덜미를 사정없이 후려치곤 했다.

바람이 불어올 때마다 바다는 마치 상처 입은 짐승처럼 울부짖으며 물보라를 휘날리기 시작했다. 곧 그녀는 천막 안으로 들어가자마자 넓적한 돌 위에 쪼그리고 앉았다. 그러자 그도 그 옆에 앉아 어색하게 흐르고 있는 침묵을 깨기 위해 담배를 입에 물었다. 그리고 세차게 불어오는 바람을 피해 고개를 돌리고는 라이터를 몇 번이나 켠 채 가까스로 그것에 불을 붙일 수 있었다.

"우리는 항상 거짓된 모습으로만 살고 있는 거 같아요. 나나 설이 씨나 모두가 다 자기 자신을 있는 그대로 나타내지 못한 채 교묘하게 더하거나 빼거나 하면서……."

그가 뿌연 연기를 뻑뻑 품어대며 횡설수설 떠들어대든 말든 그는 시커먼 장막 같은 바다에만 멍하니 시선을 두었다.

파도는 파란 인광을 번득이며 굵은 빗줄기를 흔적도 없이 삼키고서 물밀듯이 밀려왔다.

"솔직히 말해서 설이 씨도 나를 좋아하고 있잖아요?"

"……."

"내가 설이 씨를 생각하는 것만큼은 아니라고 하더라도…… 어떻든 설이 씨도 나를 싫어하거나 거부하는 것은 아니잖아요?"

다섯 개의 가느다란 통나무로 바쳐져 있는 천막이 쓰러져지기라도 할 듯이 위태롭게 펄렁거렸다. 그때 별안간 그는 벌떡 일어서서 빗물에 젖은 채 더욱더 요염하게 보이는 그녀의 앞에 우뚝 서더니, 몇 번 피우지도 않은 꽁초를 바다를 향해 홱 집어던졌다.

"설이, 나를 더 이상 자꾸 거부하려고 하지 마."

"……."

"나는 앞으로 절대로 당신을 놓치지 않을 거야. 당신을 영원히 내 곁에 붙잡아 둘 거란 말이야."

"명진 씨! 갑자기 왜 그래요?"

그녀는 울먹이는 소리로 말하면서 자기를 뚫어지게 쳐다보고 있는 그의 시선을 피해 하얗게 질린 얼굴을 아래로 숙였다. 그는 무슨 말을 더 하고 싶었으나 목이 콱 메인 채 좀처럼 입술이 떨어지지 않았다.

곧 그가 마른침을 꿀꺽 삼키고서 그녀의 손을 덥석 잡자 그녀는 흠칫 놀라며 자리에서 벌떡 일어났다.

"나는 그만 내 방에 가 봐야겠어요."

그런데 그때 비에 젖은 옷이 찰싹 달라붙은 상태에서 뚜렷하게 곡선을 이루고 있는 그녀의 몸이 칠흑 같은 어둠 속에서 한층 더 선명하게 드러나 보이는 듯했다.

"설이! 사랑해."

그가 그녀를 힘껏 껴안으려고 했으나 그녀는 그의 팔을 뿌리치며 그에게서 떨어져 나갔다.

"명진 씨, 왜 그러는 거예요?"

"……"

"명진 씨가 이런 식으로 행동하면 나는 앞으로 영원히 재하 씨를 만날 수 없어요."

그러나 그녀가 애절한 어조로 한 이 말이 그의 몸을 더욱더 뜨겁게 달아오르게 했다.

"재하를 사랑하지 않았다면서? 재하는 사랑하는 연인 사이가 아니라 단순한 선후배 관계에 불과하다면서?"

그는 밖으로 막 빠져나가려는 그녀의 팔을 다시 꽉 잡았다.

"명진 씨, 제발……"

"더 이상, 더 이상 아무 말도 하지 마. 재하는…… 재하는 우리 둘 사이에 아무런 의미가 없는 존재이니까……."

그가 그녀를 가마니 위에 쓰러뜨리고서 그 위를 거세게 덮쳤으나 그녀는 그 아래에서 완강하게 저항했다.

"재하 씨가…… 재하 씨가……."

"바보 같은 소리 좀 제발 그만해. 나는 앞으로는 당신을 절대로 다른 사람에게 빼앗기지 않을 거야.'

그는 그녀의 몸을 꼼짝 못 하도록 꽉 누른 다음 빗물에 축축이 젖어 있는 그녀의 반바지를 한 손으로 허겁지겁 벗기기 시작했다.

"명진 씨! 제발…… 제발……."

그가 거칠게 숨을 내쉴 때마다 물기를 머금은 채 눅눅하고 깔깔한 모래 냄새가 그의 입안으로 스며들었다. 그와 함께 눈물과 고통으로 꽉 막혀 버린 그녀의 입에서도 불규칙적으로 신음 소리가 얇게 흘러나오곤 했다.

바람과 함께 바다는 울부짖고 있었다. 또한 설이도 울고 있었다. 그래서 모든 것이 죽어 있는 이 공간에서 짙은 어둠의 물결만이 살아 움직이면서, 두 사람의 갈등을 어루만져 주기 시작했다.

그는 이 공간에서 벗어나고 싶었다. 이 두꺼운 껍질을 깨고 어디론가 뛰쳐나가고 싶었다.

"아!"

그는 그녀의 헝클어진 머리카락 너머로 모든 것을 집어삼킬 듯이 거침없이 밀려오고 있는 검은 파도를 향해 악을 쓰듯 소리를 질렀다.

　잠시 후 그녀 혼자서 가 버리고 난 후 그는 천막 위에 떨어지는 빗소리를 들으며 한동안 가마니 위에 누워 있었다. 그러다가 우산도 없이 비를 흠뻑 맞으면서 여관으로 들어왔을 때는 그녀의 방은 깜깜하게 불이 꺼진 채 방문도 굳게 닫혀 있었다. 그는 그 방을 두들겨 볼까 하다가 그만두고서 소리 없이 자기 방에 들어갔다. 그리고 그다음 날 그가 정오가 다 된 늦은 시간에 일어나서 그녀의 방에 가 보았지만, 그 방에는 아무도 없이 텅 비어 있었다. 그녀는 메모 한 장 남겨 놓지도 않은 채 어디론가 흔적도 없이 사라져 버렸다.

2

　설이가 백열전등이 켜져 있는 방안에서 회색 벽에 등을 기대고
서 있는데, 하얗게 반들거리는 낯이 익은 듯한 얼굴이 나타났다.
그녀가 그전에 서울에서 이틀 동안 경찰서에 갇혀 있을 때 자기를
취조했던 형사의 얼굴이, 가면처럼 무서운 형상을 한 채 숨을 조이
듯 그녀에게 다가왔다.

　"재하, 그놈 어디로 도망갔어?"

　"……"

　"재하가 숨어 있는 곳을 대란 말이야."

　"나는 몰라요. 정말로 아무것도 몰라요."

　그녀는 어떻게 해서든지 이 밀폐된 방을 빠져나가야 한다고 생각
하며 쇠창살에 매달려 안간힘을 다했다. 그러나 그녀가 아무리 발
버둥 쳐도 두 발은 허공에 둥둥 떠 있을 뿐 한 발자국도 나아가지
못했다. 그때 느닷없이 그가 그녀에게 다시 우악스럽게 달려들어
서 그녀의 목을 힘껏 조르기 시작했다.

　"빨리 말하지 않으면 완전히 끝장을 내고 말 테야."

　순간 그녀는 신음 소리를 짧게 토해내며 퍼뜩 잠에서 깨어났다.
고요한 정적 속에 서늘한 새벽 공기가 그녀의 가슴속으로 스며들
었다.

곧 그녀는 이마에 땀방울이 맺혀 있는 것을 느끼고는 부스스 몸을 일으켜서 주위를 휘둘러보았다. 꿈을 꾼 게 확실한데 그 기억이 너무나 생생해서 그것이 꿈인지 생시인지 도무지 가늠할 수 없었다.

어느덧 어둠이 점점 깨져감과 동시에 창호지로 만든 창에는 흐릿한 빛의 덩어리가 뿌옇게 번져오기 시작했다. 매캐한 연기와 함께 청솔 타는 냄새가 그녀의 코끝을 스치고 지나갔다. 그때 마루 밑에서 누렁이라는 개가 밥그릇을 덜거덕거리고 있는데, 큰아버지가 짧게 헛기침을 하며 마당을 가로질러 가는 소리가 들렸다. 그녀는 오늘 하루를 또 어떻게 보내야 하나 하는 생각을 하니 정신이 아득해지는 것을 느꼈다.

그녀가 고향인 큰아버지 댁에서 살게 된 지 벌써 한 달이나 지난 거 같았다. 명진과 해수욕장을 갔다 온 후에 집에서 꼼짝 않고 틀어박혀 있다가, 2학기 등록할 무렵에 책과 몇 가지들을 꾸려서 이곳으로 왔다. 그 당시에 명진이 자기 집에 언제 전화를 걸지 알 수 없고, 또한 재하를 찾기 위해 혈안이 되어 있는 형사들이 자기를 끝없이 감시하고 있는 것만 같았다. 더군다나 친한 사람들은 거의 보이지도 않을 뿐 아니라 최루탄 가스 냄새만이 계속 맴돌고 있는 학교에는 더 이상 가고 싶지 않았다. 그래서 그녀는 큰아버지 댁이 있는 고향에서 몇 달 동안 자격증 공부 같은 것을 하다가 다음 학기에 복학을 하겠다는 것을 아버지에게 몇 번 말씀드려서 끝내 그의 허락을 받아냈던 것이다.

담장 너머에 축 늘어져 있는 가지에 매달려 있는 감들이 햇살을 받아서 누렇게 반짝거리며 빛났다. 또 대나무 숲 옆에 있는 밤나무들 중에는 벌써부터 밤송이가 툭툭 터져 나오거나 또는 대추나무들 중에는 대추가 빨갛게 익은 것도 보였다. 설이는 산등성이로 뻗어 있는 오솔길을 걸어가다가 우뚝 멈추어 서서 숨을 두세 번 길게 내쉬었다. 모든 것이 다 정적 속에 묻혀 있는 듯 바람이 나뭇가지를 가끔 스치고 지나가는 소리와 새들이 숲에서 지저귀는 소리 외에는 더 이상 아무것도 들리지 않았다. 오후의 나른한 시간이 굼벵이처럼 천천히 흘러가고 있는 것처럼 농촌에 틀어박혀서 생활하는 것은 너무나 무료해서, 오늘도 오전 내내 이 책 저 책 뒤적거리다가 오후에 점심을 먹자마자 밖으로 뛰쳐나왔다. 큰집에 내려온 지 벌써 한 달이 지났는데도, 공부나 하면서 자신의 앞날을 점검해 볼 시간을 갖겠다는 처음의 생각과는 달리 뜻대로 된 것이 거의 없었다. 언젠가 꼭 한 번 도전해 보고 싶었던 행정 고시 공부라든가 또는 그것도 안 되면 교사 임용 고시 공부라도 해보고 싶었으나, 책상 앞에 쭈그리고 앉아 온갖 잡념 속에 일없이 책장이나 넘기기 일쑤였다.

잠시 후 그녀는 다시 걸음을 떼기 시작했는데 오래간만에 밖에 나와서 그런지 얼마 걷지도 않았는데도 다소 피곤함을 느꼈다. 어릴 때는 자기보다 나이가 두 살과 다섯 살이 더 많은 사촌 언니들이 두 명이나 있어서 큰집에 자주 놀러 왔는데 그들은 오래전에 이곳을 떠나 도시로 갔다. 또한 이번에는 방학도 아닌데도 너무 오래 있다 보니 마을 사람들의 눈치가 보여서 조만간에 집으로 갈 생각을 했다. 그러던 차에 그전에 그 누군가 한번 꼭 만나보기로 마음을 먹었다. 최정례! 언젠가 꼭 한번 만나고 싶었던 여인. 아버지와 헤어진 이후에 새어머니는 어떻게 지내고 있었을까? 이번에 큰집에 왔을 때부터 이상하게도 새어머니에 대한 생각이 그녀의 머릿속에서 한시도 떠난 적이 없었다.

얼마 후 그녀는 옛날에 할머니를 따라서 한 번 와보았던 기억을 더듬으며 이웃 마을에 있는 새어머니의 친정집으로 갔다. 그러나 그녀가 그곳에 도착하여 반쯤 열려 있는 대문으로 안을 살짝 들여다보았으나, 아무도 없이 정적만이 흐르고 있었다. 넓은 마당의 한쪽에는 빨간 고추만이 널려 있고, 또 마당 한 가운데를 가로질러서 길게 처져 있는 줄에는 햇살을 받은 채 하얗게 반짝거리는 빨래들이 몇 개 걸려 있었다.

그녀는 호박 넝쿨이 우거져 있는 담에 붙어 서서 안을 기웃거리며 어떻게 할까 하고 망설였다. 그러다가 쓸데없이 뭐 하러 여기에 와서 이러고 있는 것인가 하고 생각하며 막 돌아서는 순간 뒤에 서 있던 중년 여자와 딱 마주치고 말았다.

"누구세유?"

그 여자는 푸성귀가 가득 들어 있는 바구니를 들고선 채 의아스런 눈초리로 설이의 위아래를 훑어보며 물었다.

"누군데 남의 집안을 기웃거리고 있는 거유?"

"저…… 여기가 최정례 씨 댁이죠?"

"……."

"정은헌 씨라고 혹시 알고 계신지 모르겠네요? 제가 정은헌씨 딸
인데 새어머니인 최정례 씨 좀 만나 볼 수 없을까 해서 한 번 들러
본 거예요."

"아이고! 세상에…… 서울 목사님의 따님이 웬일로 여기까지 다
오셨데유?"

그 여자는 호들갑을 떨면서 대바구니를 땅바닥에 내려놓고는 설
이의 왼쪽 손을 꽉 잡았다.

"근디 옛날에 한 번 봤을 때는 코흘리개 어린 아이였는디 어느새
벌써 시집갈 처녀가 다 됐네유?"

그런데 이처럼 말하는 이 집의 며느리인 이 여자도 10년 전에 처
음 봤을 때는 호리호리한 몸매에 수줍음이 많은 새색시였다. 그러
나 그사이에 검게 탄 얼굴에 잔주름이 생긴 데다가 몸도 상당히
뚱뚱해진 채 수다스런 중년 여자로 변해 있었다.

"아무튼 여기까지 왔으니까 안에 들어가서 잠시 앉았다 가도록
하세유."

그녀는 설이에게 따라오라는 눈짓을 하며 마당으로 들어가자, 설
이도 조심스럽게 그 뒤를 따라갔다.

잠시 설이는 대청마루에 걸터앉아서 새파란 물감을 뿌려놓은 듯
한 하늘을 올려다보았다. 그때 그녀가 대바구니를 수돗가에 내려
놓고 부엌으로 들어가더니, 곧바로 사과가 두 개 들어 있는 쟁반을
들고서 밖으로 나왔다.

"새어머니는 요새 어떻게 지내세요?"

"큰고모요?"

그녀는 마루에 걸터앉다 말고 어리둥절한 표정을 하고서 설이를 빤히 쳐다보았다.

"큰고모가 다른 디로 시집간 지가 벌써 육칠 년이 지났는데유?"

"아! 그랬군요."

설이는 무안해서 얼굴이 화끈거리고 달아오르는 것을 느끼며 고개를 슬며시 돌렸다.

"다른 뜻이 있어서 여기에 온 건 아니고……. 단지 큰 집에 놀러 왔다가 새어머니께서 어떻게 지내시는지 궁금해서 한 번 들러 본 것뿐이에요."

그녀는 변명하듯 말하는 설이의 목소리를 들으며 쓴 미소를 머금었다. 그리고 과도를 들고서 사과를 천천히 깎기 시작했다.

"큰고모가 아가씨에게 잘해줬나 보네유?"

"예. 그 옛날에 오빠하고 저를 얼마나 잘 보살펴주었는지 몰라요."

"그랬을 테쥬. 큰고모가 심성이 워낙 곱고 착한 사람이라서……"

그녀는 껍질을 깎은 사과가 가지런히 놓여 있는 접시를 설이 앞에 내려놓았다.

"헤어지지 않고 같이 살았더라면 행복하게 잘 살았을지도 모르는디……"

그녀는 혼자 중얼거리듯 말하며 포크로 사과 한 조각을 쿡 찍어서 입 안에 넣고는 그것을 와삭와삭 깨물어 먹었다.

"근데 참 목사님은 어떻게 지내세유? 그새 새장가는 갔는감유?"

"그냥 아직도 혼자 살고 계세요."

"그렇지유. 목사님은 절대로 죽은 전처를 잊고서 다른 여자를 아내로 맞아들일 사람이 아니라니께유? 우리 큰고모도 늦게 한 결혼이라서 어떻게 해서든지 끝까지 살아 보려고 했는데 그게 뜻대로 잘 안된 거 같더라니까유?"

"······."

"그래서 이런 말을 해야 할지 어떨지 잘 모르것지만······ 어떻든 목사님은 새장가를 갔으면 전처를 깨끗이 잊고서 새롭게 출발을 해야 하는디, 전혀 그러지 못할 정도로 고지식하고 답답한 사람이라니까유."

바람이 살랑살랑 불어오자 빨래 줄에 걸려 있는 빨래들이 펄럭거리며 움직였다. 빨간 고추잠자리 한 마리가 수도가 주위에 빙빙 맴돌면서 대바구니 안에 담겨 있는 푸성귀 위에 내려앉았다 올라갔다 했다.

"어떻든지 인연이 아니니까 같이 산 지 2년도 안 돼서 헤어지고만 것이지유. 만일 그사이에 자식이라도 낳았으면 어떻게 해서라도 마음을 붙이고서 살았을지도 모르것지만······."

설이도 사과를 입안에 넣고 우물우물 깨물어 먹자, 달짝지근하면서도 시큼한 맛이 그녀의 아픈 마음을 더욱더 아리게 했다.

그때 갑자기 어디선가 누런 개 한 마리가 나타나서 그 여자 앞을 어슬렁거리며 돌아다녔다. 그 개는 코를 땅에다 대고 쿵쿵거리거나 또는 짖지도 않은 채 투명하게 맑은 암갈색 눈으로 설이를 가끔 멀거니 바라보곤 했다.

"우리 큰고모는 목사님하고는 여러 면에서 맞지 않는 사람인디, 아가씨의 큰 엄니가 우리 시엄니를 몇 날 며칠을 쫓아다니며 졸라 대서 성사를 시키더니만 끝내는 그 지경이 되고 말았지유. 나이 차이도 많이 날뿐 아니라 중학교밖에 댕기지 않고서 미장원이나 하던 사람하구, 목사님같이 많이 배운 사람 하구 뭐가 통하는 것이 있어서 하루인들 마음 편하게 살 수 있겠어유?"

"……."

"그리고 그 옛날에 우리 고모가 나에게 넌지시 한마디 하던디, 목사님하고 한집에 같이 살면서 가장 어려웠던 것은 그분의 깊은 신앙심을 자기가 도저히 감당할 수 없던 것이라고 하더라구유. 사실 하나님에 대한 믿음을 당신 목숨보다 더 소중하게 여기는 분하고, 젊을 때부터 가끔 시간이 날 때마다 교회에 갔던 사람하고 그 신앙심의 깊이를 어떻게 가늠할 수 있겠어유?"

그 여자는 그 누런 개가 자기 발등을 핥자 그 개를 발로 툭 차서 쫓아 버렸다. 그런데 어색한 침묵이 막 흐르려는 순간 그녀는 사과를 또 깨물어 먹다 말고 느닷없이 배시시 미소를 지었다.

"근데 참 사람 팔자는 시간 문제랑께유? 큰 고모가 목사님하고 헤어지고 나서 한동안 마음을 못 잡고 있는디, 수원에서 살고 계시는 시어머니 남동생 분인 외숙부께서 중매가 들어왔어유. 아내가 위암인가 뭔가 걸려서 일찍 죽고 딸 하나 데리고서 근동에서 농사나 지으며 살던 홀애비라고 하면서…… 그런디 큰고모가 싫다는 것을 시엄니가 부득부득 우겨서 쫓아내다시피 그 사람한테로 보냈건만……."

거무스름하게 탄 그 여자의 얼굴에 함박웃음이 활짝 피었다.

"아! 글쎄…… 그 집에 들어가서 1년 정도 지나 딸 하나 낳고 살고 있는데, 느닷없이 그곳에 아파트가 들어선다 뭐 한다고 하더니만 논하고 밭 값이 몇 배나 뛰어올랐다고 하더라구요. 그래서 갖고 있던 땅들을 다 팔아서 조그만 식당 하나 채려 놓고는 아파트 공사장을 쫓아다니며 인부들 식사 같은 거 대 주고 하면서 3년 동안 돈을 엄청나게 많이 벌었데유. 그리고 그것을 밑천 삼아 수원에다가 갈빗집을 하나 차렸는데 그것이 너무나 잘 되는 바람에, 현재는 시내 한복판에다가 커다란 갈빗집을 두 개나 운영하고 있다고 하더라구유. 재작년인가 큰고모가 둘째로 난 아들 돌 때 온 식구가 수원에 가 봤는디 반들반들한 아파트에다가 없는 거 없이 해 놓고는 전실 자식 딸 하나 하고 고모가 난 자식들 둘하고 해서 다섯 식구가 떵떵거리며 잘 살고 있더라니까유?"

명진은 연푸른 하늘가에 쓸쓸한 퇴색의 빛이 감돌고 있는 가을 내내 덧없는 좌절감에 빠져서 방황을 하였다. 정설이는 어디로 사라진 것일까? 여름 방학 때 둘이서 바다에 갔다 온 후에 그녀는 학교에 2학기 등록도 하지 않고서 어디론가 자취를 감춰 버렸다. 그는 그녀의 행방을 알 수 없게 되자 더욱더 안달이 난 채 가끔 그녀의 집에 전화를 걸거나 또는 그녀의 학교까지 찾아가 보기도 하였다. 그러나 그녀의 집에 전화를 걸 때마다 그녀의 아버지로부터 되돌아오는 것은 냉담한 반응이거나, 또는 그녀의 학교 갔을 때도 정문 앞에서 일없이 몇 시간 서 있다가 쓸쓸히 되돌아왔을 뿐이었다.

두 사람의 사랑은 이런 식으로 허무하게 끝나고 마는 것인가? 그는 처음에는 그녀를 원망하기도 하거나, 또는 나중에는 모든 것을 포기한 채 체념 상태에 빠지기도 했으나 그런 감정이 그리 오래 지속되지 않았다. 여름날 밤에 바닷가에서의 그 뜨거웠던 열정…… 산처럼 밀려오던 시커먼 파도와 또 빗물과 눈물에 젖어 있던 파리한 얼굴, 또한 그녀의 체취와 함께 풍겨오던 비릿하면서도 깔깔한 모래 냄새…… 아! 그는 밤마다 그 바닷가에서 있었던 일에 대한 추억을 더듬으며 고통스러워했다.

그러던 10월 중순경의 어느 날 명진은 뜻밖에도 설이에게서 발신인 주소가 적혀 있지 않은 한 통의 편지를 받을 수 있었다. 그날도 그는 수업이 다 끝나고서 짙은 황혼이 깔려 있는 본관 건물을 나오다가, 혹시나 하는 마음으로 편지함을 뒤적거리다가 그녀의 편지를 발견하게 되었다. 그는 의자들만 너저분하게 흩어져 있는 어느 빈 강의실에서 그 강의실 문을 앞뒤로 꼭꼭 걸어 잠그고 흥분에 싸인 채 그 편지를 읽기 시작했다.

〈보고 싶은 명진 씨에게!〉

고요한 이 밤에 달도 저문 이 시각에 당신을 향해 펜을 듭니다. 문득 칠흙 같은 어둠이 드리워져 있는 유리창에도 당신의 모습이 어려 있는 듯합니다. 그와 함께 책을 읽기 위해 켜둔 촛불이 산란하게 흔들리고 있고, 또 책장을 넘기고 있는 내 손끝도 가늘게 떨리고 있음을 느낄 수 있습니다. 그동안 여러 번 이런 충동에 사로잡혀서 펜을 든 적이 있지만, 그때마다 하나님 외에 다른 그 어느 것에도 내 마음을 빼앗기고 싶지 않아서, 편지를 끝까지 쓰지 못하고 도중에 찢어 버리곤 했습니다. 나와 하나님과 그 둘만의 순수한 관계 — 이것만이 나의 유일한 희망이면서 동시에 나약한 내가 좌절한 채 쓰러짐이 없이, 그 어떤 의무감 속에서 충실한 삶을 살아갈 수 있는 바탕이 될 수 있기 때문입니다.

그런데 언제부터인가 내 마음은 알 수 없는 그 무엇에 갈등을 겪기 시작했습니다. 이처럼 홀로 고독 속에 묻혀 살고 있는 나를 위로하며 격려해 줄 수 있는 영원한 벗에 대한 그리움이…… 또한 현재도 인생의 뚜렷한 목표 의식이 없이 방황하고 있은 명진 씨를, 하나님의 품 안으로 인도해야 한다는 의무감 같은 것도 생겨났습니다. 그래서 이 편지 속에서 하나님과 나와의 관계를 명확히 밝힘에 따라 명진 씨에게 그 어떤 깨달음을 줌으로써 사랑하는 나의 친구가 진실한 주의 종이 되기를 바랍니다. 어젯밤 꿈속에서도 나는 명진 씨가 짙은 안개 더미에 묻힌 채 안타깝게 허우적거리고 있는 모습을 보았습니다. 그 외에도 오늘 새벽에 하나님께 기도를 드릴 때도 명진 씨를 구원하라는 하나님의 음성을 똑똑히 들을 수 있었습니다.

명진 씨!

밤하늘에는 수많은 별이 반짝거리며 빛나고, 또 울창한 숲이 들어서 있는 뒤뜰에는 떨어진 나뭇잎이 썩는 냄새로 그윽합니다. 또한 한 마리 이름 모를 산새의 신비로운 울음소리도 주위의 정적을 더욱 북돋아 주고 있습니다. 그리고 사방 곳곳에는 이슬에 젖은 가을의 향취가 물씬 밴 채 하나님에 대한 찬양의 노랫소리도 바람을 타고서 드높이 흩날리고 있습니다. 오! 그리하여 내 마음은 자연의 풍만함과 아름다움에 몹시 설레고 있을 뿐 아니라, 이 밤에도 나는 자연과 나를 창조하신 하나님께 감사의 기도를 드리고 있습니다.

[(마5:3) 마음이 가난한 자는 복이 있나니 천국이 저희 것임이요.]

어쩌면 이곳은 살아가는 재미라든가 기쁨 같은 건 전혀 없이 무척 외롭고 쓸쓸한 곳인지도 모릅니다. 사실 이곳에는 사랑하는 사람이나 보고 싶은 친구들은 한 명도 찾아볼 수 없이, 나는 오직 낯설고 무뚝뚝한 사람들 틈에 섞여서 자연만을 벗하며 살아가고 있을 뿐입니다. 그런데 그런 상황에서도 참 기쁨을 누리고 있으니 그것은 하나님은 나의 근본을 이룬 채 언제 어느 때고 나와 함께 생각하고 나와 함께 행동하면서 나의 전부가 되어 주시기 때문입니다.

명진 씨!

나는 마음이 가난한 자로서 내가 지닌 것은 아무것도 없습니다. 주위 사람들에 대한 애착도, 또 갖고 싶은 것도 없이 내 마음은 항상 공허하게 텅 비어 있습니다. 하지만 영과 육으로 구성된 내 자신을 정화하고 연단 시킴에 따라 하나님의 자녀가 될 수 있다는 사실 때문에, 이 몸을 거룩한 산 제사로 쓰는 데에 온 힘을 다 쏟고 있습니다. 이것은 마치 어두운 하늘의 한가운데에 빛나고 있는 하나의 별처럼, 정성이가 천상의 광명을 전달할 수 있는 온전한 성전이 되기 위해 스스로 고행의 길에 뛰어든 것이라고 할 수 있습니다.

그러나 현대의 대부분 사람들은 그러한 하나님의 은혜를 받아들일 마음의 여유가 없으니…… 그들은 하나님을 아버지로 섬기지 않는 관계로 그 마음속에는 하나님의 사랑과 거룩함이 없이, 물질 환경에만 둘러싸여서 싸움과 갈등을 겪고 있기 때문입니다.

[(베드로 전서 2:2) 갓난아이들같이 순진하고 신령한 것을 사모하면 구원에 이르도록 자라게 할 것이라.]

인간은 하나님의 형상과 모양대로 지음을 받았기에 영이신 하나님처럼 우리의 마음도 항상 영원을 사모하면서, 그 신비의 세계와 교통을 이루길 염원하고 있습니다. 그런데 아담과 하와가 타락한 후에 우리는 에덴동산에서 쫓겨나 하나님으로부터 버림받는 존재가 된 채 영은 죽고 허물뿐인 육체만을 지니게 되었습니다. 그래서 우리는 이 광막한 우주 속에서 인간적인 생각과 감정만을 가지고 살면서, 영영 죄의 그늘에서 벗어나지 못하다가 죽음이라는 결과를 맞이하게 되는 것입니다. 왜냐하면 죄라는 것은 우리의 근본은 하나님이면서도 그 수준에 이르지 못 한 채 항상 인간의 범위를 벗어나지 못하는 것을 말하는 것이니…… 영의 창이 닫힌 고로 하나님과의 교통은 끊겨 있는 상태로 한낱 동물처럼 육체와 정신만을 가지고서 비참한 삶을 살아가고 있기 때문입니다.

　명진 씨!

　현대 문명은 경이로운 발전을 이룩하였지만 그것은 외적 환경에 불과하고 그 내부는 아직도 깊은 어둠 속에 묻혀 있습니다. 한 가지 예를 들어본다면 사람들은 과학이 이 지구상에 산재되어 있는 여러 가지 문제뿐 아니라 우주의 신비까지도 충분히 풀어 줄 것이라고 믿었습니다. 그러나 고도로 발달한 과학의 산물인 핵무기에 의해 오히려 이 지구라는 땅덩어리는 한순간에 산산이 파괴될 수 있는 위험에 직면하고, 또 인공위성이 외계에 날아다니는 순간에도 우주의 신비는 더욱더 짙어져만 가고 있을 따름입니다. 결국 우리는 토대 없는 모래성을 높이높이 쌓아 올린 격이 되고 말았으니…… 인간은 기계의 노예로 전락한 채 정신은 혼미해지고 피폐해진 반면에 관능과 쾌락을 추구하는 육체는 갈수록 비대해지고 있는 것입니다.

　자, 이제 우리는 뉘우치고 회개할 때가 되었습니다. 죄에 묻든 이 더러운 육체를 주님의 보혈의 피로서 깨끗이 씻어냄으로써 우리는 구원을 받을 수 있을 뿐 아니라 천국에도 갈 수 있습니다. 왜냐하면 천국이란 구원된 상태를 말하는 것이고, 또 구원이란 죄의 문제를 해결하고 새롭게 태어난 것을 말하는 것이니…… 그것은 아담과 하와가 타락하기 이전의, 태초에 하나님의 형상과 모양대로 지음을 받았던 그 모습으로 다시 태어나는 것을 의미하는 것입니다. 명진 씨, 천국은 저 건너 어느 먼 곳에 있는 것이 아닙니다. ― 하나님의 나라는 너희 안에 있느니라 ― 라는 성경의 말씀처럼 천국은 우리들의 마음속에 있습니다. 결론적으로 말해서 영적인 위대한 회개 운동을 일으켜서 우리 모두가 신령한 세계 사람이 된다면 천국은 저절로 우리에게 임하게 되는 것입니다.

[(고린도후서 5:15) 저가 모든 사람을 대신하여 죽으심은 산 자들로 하여금 다시는 저희 자신을 위하여 살지 않고, 오직 저희를 대신하여 죽었다가 다시 산 자를 위하여 살게 함이라.]

문득 전규의 함성 소리가, 불의에 항거하는 그 성난 목소리들이 귓가에 쟁쟁하게 들려오는 듯합니다. 그와 함께 부러진 깃대를 높이 치켜들고 분노의 팔을 휘두르며 더러운 거리를 뛰어다니는 정의의 행렬도 눈앞에 선하게 떠오릅니다. 오! 그러나 우리는 하나님의 영광보다는 자기 자신의 영광을 더 앞세우고 있기 때문에 아무것도 해낼 수가 없습니다. 제아무리 정의의 칼날을 곧추 세워도 불의의 성벽은 더욱더 굳건해진 채 우리가 쏟는 피와 땀은 아무런 가치가 없게 되었습니다. 그것은 사악한 자들은 자신들의 이익을 지키기 위해 더욱더 광분하고 있고, 또한 정의의 사도들도 하나님의 뜻에 따르지 않고서 자신들의 생각만으로 모든 것을 처리하려고 하기 때문입니다. 즉, 죄·죽음·영혼 등 이러한 근원적인 문제들을 해결해 주시는 하나님에 대한 믿음이 없이는 인간에게는 그 어떠한 선도 가능하지 않기에, 우리의 가장 큰 적은 부정을 저지르는 사람들보다도 하나님을 믿지 않는 사람들이라고 할 수 있습니다.

어둠은 빛을 원하고 있습니다. 썩고 부패된 것은 방부제를 필요로 합니다. 하나님 품을 떠난 외로운 고아들은 고독의 낭떠러지에 매달려서 애타게 울부짖고 있습니다. 그러나 절벽은 절벽을 이루고 있는 데다가, 그 목쉰 울림의 메아리조차 삼켜 버린 채 위로하고 보살펴 줄 친구는 영원히 나타나지 않고 있습니다.

명진 씨!

성실히 살아가십시오. 대학생으로서 열심히 공부해서 장차 만인이 우러러볼 수 있는 이 사회의 최고의 실력자가 되어 주세요. 그런 다음에 자신을 의지하고 따르는 모든 사람들에게 주님의 복음을 전파하십시오. 가난한 자들에게는 하나님의 풍성한 젖을 배불리 먹여 주고, 또 죄인들은 하나님의 사랑으로 보살펴 주도록 하세요. 그래서 우리 모두를 하나님의 품 안에서 순진하고 신령한 것을 사모하며 살아갈 수 있게 하여 — 하나님을 사랑하는 자들에게는 모든 것이 협력하여 선을 이룬다 — 는 성경의 말씀과 같이, 이 세상 사람 모두가 하나가 되어 하늘에는 사랑의 물결이 출렁이고 있고, 또 땅에는 젖과 꿀이 흘러넘치는 축복받는 나라를 세울 수 있도록 해 주십시오.

벌써 창문에는 희뿌연 안개 덩어리가 달라붙고 있습니다. 어둠은 조금씩 부서져 가면서 새벽의 습한 공기가 피로에 지친 내 몸을 싸늘하게 감싸고 있습니다.

이제 그만 잠자리에 들어갈 시간이 된 거 같지만 나는 끝내 펜을 놓지 않을 것입니다. 설령 밀려오는 졸음을 더 이상 참지 못하고서 이대로 책상 위에 쓰러져 잠이 든다고 해도 이런 상태로 조금이나마 더 있고 싶습니다. 그것은 이처럼 명진 씨와 대화라도 나눌 수 있는 것이 썰렁한 잠자리에서 슬픔을 억누르며 홀로 뒤척이고 있는 거보다 훨씬 더 나을 것이기 때문입니다.

만일 지금 내 곁에 사랑하는 사람이 있다면…… 생각만 해도 눈시울이 뜨거워지면서 가슴이 벅차오릅니다. 사랑하는 님이여! 어둠에 쫓긴 채 길을 잃고 헤매는 한 마리 새처럼, 홀로 두려움에 떨고 있는 이 가엾은 소녀를 따뜻하게 맞이하여 주세요. 나는 그 넓은 가슴에 추위에 언 이 몸을 파묻고 격정의 눈물을 흘리면서 나의 모든 것을 다 님에게 바치고 싶습니다.

그러나 님은 없습니다. 그러한 것은 허무한 상상뿐이지……. 또한 이 십자가의 체형은 이 연약한 소녀에게는 너무나 무거운 것인지도 모릅니다. 오! 나는 자유로운 새가 되어 저 하늘로 훨훨 날아가고 싶습니다. 그런데 가혹하신 하나님은 이 불쌍한 섬이를 결코 놓아주지 않고서 더욱더 짙은 어둠과 멀고 험한 길 위에 몰아세우고 있을 따름입니다. 그것은 마치 하나님이 예수를 사랑하사 자기 우편에 앉혀 놓으신 것처럼, 이 나약한 섬이가 주 예수 그리스도의 십자가 아래에서 한 고결한 천사가 될 수 있도록 하기 위한 것이라고 할 수 있습니다.

— 주여! 주님의 피 묻은 손으로 이 죄 된 병든 몸을 안수하사 새로운 몸으로 구원에 이룰 수 있게 해 주옵소서. —

버스가 반듯한 도로 위를 소리 없이 미끄러져 나가자, 가로수와
전봇대들이 빠른 속도로 차창을 스치며 지나갔다. 재하는 누런 들
판이 펼쳐져 있는 차창에서 시선을 떼고는 고개를 뒤로 젖히고서
가만히 두 눈을 감았다. 그 순간 차 안에 흐르고 있는 다소 퀴퀴하
면서도 들뜬 듯한 열기가 그의 코끝을 스치고 지나갔다. 어제 모
든 상황이 마지막으로 치닫고 있음을 막연히 감지한 채 거의 뜬눈
으로 밤을 지새웠다. 어떻게 해서든지 조만간에 어머니와 설이를
꼭 찾아갈 생각을 해서 그런지 마음이 뒤숭숭해서 도저히 잠을 잘
수 없었다. 만일 감옥에 가게 된다면 인생의 모든 것을 잃을 수도
있겠지만 이제는 더 이상 도피 생활을 지속할 수 없었다. 아마 얼
마 되지 않아서 자수를 하든지 아니면 형사들에게 잡혀가든지 어
떤 형태로든 이 생활을 끝내게 될 것이고, 그전에 마지막으로 어머
니와 설이를 꼭 만나볼 생각을 했다.

그런데 그때 버스가 심하게 덜컹거리면서 그가 앉아 있는 의자
의 밑에서 빈 병이 드르륵하며 굴러다니는 소리가 났다. 또 한적한
농촌 마을의 아득히 먼 곳에서 아이들이 고함을 지르는 소리도 아
련히 들려왔다. 그와 함께 혼미한 상념들이 어두운 망막 너머로
하나둘씩 사라져 가면서 그는 깜빡 잠이 들고 말았다.

벼 이삭이 누렇게 깔린 들판에 어슴푸레한 어둠이 깔림과 동시에 석양빛이 서서히 번지자 숲으로부터 더욱더 서늘한 바람이 불어왔다. 재하는 소주의 마지막 잔을 비우고서 묏등 옆에 벌렁 드러누워서, 새빨갛게 물든 구름이 서녘 하늘에 듬성듬성 뿌려져 있는 것을 바라보았다. 그 붉은 빛이 너무나 선명해서 마치 핏방울처럼 아래로 뚝뚝 떨어질 것만 같았다. 그는 오후 4시 30분쯤에 논산에서 부여 쪽으로 가는 방향에 위치한 덕바위라는 마을에 도착했다. 그런데 오늘이 바로 아버지의 제삿날이라서 집으로 들어가기 전에 아버지의 묘에 성묘하기 위해, 사람들 눈을 피해 이 산속으로 슬그머니 숨어들었다. 그리고 소주를 한 잔 묏등에 뿌리고는 이 생각 저 생각 깊은 상념에 빠진 채 나머지 술을 홀짝홀짝 마시기 시작했다.

10년쯤 전에 아버지가 돌아가신 지 49일 되던 날에 재하는 어머니와 단둘이 이곳에 온 적이 있었다. 그때 어머니는 성묘를 하고서 묘지의 한쪽에 앉아 소주를 두세 잔 마신 다음 중학생이었던 재하의 까까머리를 쓰다듬으며 말했다.

"느 애비는 죽어서도 편하게 누워서 쉴 자리가 없는 사람이다. 너도 잘 알쟈? 평생 동안 발붙일 땅 한 평 없이 낯선 타향에서 떠돌아다니더니만 죽어서도 누울 자리 하나 제대로 차지하지도 못했다니께? 이 묏자리도 청주 한씨 선산이라서 일가친척들이 극구 반대하는 걸 니 오할므니가 통사정하여 겨우 이 대나무 숲 뒤쪽 그늘진 곳을 얻어서 묻을 수가 있었던 거여?"

어머니는 흐르는 눈물을 손수건으로 훔친 채 마른오징어를 안주 삼아 소주를 한 잔 더 마셨다.

"니 애비를 처음 만난 것은 내가 논산에 있는 목재소에서 경리로 일하고 있을 때였어. 그런디 그 당시에 공사판 인부로 떠돌던 느 애비는 꼭 비렁뱅이 같은 형상이어서, 내가 돌보지 않으면 당장이라도 쓰러져 죽을 것만 같더라고. 그래서 어찌어찌하다 보니 너무나 불쌍하고 안쓰러워서 사귀게 됐는디, 느 오할아부지하고 오삼춘한테 들켜서 얼매나 죽도록 맞았는지 모른다. 일가친척들은 내가 근본도 모르는 빨갱이 같은 인간을 집안에 들이려 한다고 야단법석이어서, 결혼식이고 뭐고 꿈도 못 꾸고 그 길로 니 애비와 서울로 야반도주하지 않았더냐?"

어머니는 눈가에 눈물이 맺힐 때마다 소주 한 잔씩을 마셨다. 해맑은 햇살이 눈물로 얼룩진 그녀의 얼굴 위에서 반사된 채 반짝 반짝 빛났다.

"서울에는 땡전 한 푼 없이 맨 몸뚱이만 올라오는 바람에 별의별 고생을 다 하며 살았지. 그때 만일 내가 마음을 조금만 고쳐먹었어도 얼마든지 좋은 디로 시집가서 호강하고 살 수 있었을지도 몰라. 그런디 나는 그때만 해도 처음 만난 남자하고는 평생 같이 살아야 하는 줄로만 알았던 쑥맥이었지."

바람은 없고 따사로운 햇볕이 내리쬐고 있었지만 겨울이라서 그런지 재하는 추위에 언 몸을 바짝 움츠리고 앉았다. 그리고 어머니가 그만 일어서기를 바랐지만, 어머니는 술을 몇 잔 마신 탓에 추위를 별로 느끼지 않아서 그런지 또다시 넋두리를 늘어놓기 시작했다.

"사실 그 당시에 너만 임신하지 않았어도 내 팔자가 이처럼 기구하게 되지는 않았을 거여. 그런디 요상하게도 고향하고 연을 딱 끊고서 서울에서 숨어 살던 6~7년 동안 니 동생들을 연달아 낳지 않았더냐? 그래서 마지막으로 자연이를 낳았을 때 이제 그만 마음을 다잡고서 니 애비랑 평생 같이 살기로 작정을 하였다. 그전까지만 해도 꼭 냇물에 떠다니는 부초마냥 마음이 둥둥 떠 있어서 같이 살아도 사는 게 아니었지."

"……."

"니 애비하고 무슨 정이 있나 아니면 살아가는 재미가 있나……. 느그들도 니 애비가 어떤 사람인지 잘 알지? 그 위인은 평생 자기 몸 하나밖에 모르는 사람이었어. 북에서 혼자 흘러 내려와 이쪽에 아무런 연고가 없는 데다가 무슨 특별한 기술도 없이 허구헌 날 노가다 판이나 떠돌아다니며 살았지. 참말로 느 애비마냥 한심하고 무능한 사람도 없었다. 자기 술값 떨어지기 전에는 식구들이야 굶어 죽든 말든 신경도 안 쓴 채 방구석에서 틀어박혀서 며칠이고 일어날 줄도 모르는 위인이었으니께."

어머니의 한숨 소리가 들린다. 어머니의 눈물이 이슬이 되어 뚝뚝 떨어진다. 평생 증오하면서 으르렁거리고 싸웠던 두 분. 아마 어머니는 죽어서도 틀림없이 아버지의 곁에 묻히려고 하지 않을 것이다.

그런데 시간이 좀 더 흐르자 텅 빈 들녘에는 일하던 농부들이 거의 자취를 감춰 버린 채 어둠만이 점점 더 짙게 깔리기 시작했다. 그와 함께 깊은 정적 속에 숲에서 들려오던 산새들의 울음소리도 차츰 희미하게 들려오는 듯했다. 곧 재하는

늦가을의 추위와 함께 알 수 없는 불안감이 엄습해 오는 것을 느끼며 급히 산 아래로 내려가기 시작했다. 그런데 7~8개월 동안 전화도 한 번 없다가 이제야 불쑥 나타나서 어머니를 대면할 용기가 나지 않아서, 집에 들르지 않기로 마음을 다시 고쳐먹고는 시외버스 정류장 쪽으로 발길을 급히 돌렸다. 어머니의 끝없는 추궁을 도저히 감당해 낼 자신이 없고, 또 어쩌면 지금도 형사들이 그의 집 부근에서 은신한 채 그를 기다리고 있을지도 모른다는 생각도 들었다. 그동안 형사들이 몇 번이나 그의 집을 찾아와서 그의 행방을 닦달하며 집안 곳곳을 벌집 쑤시듯 뒤져 놓았을 게 분명했다. 그런데 그는 자기는 죄가 결코 없다고 확신하고 있기 때문에 스스로 찾아가 자수는 할지언정 그런 식으로 잡혀가고 싶지는 않았다.

얼마 후 그는 N시의 변두리 지역에서 주머니에 얼마 남지 않은 돈 중에 일부를 쓸 생각을 하고 그 부근에 있는 여인숙에 들어갔다. 그러나 퀴퀴한 냄새가 나는 썰렁한 방에서 잠을 이루지 못하고 이리저리 뒤척이다가 늦은 밤에 기어코 밖으로 뛰쳐나오고 말았다. 오늘따라 슬픔에 잠겨 있는 어머니의 모습이 눈앞에 계속 어른거린 채 도저히 잠을 잘 수가 없어서, 공중전화를 해서라도 목소리

라도 한 번 들어야 할 거 같았다.

"여보세유?"

"……."

"여보세유?"

그는 어머니의 목소리를 듣자마자 느닷없이 뜨거운 그 무엇이 치밀어 오르는 것을 느끼고는 수화기를 꽉 움켜쥔 채 소리 없이 눈물을 삼켰다.

"여보세유? 너 혹시 재하 아니냐?"

"예, 엄마. 저예요."

"아이고! 내 새끼."

저쪽에서 어머니가 울음을 터트리는 소리가 들렸다.

"그래, 시방 거기 어디냐?"

"서울이에요."

"뭐? 서울이라구? 니 오늘 느그들 아버지 제삿날인 거 알고 있냐?"

"……."

"무슨 일이 있어서 아버지 제삿날인데도 집에도 안 오고, 거기서 그렇게 전화만 하고 있는 거여?"

"죄송해요. 그럴 만한 일이 있어서 그러니까 이해 좀 해 주세요. 며칠 후에 집에 꼭 한 번 내려가도록 할게요."

"그게 아니라 너 요새 학교도 안 나가고 있쟈? 그래서 여태껏 집에 연락 한번 없이 이 애미 속을 박박 썩였던 거 아니냐구?"

어머니가 조그맣게 흐느껴 우는 소리 때문에 한순간 말이 끊겼다.

"얼마 전에 형사들이 우리 집을 찾아와 이 잡듯이 뒤지면서, 너를 내놓으라고 얼마나 이 애미를 닦달했는지 몰라. 대체 그 사람들이 왜 그러는 거야? 니가 무슨 큰 잘못이라도 저지르기라도 했냐?"

"아니에요."

"근디 니가 뭐 때문에 학교도 안 나가면서 이리저리 도망 다니고 있는 거여?"

"저만 그런 게 아니라…… 학교에 휴교령이 내리는 바람에 모든 학생이 전부 다 학교에 가지 않고 있어요."

그는 가슴이 찢어지는 듯한 것을 느낀 채 끝까지 거짓말을 했다.

"왜 뭐 때문에 그래?"

"……"

"학생들이 하라는 공부는 안 하고 데모만 해서 그러는 거 아녀?"

어머니가 몇 번이나 다그쳐 물어도 그가 아무런 대꾸도 없이 계속 침묵을 지키고 있는데, 한순간 한숨을 길게 내쉬는 소리가 들렸다.

"아이고! 그럼 너도 그 학생들하고 같이 데모를 했던가 보네?"

"……"

"참말로 그렇게 했는가벼? 너는 이 애미를 봐서라도 절대로 그런 것을 해서는 안 된다. 그런 건 빨갱이들이나 하는 짓이여. 내 말 알아들었지? 그런 못된 짓은 빨갱이들이나 하는 짓이란 말여."

"걱정하지 마세요. 앞으로는 절대로 안 할 테니까요. 이번에는 학교 학생들 전체가 하는 것이라서 저도 어쩔 수 없이 한두 번 하게 된 거밖에 없어요. 그리고 몇 달 후에는 새 학기가 시작될 텐데, 그때는 저도 그전처럼 학교를 잘 다니면서 공부를 열심히 할 거예요."

"암, 그래야지. 이 애미는 다른 것은 다 이해해도 데모 같은 것을 하는 것은 절대로 용서 못 한다. 앞으로는 그러지 않겠다고 지금 나하고 단단히 약속을 혀. 만약에 한 번만 더 그런 걸 한다는 소리를 듣게 되면 그때는 난 니 앞에서 혀를 콱 깨물고서 죽어 버리고 말 테니깽."

"걱정하지 마세요. 앞으로는 그러지 않겠다고 꼭 약속을 드릴게요."

"그랴, 아가야. 꼭 그렇게 해야지."

"……."

"근디 너 요새 끼니는 거르지 않고 잘 먹고 있냐?"

"예. 그런 건 조금도 걱정하지 마세요."

어머니가 또다시 흐느껴 우는 듯한 소리가 조그맣게 이어졌다.

"아가, 아무도 없는 객지에서 너 혼자서 얼마나 고생이 심하겠냐? 내가 니 옆에서 끼니도 끓여 주고 또 잠자리도 따뜻하게 보살펴 주고 해야 할 텐디……. 너 혼자서 천애 고아처럼 그 넓은 서울 바닥에 내팽개쳐 있으니까 마음을 못 잡고서 그러고 있는 것일 테지."

"엄마, 전화 그만 끊어야겠어요. 동전이 다 떨어져서 더 이상 통화할 수가 없어요."

"그랴, 알겠다."

"저에 대해선 조금도 걱정하지 마시고 그만 주무시도록 하세요. 나중에 곧 찾아 뵙도록 할게요."

그는 수화기를 내려놓고서 공중전화의 부스 밖으로 나왔다. 아직도 울음 섞인 어머니의 목소리가 귓가에 윙윙거리며 맴돌고 있었다.

잠시 후 그는 부스의 옆에 있는 전신주에 기대고 서서 반쯤 이지러진 달을 바라보며 소리 없이 눈물을 흘렸다.

5

버스가 급정거를 하면서 정류장에 멈추는 순간 새까맣게 탄 얼굴에 두 눈만 반짝반짝 빛나는 젊은 차장이 차 문을 열더니 소리를 버럭 질렀다. 곧 재하는 그 청년의 억센 손에 이끌려서 엉거주춤 밖으로 떠밀려 나감과 동시에 그 버스는 시끄러운 엔진 소리를 내며 언덕 아래로 사라졌다. 그러자 도로에는 산에서 불어온 바람이 버스가 남기고 간 뿌연 연기를 삼켜 버린 채 또다시 밝은 햇살만이 출렁이기 시작했다. 그는 도롯가에 우두커니 서서 아련히 현기증이 일어나는 걸 느끼며 맑고 파란 하늘을 올려다보다 말고, 쿵쾅거리고 다가오는 트럭을 피해 논두렁의 아래쪽으로 내려갔다. 그리고 바짓가랑이 사이로 마른 풀잎들이 스르륵거리고 스쳐 가는 소리를 들으며, 논과 밭 사이에 길게 뻗어 있는 오솔길을 걸어가기 시작했다.

농부들이 딱정벌레처럼 납작 엎드려서 바쁘게 움직이고 있는 들판 너머로 상쾌한 바람이 흙냄새를 풍기며 불어왔다. 그때 밀짚모자를 쓴 어느 농부가 저쪽에 떨어져 있는 비닐하우스에서 막 나오는 것이 보이자, 재하는 설이의 큰집의 주소가 적혀 있는 쪽지를 꺼내 들고서 그쪽으로 재빨리 다가갔다. 그는 서울을 떠나 다른 도시에서 도피 생활을 하면서도 학교의 선후배들을 통해서 설이에 대해 소식을 가끔 전해 듣곤 했다. 이번에도 여러 사람들에게 수소문을 하던 중에 설이의 편지를 한 통 받은 적이 있다는 설이와 같은 동아리 친구한테서, 그녀의 큰집 주소를 알아낼 수 있었다.

그런데 얼마 후 그 농부가 알려준 대로 그가 설이의 큰집에 찾아갔을 때는 마당에는 아무도 없이 오후의 햇살만이 한가득 넘쳐흐르고 있었다. 그는 대문의 안을 기웃거리다가 조심스럽게 마당으로 들어가서 안에 대고 조그맣게 소리를 질렀다.

"여보세요!"

그때 누런 개 한 마리가 뛰어나와서 요란스럽게 짖어대는 순간 창호지를 바른 방문이 벌컥 열리더니 설이가 얼굴을 빠끔 내밀었다.

"설이!"

"……."

"나야, 나!"

"선배가 어떻게 알고서 여기까지 나를 찾아온 거야?"

그녀는 무표정한 얼굴에 야릇한 미소를 머금고는 마루에서 천천히 내려왔다. 그도 별다른 감흥도 없이 멋쩍은 미소를 머금고서, 거무스름하게 탄 얼굴에 흐릿하게 빛을 잃고 있는 듯한 두 눈을 물끄러미 바라보았다. 다소 오동통한 몸매에 치렁치렁하게 길은 머리를 아무렇게나 뒤로 동여맨 채 그녀의 모습은 그전과는 무척 다른 듯했다.

"이런 농촌에서 그동안 어떻게 지냈어?"

"보다시피……."

그녀가 쓴 미소를 지으며 말끝을 흐리고 있는데, 경운기 한 대가 탈탈거리며 이쪽으로 다가오는 소리가 났다. 그러자 대문가에 서 있던 그녀가 그에게 한마디 툭 내던지고는 황급히 안으로 들어갔다.

"선배, 큰아버지와 큰어머니가 언제 집에 들어오실지 모르니까, 우리 그만 마을버스를 타고서 읍내에 가도록 하자. 곧 내가 옷을 갈아입고서 그 뒤를 따라갈 테니까 선배는 지금 빨리 버스 정류장에 가 있도록 해."

생맥줏집 안에는 다른 사람들은 아무도 없이 썰렁한 기운이 감돈 채 조그만 조명등이 사방 곳곳에서 흐릿한 빛을 던지고 있었다. 두 사람은 잔잔하게 흐르고 있는 포크송을 들으며 별다른 말도 없이 마른오징어를 안주 삼아 천천히 술을 마시기 시작했다. 설이는 지겨운 이야기를 또 나눠야 한다는 게 숨이 벌써 막힐 거 같았다. 그러나 어차피 해야 할 이야기라면 더 이상 질질 끌 필요가 없을 거라는 생각이 들어서 설이가 길게 흐르고 있는 침묵을 깨고 입을 먼저 열었다.

"그동안 어디서 어떻게 지냈어?"

"……."

"고생 참 많이 했지?"

"응. 친구나 선배 등 아는 사람 집에서 하루 이틀 자면서 꼭 부랑

아처럼 여기저기 떠돌아다녔어. 또 노가다를 해서 번 돈으로 여인 숙 같은 데서 잠을 자기도 하고……."

음울한 분위기 속에서 어둡게 그늘이 져 있는 그의 얼굴은 더욱 더 핼쑥해 보였다.

"무척 힘들었겠네?"

"그래. 수배자의 생활은 모든 사람이 내 행동 하나하나를 감시하 는 거 같아서, 한순간도 긴장과 불안 속에서 벗어날 수 없어. 길거 리에서든 버스 안에서든 아무하고나 무심히 눈길만 마주쳐도 가 슴이 철렁철렁 내려앉을 정도로……."

생맥주를 얼마 마시지 않았는데도 재하는 벌써부터 혀가 다소 꼬부라진 소리를 내는 듯했다.

"숨이 막힐 것만 같은 이 생활을 더 이상 지속해 나갈 수가 없어 서 나는 곧 자수할 거야. 쫓기는 자의 공포와 두려움…… 그것은 경험해 보지 않은 사람은 절대로 이해할 수가 없어."

술집에는 다소 이른 시간이라 그런지 다른 손님들은 한 명도 들 어오지 않은 채 웨이터인 더벅머리 청년만이 카운터에 앉아서 끄 덕끄덕 졸고 있었다. 애잔하게 흐르던 포크송마저 끊기고서 정적 만이 감돌고 있는데, 그가 술기운에 벌써 달아오른 듯한 어조로 입을 또 열기 시작했다.

"도피 생활을 하는 동안 내가 숨을 수 있는 곳은 이 세상에 그 어디에도 없었어. 사람들은 나를 마치 버러지를 대하듯 해서 나는 모든 사람들에게서 동떨어져서 이리저리 떠돌아다닐 수밖에 없었어. 굶주린 개처럼 아무 데서나 음식 찌꺼기를 구걸하고, 또 길거리에서 밤이슬을 맞으며 새우잠을 자면서……."

그는 컵에 조금 남아 있는 생맥주를 단숨에 쭉 들이키더니, 큰소리로 웨이터를 불러서 500cc 하나를 더 시켰다. 그녀도 컵을 들고는 이가 시릴 정도로 차가운 맥주를 한 모금 찔끔 마셨다.

"이 사회는 불의를 거역하고 정의를 찾았다고 해서 나에게 너무나 혹독한 시련을 주었어. 왜 남들처럼 학교를 졸업한 다음 취업을 해서 안락한 생활을 누리려 하지 않고 감히 이 사회에 도전을 하려고 했나? 마치 두 눈 달린 원숭이가 눈이 하나밖에 없는 원숭이들한테 조롱을 당하다가 그 집단에서 쫓겨나는 것처럼, 그들은 불의와 타협한 채 살아가면서 정의의 갈증에 목말라 하는 나를 받아들이려고 하지 않았어. 현재 자신들이 누리고 있는 기득권을 조금이라도 침해받지 않기 위해서……."

문득 붉게 충혈된 그의 두 눈에 얇게 이슬이 맺히는 듯했다.

"나는 이 세상 사람들에게 욕을 퍼부으며 항의를 하기도 하고, 또 정의를 찾기 위해 젊음을 바친 내 인생을 보상해 달라고 허공을 향해 부르짖었어. 그러나 되돌아오는 것은 공허한 메아리일 뿐 내가 주장했던 것이 과연 그 무엇이었나? 그 무슨 가치가 있단 말인가?"

"……."

"나는 이제 감옥으로 갈 거야. 이 세상 사람들이 진정으로 내가 가기를 원했던 그곳으로…… 불의를 부정하고 정의의 외침을 부르짖었던 그 죄의 대가를 치르기 위해서……."

설이도 갈증이 나는 것을 느끼며 컵을 들고서 생맥주를 쭉 들이켰다.

"나는 이제 싸우는 것에 지쳤어. 감옥에나 가서 조용히 쉬고 싶어."

"그런데 선배가 자수를 한다고 해서 무조건 감옥으로 끌려가는 것은 아니잖아? 그 어떤 선처를 받아서 내년 봄 새 학기에 학교에 다시 복학할 수도 있을 거 아냐?"

"그렇지 않아. 내가 알고 있는 선배들이나 친구들 중에 그런 선처를 받은 사람들은 한 명도 없었어. 거의 대부분이 불행한 결과를 초래했을 따름이지."

그가 단정적으로 말하자, 그녀는 한숨을 짧게 내쉬며 고개를 끄떡였다.

"아무튼 언제까지나 계속 도피 생활을 할 수 없으니까 내일이라도 당장 경찰서에 가서 자수하도록 해. 그리고 한시라도 빨리 죄과를 치르고 난 다음 과거를 완전히 다 잊고서 새로운 출발을 했으면 좋겠어."

그런데 그때 별안간 그는 고개를 숙이더니 격해진 감정을 억누르려는 듯 조그맣게 숨을 헐떡거렸다. 그러다가 이내 눈자위가 불그스름하게 물든 얼굴을 부스스 들고는 코맹맹이 소리로 다시 말을 이었다.

"그럼, 이것으로 우리는 정말 마지막이겠군."

"……."

"그렇지? 이게 마지막이지?"

"왜 자꾸 그런 쓸데없는 소리를 하는 거야?"

그녀가 또 큰 소리로 말했으나 그는 신음 소리를 짧게 내며 고개를 설레설레 흔들었다.

"나는 네가 내 곁을 떠난다는 생각만 해도 정신이 돌아 버릴 거 같아. 하지만 아무리 생각해도 이제는 그 외에 다른 방법이 전혀 없잖아?"

"……."

"너는 무조건 나에게서 떠나야 돼. 만일 그러지 않고서 내 곁에 그대로 머물러 있다면 너도 영원히 불행해지고 말 거야. 내가 아니었다면 너는 대학 생활을 그런 식으로 보내지도 않았을 테고, 또 현재도 이와 같은 상황에 놓여 있지도 않았을 거 아니냐고?"

"아냐, 그렇지 않아. 나도 그 누구보다도 부정한 이 사회에 대해 분노를 느끼고 있었기 때문에 선배를 항상 자랑스럽게 생각해 왔어. 그래서 선배가 하고자 하는 모든 일에 대해 내심 동조하면서 적극적으로 도와주려고 했던 거야."

"그렇게까지 생각해 주다니 너무 뜻밖이군."

그는 쓴 미소를 지으며 고개를 한두 번 끄떡였다.

"그런데 이제 와서 생각해 보면 그런 것은 다 부질없는 것이고 나는 나뿐만 아니라 남의 인생까지도 망쳐 놓은 놈에 불과해. 나만 믿고 사시는 어머니나 그 외에 주위의 대부분 사람들을……."

그는 담배를 입에 물고서 라이터로 불을 붙이더니 연기를 길게 품어냈다. 설이는 그 연기를 피해 잔기침을 두세 번 하며 고개를 옆으로 조금 돌렸다.

"너는 똑똑한 여자이니까 앞으로 얼마든지 멋있고 능력 있는 남자를 만날 수 있을 거야."

"그런 소리 좀 제발 그만하라니까?"

그녀가 화를 내며 소리를 버럭 지르자 그는 멍한 표정을 짓고서 담배 연기만 뻐끔뻐끔 품어냈다. 그와 함께 뿌연 연기가 침통하게 일그러져 있는 그의 얼굴 위에 맴돌았다.

"그런데 참 명진이 하고는 어떻게 됐어? 요즘도 그 애가 네 꽁무니를 졸졸 쫓아다니고 그래?"

"……"

"다른 사람들은 다 괜찮아도 그놈만은 절대로 안 돼. 설이! 내 말 무슨 뜻인지 알아들었지?"

"왜 갑자기 그 사람 이야기를 하는 거야?"

그녀가 자기의 얼굴로 달려드는 담배 연기를 손사래를 치며 톡 쏘아붙였다.

"감히 그런 건달 같은 놈이 너같이 착한 여자를 넘보고 있다는 게 생각만 해도 너무 어처구니가 없어서 그러는 거라고."

"그 사람과 친구라면서 어떻게 그런 식으로 말을 할 수가 있어? 선배는 명진 씨의 다른 면은 보지 못하고 늘 한쪽 면만 보고 있는 거 같아."

"그렇지 않아. 명진이하고 한 20년 전부터 알아 왔기 때문에 나는 그 인간에 대해서는 그 누구보다도 잘 알고 있다니까?"

"그럼 그 사람의 고독이나 방황까지도? 사람마다 그것들의 본질이 조금씩 다를 뿐이지, 명진 씨도 나나 선배처럼 그러한 것들을 다 겪고 있는 똑같은 젊은이에 불과하다고."

그는 의아스런 표정을 짓고서 자기의 말에 계속 반박을 하고 있는 그녀를 빤히 쳐다보았다.

"무엇 때문에 네가 명진이에 대해서 그런 식으로 말을 하는 거야? 너 혹시 요즈음에도 명진이와 연락을 주고받고 그러는 거 아냐?"

"……."

"대답해 봐!"

"서울을 떠나면서 모든 사람들을 다 잊은 채 아무에게도 연락을 취하지 않았는데 대체 지금 무슨 말을 하는 거야?"

그녀는 변명하듯 말하며 재빨리 컵을 들고서 입술에 또 갖
댔다.

그들이 생맥줏집에서 오므라이스로 간단하게 저녁 식사
후에 밖으로 나왔을 때는 거리에는 짙은 어둠이 깔려 있
엽이 듬성듬성 깔려 있는 길 위로 가로등 불빛이 하얗게
렸다. 두 사람은 싸늘해진 바람을 맞으며 차들의 행렬로
의 끊긴 채 정적만이 감돌고 있는 거리에 나란히 걷기

"지금 집에 갈 거야?"

"응"

"막차는 몇 시에 끊기는데?"

"열 시쯤에……."

"그럼 그때까지라도 나하고 같이 있어 줄 수 없어? 막상 너하고 헤어진다고 생각하니까 정신이 돌아버릴 것만 같아."

그는 시간이 흐를수록 마음이 더욱더 무겁게 가라앉는 것을 느끼며 그 자리에 우뚝 멈추었다.

"나하고 조금이라도 더 같이 있을 수 있지?"

"……."

"정말로 이런 식으로는 헤어지고 싶지 않아. 만일 이렇게 허무하게 헤어진다면 너하고 나하고는 모든 게 다 완전히 끝날 것 같은 생각밖에 들지 않아."

갑자기 그는 자기의 앞을 빠져나가려는 그녀의 손을 잡고서 그녀 확 끌어당겼다. 순간 그의 뜨거운 숨결이 그녀의 뺨과 목덜미를 고 지나갔다.

대로 헤어지지 말고서 조금만 더 같이 있자니까?"

한적한 도로 위에 느닷없이 나타난 미니버스가 헤드라이트 번쩍거리고 지나갔다. 그러자 그녀는 그의 손을 뿌리치더 통하는 길에 자리 잡고 있는 벤치에 가서 앉았다.

게 깔려 있는 안개 너머로 시커먼 산의 자태가 희미하 였다.

"오늘 나하고 같이 있으면 안 돼?"

"……."

"오늘 큰아버지 집에 들어가지 말고 나하고 같이 있도록 하자."

"뭐라고?"

그녀는 소스라치게 놀라며 어둠 속에서 번쩍하고 타오르고 있는 그의 두 눈을 뚫어지게 쳐다보았다.

"오늘 밤만 나하고 같이 있어 줘. 응?"

"선배, 대체 왜 그러는 거야?"

"제발 부탁이야."

"안 돼. 그런 말도 안 되는 소리 좀 하지 마."

그녀는 버럭 소리 지르며 벤치에서 벌떡 일어섰으나, 그가 그녀를 가로막은 채 그 앞에 섰다.

"앞으로 몇 년 동안 만나지 못할 수도 있는데…… 이런 식으로 모든 것을 다 허무하게 끝내고 싶지 않단 말이야."

더욱더 싸늘해진 바람이 불어오면서 습한 흙냄새와 낙엽이 썩는 냄새를 풍겨왔다.

"설이, 제발……."

"……."

"제발 한 번만……."

별안간 그는 그녀를 힘껏 껴안고는 거칠게 숨을 몰아 내쉬며 자기의 입술을 그녀의 입술에 살짝 갖다 댔다. 그러나 그녀가 자기의 아랫입술을 질끈 깨물어 버린 탓에 그가 아무리 노력을 해도 그녀의 입술은 일자로 굳게 닫힌 채 꼼짝도 하지 않았다.

곧 그는 안간힘을 다하다 말고 결국 제풀에 지쳐서 그녀에게서 떨어져 나갔다. 그와 함께 붉게 충혈되어 있는 그녀의 두 눈에 이슬이 언뜻 맺히는 듯했다.

"정말 나한테 왜 그러는 거야? 내가 그렇게도 싫어?"

"……"

"어디 말 좀 한번 해 봐. 내가 그렇게도 싫으냐고?"

"싫고 좋고를 떠나서…… 어떻든 절대로 그러고 싶지 않아."

그런데 뜻밖에도 1~2분 만에 벌어진 그녀의 아랫입술 왼쪽 부분에 이빨 자국이 빨갛게 맺혀 있는 것이 어둠 속에 선명하게 드러났다. 그녀가 얼마나 입술을 꼭 깨물고 있었는지 거기에 피멍이 들어 있는 듯하자, 그는 자기의 몸은 일시에 싸늘하게 식어 버리는 것을 느꼈다.

"네가 나한테 그럴 수 있어? 네가 나에게……"

치밀어 오르는 슬픔으로 목이 콱 메는 듯해서 그는 더 이상 말을 이을 수가 없었다. 그가 다시 그녀에게 한 발자국 다가섰지만 그녀도 그만큼 뒤로 주춤 물러서 버렸다.

"설이, 나한테 그러지 마. 제발……"

바로 그 순간 뜨거운 눈물이 그의 두 눈에서 솟구쳐 나왔다. 그녀도 뺨에 눈물이 흘러내리는 것을 내버려 둔 채 아무 말도 없이 홱 돌아섰다. 곧 그가 손을 뻗어 그녀의 팔을 잡으려고 했으나 그녀는 그것을 뿌리치고는 천천히 뛰어가기 시작했다. 그러다가 때마

침 어두운 저편에서 튀어나온 빈 택시를 세우더니 뒷문을 열고는
그 안으로 재빨리 올라타고 말았다.

6

어느덧 한 해가 저물면서 윤명진은 겨울 방학을 맞이하게 되었지만, 덧없이 흘러가 버린 1년 동안 그에게 남은 것은 거의 아무것도 없었다. 그것은 그가 예상했던 거와는 달리 대학 생활이라는 것도 결국은 무의미한 일상적인 삶의 연속에 불과하기 때문이었다. 먹는 것, 입는 것, 웃음, 분노, 쾌감, 비애……. 도대체 그런 자질구레한 것들이 환상의 달콤한 꽃잎을 먹으며 살고자 하는 그에게 그 무슨 의미가 있단 말인가? 그는 그런 것들이 바로 삶이라는 사실을 인정하면서도 그 반면에 이 세상은 너무 형편없고 무가치하다는 부정적인 생각을 결코 떨쳐 버릴 수 없었다. 비록 그의 부산한 발걸음은 시끄러운 사건의 전개 속으로 뛰어들고자 하고, 또 항상 옆구리에 끼고 다니는 교과서는 대학생으로서의 위신과 생활의 격조를 높이고 있다고 하더라도 그러한 것들은 한낱 겉으로 드러난 허상에 지나지 않았다. 마치 빈 수레가 더욱더 요란스럽게 덜컹거리는 듯 지난 젊은 날에 고독에서 벗어나기 위해 방황했던 것처럼, 그는 또 다른 회의와 절망에 빠져서 대학 생활 일 년을 헛되이 보냈던 것이다.

그러나 그는 그러한 이질감이 — 하나의 하늘을 우러러보며 살고자 하는 소박한 사람들과 동화될 수 없다는 그의 비뚤어진 사고방식 ─ 오히려 정당하다고 스스로 자위하고 있었다. 소위 성실한 인간들이 만들어 내는 것은 고작해야 별다른 의미가 없는 것이라서 그는 그 무엇에도 직접 뛰어들지 못한 채 그들이 땀 흘리며 연출해 내는 온갖 장면들을 쓸쓸히 관망만 할 따름이었다. 그에게 있어서 ─ 순수한 그의 관점에서 볼 때 ─ 진리의 빛이라고는 거의 찾아볼 수 없는 이 세상은 언제나 낯선 타향일 수밖에 없어서, 그것에 홀로 영원히 뒤처져 있을 수밖에 없었다. 그런데 이와 같은 사실들은 그가 늘 겪는 하루의 일과만 보더라도 충분히 짐작할 수가 있는데, 기껏해야 하루에 서너 시간밖에 안 되는 수업 시간도 툭하면 결석을 하곤 했다. 혹은 출석을 하더라도 교과서는 내팽개친 채 강의 내용과는 거리가 먼 고전 작품이라는 곰팡내 나는 책들을 탐독하면서 그의 거짓된 위선을 억지로 정당화시키고자 하였다.

그 외에도 한 가지 더 예를 들어본다면 적어도 대학생이라면 반드시 심사숙고해야 할 데모라 할지라도 그에게는 별다른 의미가 없었다. 그는 그동안 여러 번 주위로부터 시위운동에 협력할 것을 강요받았으나, 사회계 전 학년이 교내의 본관 앞에서 몇 분간 농성을 벌일 때 동급생들의 권유에 의해 두 번 참가했을 뿐이었다. 불의에 항거하여 데모를 하는 것은 옳다. 그러나 한 땅덩어리의 한 제도 밑에서 같이 살고 있는 수많은 사람들이 ─ 지니고 있는 것에 천착되어 있는 평범한 사람들이 ─ 그들의 외침을 냉정하게 외면해 버리는데 과연 그 울분이 얼마만 한 가치가 있는 것인가? 그래서 그는 도저히 냉소를 보내고 있는 그 시선들 앞에서 — 더욱이 그것도 확고한 신념도 없는 상태에서 — 자신의 어설픈 주장을 끝까지 내세울 만한 자신이 없었다. 결국 그 대열에 합류함으로써 밤거리를 활보할 옷이나 구두에 먼지를 뒤집어쓰기보다는, 멀찌감치 떨어진 곳에서 악을 쓰며 싸우는 그들에게 비애와 동정이 어린 시선을 보내는 것으로 스스로 만족하고자 했다.

이와 같이 책 속에서 찾아낸 퇴폐한 구절들과 또한 스스로 짊어지기를 자처한 굴레가 그의 자유로운 행위를 묶어 버린다. 오직 유일한 것은 술과 환락이고 그것들만이 그를 위로해 주면서 이 불미스런 날들을 겨우 넘길 수 있는 유일한 방법이 될 수 있을 뿐이다. 더욱이 그 유희의 독소는 — 위에서 밝힌 바와 같이 — 그의 억눌린 감정을 거리낌 없이 발산하거나 또는 소위 고독한 자라고 스스로 자처하는 그가 흔히 맛보길 좋아하는 절망의 상태를 만끽할 수 있게 해 준다. 그런데 그는 이러한 현상의 모든 근본적인 원인을 설이에게서 찾고자 해서, 그녀만 자기의 곁에 있다면 젊음을 훨씬 더 의욕적이고 성실하게 보낼 수 있을 것이라고 생각했다. 그러나 그녀는 이곳에 영원히 돌아오지 않기라도 하듯이 가끔 그가 몰래 그녀의 집에 가 볼 때마다 그녀 방의 불 꺼진 창에는 밝은 불이 한 번도 들어온 적이 없었다. 그런데 그와 같이 불안과 의혹에 지쳐서 거의 자포자기 상태에 빠져 있던 어느 날 마침내 설이에게서 연락이 왔다. 크리스마스이브 날 오후에 그가 친구들이 있는 당구장에 가려고 집을 막 나서려는데, 고향을 떠나서 이제 막 서울에 도착했다는 그녀의 전화를 받을 수 있었다.

커다란 눈송이들이 캐럴 송과 시끄러운 소음이 한데 어우러져 있는 공간에서 기쁨과 흥분으로 들떠 있는 사람들의 얼굴로 떨어졌다. 몇 대의 차들이 일 차선 도로에서 사람들과 뒤엉켜서 오도 가도 못 한 채 요란스럽게 경적만 울리고 있고, 또 한쪽에서는 구세군 종소리와 함께 불우 이웃 돕기 성금을 내라는 확성기 소리가 울려 퍼지기 시작했다. 또한 가로수 옆에 있는 포장마차에는 호들 갑을 떨며 떡볶이와 어묵을 사 먹는 젊은 남녀들로 꽉 들어차 있었다.

"아! 이 자유의 거리. 명진 씨! 나는 전에는 이 거리가 이처럼 생동감 넘치고 활기찬 곳인 줄 몰랐어요. 저 밝고 힘찬 사람들의 모습, 저 끝없는 인파의 물결. 나는 촌에서 몇 달 동안 혼자 처박혀 있으면서 얼마나 이 거리를 그리워했는지 몰라요."

잠시 그녀는 걸음을 멈추고는 크리스마스이브 날의 밤이 점점 더 깊어가고 있는 주위를 휘둘러보며 크게 심호흡을 했다.

"나는 오늘 이 사람들과 함께 크리스마스이브 날의 즐거움을 밤새도록 만끽하고 싶어요."

"우리도 저기에 가서 이것저것 사 먹으면서 소주 한 잔씩만 하도록 하죠."

그는 조금 떨어진 곳에 떡볶이와 어묵을 사 먹는 젊은 남녀들로 꽉 들어차 있는 포장마차로 그녀를 끌고 갔다.

처음에 생각했던 거와는 달리 그녀는 숨이 막힐 거 같이 답답한 농촌에서, 대학 생활을 무의미하게 보낸 것에 대해 속죄한다는 생각으로 4개월가량을 보냈다. 그리고 그곳에서 그 오랜 기간을 버티면서 당장 서울로 뛰어가고 싶은 욕망을 꾹 참은 채, 대부분의 시간을 행정 고시와 중등교원 임용 고시를 공부하는 것에만 매달렸던 것이다.

얼마 후 그들은 그곳을 나와 수많은 사람들 틈에 섞여서 이리저리 돌아다니다가, 밤 10시가 되었을 무렵에 여전히 들뜨고 흥분된 상태에서 어느 나이트클럽으로 들어갔다. 이브 날의 열기를 만끽한 채 사랑하는 사람과 함께 있는 것이 그 얼마나 즐거운지 시간은 순식간에 흘렀지만, 밤이 이슥해질수록 바람은 더욱더 차가와지는 듯해서 거리에서 계속 머물러 있을 수 없었다.

곧 그들은 웨이터가 안내하는 데로 창가 쪽의 용케 남아 있는 한곳에 자리를 잡고 앉았다. 클럽의 천장에 매달려 있는 발광체에서 쏘아대는 형형색색의 광선과 물방울무늬가 스테이지에서 춤을 추고 있는 사람들의 머리 위로 쏟아져 내렸다. 그와 함께 환호성과 웃음소리가 사람들의 입과 입으로 번져가면서 그 공간은 점점 더 뜨거운 열기로 진동하고 있는 듯했다.

"이 나이트클럽 참 좋죠? 사랑하는 연인들의 감정을 완전히 하나로 이끌어 갈 수 있을 정도로…… 화려하고 아늑한 분위기 또한 빙판같이 미끄러운 스테이지와 완벽한 선율을 자아내는 저 밴드 소리……."

그가 웨이터가 가져온 맥주를 마시며 큰 소리로 떠들자 그녀는 쓴 미소를 머금고는 고개를 돌렸다. 그리고 통유리 너머로 화사한 불꽃들이 아득히 먼 곳까지 넘실거리고 있는 것을 물끄러미 바라보았다.

"이곳에서는 서울의 야경도 너무 아름답게 보이는 거 같아요. 마치 꿈속의 별세계에 온 듯한 착각을 불러일으키는……."

"당연히 그렇죠."

그런데 그는 고개를 한두 번 끄떡이다 말고 정색을 한 채 다소 큰 어조로 입을 다시 열었다.

"그런데 참……."

"……."

"나에게 자꾸 그런 식으로 거리를 두려고 하지 말고 이제 우리도 진실한 친구로 사귀었으면 좋겠어. 설이가 나를 오빠라고 부르고, 또 나에게 반말을 하기도 하면서……."

그녀가 의아스러운 표정을 짓고서 그를 빤히 쳐다보았으나 그는 조금도 물러섬이 없이 그녀를 똑바로 응시했다.

"알았지?"

"……."

"말 좀 해 보라니까?"

그가 재차 반복해서 말하자 그녀는 멋쩍은 미소를 지으며 고개를 끄떡했다.

"좋아. 그럼 지금 이 순간부터 우리 두 사람이 진정한 친구가 된 의미로 건배를 하도록 하자고."

그는 컵을 들고서 그것을 그녀의 컵에다 살짝 부딪히고는 맥주를 쭉 들이켰다. 그러나 그녀는 맥주를 조금 마시고 나서 컵을 슬그머니 내려놓더니 창밖으로 고개를 다시 쓸쓸히 돌렸다.

"그런데 서울에 있는 사람들은 그동안 어떻게 지냈을까? 어떻게 지내고 있는지 너무나 궁금하네……."

바깥 풍경을 응시한 채 혼잣말로 중얼거리고 있는 그녀의 두 눈에 언뜻 어두운 그림자가 깃드는 듯했다.

"누구? 재하!"

그 순간 오래전부터 그녀에게 묻고 싶던 이 말이 그의 입에서 자신도 모르는 사이에 툭 튀어나오고 말았다.

"재하가 어떻게 됐는지 알고 있어?"

"……."

"말 좀 해 보라니까?"

오히려 그가 더 안달이 나서 그녀에게 다시 채근하듯 물었다.

"들리는 소문에 의하면……. 얼마 전에 자수를 해서 감옥에 갇혀 있다고 하는 거 같더군."

그녀는 아무렇지도 않은 듯 무표정한 얼굴로 말했다.

"정말이야?"

"응."

그녀는 대답을 하자마자 느닷없이 자리에서 벌떡 일어나더니 그의 손을 잡았다.

"우리 이제 그런 우울한 얘기는 그만하고서 춤이나 추도록 해."

그는 춤을 추고 있는 사람들로 발 디딜 틈도 없는 스테이지의 한쪽 구석으로 그는 그녀를 데리고 갔다. 그리고 그녀와 가까이 밀착된 상태에서 그녀의 두 팔을 잡고는 그것을 천천히 흔들기 시작했다.

"자, 나처럼 흔들어 봐. 이렇게……"

곡의 템포가 급격하게 빨라지자 두 사람이 몸놀림도 점점 더 민첩해졌다. 허리를 유연하게 돌리고 몸을 앞뒤로 흔들면서…… 사람들이 가끔 그 두 사람의 틈을 갈라놓았으나 그때마다 그는 그녀에게 재빨리 다가가곤 했다.

그때 별안간 열광하던 밴드 소리가 멎음과 동시에 음악이 블루스곡으로 바뀌었다. 그리고 어두운 조명 속에 천장의 곳곳에서 불그스름하고 누르스름한 광선 줄기가 흘러나오자 스테이지에 있던 사람들이 우르르 빠져나갔다. 그는 그녀의 뜨거운 숨결이 자기의 귀에 와 닿는 것을 느끼면서 그녀의 어깨를 살짝 감싼 채 한 발짝 한 발짝 조심스럽게 스텝을 밟기 시작했다.

"설이, 얼마나 내가 이렇게 너하고 함께 춤을 추고 싶었는지 알아? 내가 얼마나 이런 순간을 기다렸는지……"

그는 그녀를 자꾸 어두침침한 곳으로 끌고 가다 말고 우뚝 걸음을 멈추었다. 한순간 그의 축축한 입술이 그녀의 이마에 닿을 듯 말 듯 했다.

"설이는 너무나 나쁜 사람이야. 말 한마디도 없이 어디론가 훌쩍 떠나 버려서 그동안 얼마나 원망했는지 몰라."

"……."

"앞으로는 어떤 일이 있어도 나는 너를 절대로 놓치지 않을 거
야. 그 무슨 일이 있어도……."

그의 입술이 어두운 조명 속에 더욱더 선정적으로 돋보이는 그
녀의 입술에 살짝 맞닿을 듯했다. 그러나 그때 그녀는 그를 살며시
뿌리치더니 스테이지를 재빨리 벗어나 자리로 돌아가고 말았다.

자정이 훨씬 넘은 시간인데도 카페에는 자리에 앉아서 술을 마
시거나 부산하게 움직이는 사람들로 북새통을 이루고 있었다. 설
이는 술을 몇 시간 동안 계속 마셔서 그런지 언제부터인가 혀가 꼬
부라진 소리를 하기 시작했다.

"명진 씨, 서울에 온 지 몇 시간밖에 되지 않았는데도 나는 또
집에 들어가기가 싫어졌어. 아빠만 생각하면 숨이 또다시 콱콱 막
혀서 당장이라도 죽을 거 같아."

그녀는 사과를 한 입 덥석 깨물고는 와삭와삭 소리를 내고 먹으
며 농담하는 투로 말했다.

"그게 또 무슨 소리야?"

"아빠에게 꼼짝도 못 하게 구속을 받아야 한다는 게 생각만 해
도 넌더리가 날 지경이라서, 나는 한집에서 아빠와 같이 더 이상
살고 싶지 않다니까?"

"왜 아빠가 설이가 인생을 살아가는데 그 어떤 해를 끼치기라고

하나? 설이의 아빠도 설이가 대학을 졸업한 후에 훌륭한 남자와 결혼을 해서 행복하게 살기를 바랄 거 아냐?"

"물론 그렇지만 아빠하고 같이 살게 되면 그 모든 게 다시 그전처럼 되고 만단 말이야. 우리 아빠에게 가장 중요한 것은 진실한 신앙인으로서 기독교적 윤리에 어긋나지 않게 사는 것이지 그 외에 다른 것들은 별다른 의미가 없어."

불그스름하게 충혈된 그녀의 눈이 흐릿한 조명 빛을 받아 더욱 붉게 타올랐다.

"명진 씨는 십자가의 체형이라는 것이 무엇을 의미하는지 잘 모르고 있지? 아빠가 늘 강조해서 말했던 십자가의 눈물의 의미에 대해서……."

"……."

"그것은 바로 인간이 하나님께 다가갈 수 있는 유일한 방법은 십자가의 혹독한 시련과 고통을 통해서만이 가능하다는 점이야. 그래서 그 옛날에 아빠는 가끔 어린 나와 오빠를 앉혀놓고서 십자가에 순종하는 것만이 기독교인으로서 진정한 자유와 사랑을 느끼며 살 수 있다고 말씀하셨지."

"그럼 아빠는 설이가 일상적인 삶의 기쁨을 느끼며 살아가는 것을 부정한 채 엄격한 기독교인으로 살기만을 강요했다는 거야?"

"꼭 그렇다고는 할 수 없어도…… 어떻든 나는 아빠와 한집에서 같이 살면서 그런 심리적인 압박감에서 한시도 벗어날 수가 없었어."

그녀는 두 눈을 게슴츠레하게 치켜뜨고서 맥주가 들어 있는 컵을 또다시 들었다.

"오빠는 아빠가 싫어서 미국으로 도망간 사람이야. 사람의 영혼을 꼼짝 못 하도록 얽어매는 그 강압적인 분위기가 너무나 싫어서……."

불그스름하게 상기되어 있는 그녀의 얼굴에 살짝 경련이 스치고 지나갔다.

"그처럼 엄하고 완고하던 아빠도 결국 오빠한테 두 손을 들고 말 정도로 오빠는 학창 시절에 대단한 불량 학생이었어. 그런데 어떻게 보면 오빠가 그처럼 마음을 잡지 못한 채 방황했던 가장 근본적인 원인은 아빠에 대한 반항심 때문이었던 거 같아."

"……."

"오빠가 아빠를 얼마나 증오했냐 하면 고등학교 3학년 때 아빠한테 식칼을 들고서 대든 적도 있었어. 그 당시에 오빠의 성적은 전교에서 하위권에 맴돌고 있었는데 그날도 온 가족이 함께 저녁 식사를 하면서 평소에 하던 대로 아빠는 오빠에게 정신 좀 차리고 열심히 공부하라며 몇 마디 꾸지람을 했어. 그런데 오빠는 그 잔소리를 듣다 말고 느닷없이 식탁에서 벌떡 일어나서 부엌으로 뛰어가더니 식칼을 들고나왔어. 그리고 어안이 벙벙한 채 가만히 앉아 있는 아빠에게 칼을 겨누고서 악을 쓰며 달려들었어. 당신이 우리 엄마를 죽인 것처럼 나도 당신을 죽여 버리겠다고 소리를 지르면서…… 그 독기 서린 눈, 그 무지막지한 힘…… 그 순간에 할머니가 안 계셨다면 아마 엄청난 일이 벌어졌을 거야. 그때 할머니와 나는 그 칼을 쥔 손을 온 힘을 다해 붙잡고 늘어진 채 그 행동을 저지했는데, 그때 할머니의 손등이 칼로 찔러서 상처를 입을 정도로 일촉즉발의 상황이었지."

잠시 그녀는 두 눈을 감고서 몇 번 거칠게 숨을 몰아 내쉬었다. 그는 다소 긴장한 상태에서 하얗게 굳어 있는 그녀의 표정을 조심스럽게 살폈다.

"그 일이 있고 나서 두 사람은 완전히 남남으로 돌아서서, 아빠는 오빠가 고등학교를 졸업하자마자 미국으로 조금도 망설임이 없이 유학을 보냈어. 그 이후에 오빠는 틈틈이 아르바이트 같은 것을 하면서 부족한 학비를 충당하며 대학교를 다녔는데, 지금도 아빠가 엄마를 죽였다고 생각하고 있기 때문에 집에 결코 들어오려고 하지 않을 거야."

갑자기 그녀는 말을 끊고는 탁자 위에 엎드린 채 헐떡거리고 숨을 몰아 내쉬기 시작했다.

"나와 오빠는…… 아빠가 엄마를 어떻게 학대하다가 엄마가 스스로 자살하도록 했나 하는 것을 잘 알고 있어. 우리는 그 모든 것을 다……."

그녀는 이렇게 혼자 중얼거리다 말고 느닷없이 큰 소리로 울음을 터뜨렸다. 그러자 그가 그녀를 재빨리 일으켜 세우고는 화장실로 질질 끌고 갔다.

그 이후에 그들은 어떻게 카페에서 나오고, 또 여관에 들어갔는가 하는 것을 잘 알 수 없었다. 아무튼 명진이 심한 갈증을 느끼며 두 눈을 번쩍 떴을 때는 누군가 자기 곁에 누워 있는 것을 어렴풋이 감지할 수 있었다. 곧 그가 몸을 반쯤 일으키고는 칠흑 같은 어둠 속에서 손바닥으로 바닥을 더듬어 머리맡에 놓여 있던 주전자를 찾았다. 그리고 그것을 입에 대고서 차가운 물을 벌컥벌컥 들이키며, 물이 갈증으로 바싹 타오르고 있는 그의 목과 뱃속을 시원하게 적시는 것을 느꼈다.

새벽에 술에 취해 인사불성이 된 상태로 설이와 함께 여관을 찾아 이리저리 헤매었던 일이 그의 머릿속에 어렴풋이 떠올랐다. 크리스마스이브 날이라서 그런지 빈방을 구하기가 너무 어려워서, 몇 개의 여관을 뒤진 끝에 겨우 방 한 개를 구할 수 있었다. 그리고 그들은 그곳에 들어가자마자 옷도 제대로 벗지도 않고서 잠에 곯아떨어졌던 것이다.

그런데 그때 그가 주전자를 방바닥에 내려놓고서 막 일어나려고 하는데 설이가 누운 채로 그의 팔을 꽉 잡았다.

"명진 씨, 자리에서 일어나지 말고 나 좀 이대로 꼭 껴안아 줘."

7

똑똑똑……

어머니가 아버지의 방문을 두들기는 울림이 싸늘한 공기를 깨고 사방으로 울려 퍼졌다.

"여보, 나예요. 문 좀 열어 주세요."

"……."

"여보, 제발……."

어머니의 바싹 마른 손이 그 문의 손잡이를 잡고서 세차게 비틀었으나 굳게 닫혀 있는 문은 꼼짝도 하지 않았다.

그와 같이 설이는 명진과 같이 지내면서 매일 밤 꿈을 꾸었다. 꿈…… 어머니가 수시로 새벽에 아버지의 방 앞에 가서 방문을 두들기는 꿈이었다. 그러나 아버지는 밀랍으로 만든 차갑고 딱딱한 미라의 모습을 한 채 허공 속에 이리저리 둥둥 떠다닐 따름이었다. 어머니가 자기를 붙잡으려고 할 때마다 그 손아귀에서 재빨리 벗어난 다음 아무리 애타게 불러도 외눈 하나 까딱하지 않으면서…….

눈을 동반한 질풍이 가끔 창문에 부딪히는 소리를 낼 때마다 허술한 창틈에서 스며든 바람으로 방안은 점점 더 차가운 한기를 띠었다. 설이는 크리스마스이브 날 명진을 만난 후로 집에 들어가지 않고, 또 명진도 어머니에게 전화를 해서 친구들과 며칠 동안 여행을 갔다 오겠다고 거짓말을 했다. 그리고 그전처럼 손목시계를 전당포에 맡겨서 어느 정도의 돈을 마련한 다음, 잠자는 것은 3류 여관의 싸구려 방에서 해결하거나 식사는 그 인근에 있는 식당 같은 데에서 사 먹으며 근근이 2~3일가량을 그녀와 같이 버티기 시작했다. 그런데 설이가 고향에서 몇 개월을 보내거나 또는 서울에 와서도 집에 들어가지 않거나 하는 그 모든 것은 아버지에 대한 일종의 항거의 표시로서, 그동안 할머니에게 전화를 딱 한 번 했을 뿐 집에는 더 이상 연락을 취하지 않았다.

"춥고 배고프고…… 또한 너무 답답해서 정신이 돌아 버릴 거 같군."

명진은 이렇게 혼자 중얼거리며 방안을 이리저리 왔다 갔다 하다가 느닷없이 창문을 세차게 열어젖혔다. 그러자 끝없이 펼쳐진 어두운 허공 속에서 희끗희끗한 눈송이들이 미친 듯이 날뛰고 있는 것이 드러나 보였다.

"내일이라도 그만 집에 들어가야지 이제 이런 식으로는 더 이상 살 수 없을 거 같아. 그런데 이런 식으로 헤어져서 각자 집에 들어가는 것은 아무런 의미가 없고, 집에 들어가기 전에 어딘가 갔다 왔으면 좋겠어."

그는 창문에서 돌아서서 이불을 바짝 잡아당긴 채 몸을 웅크리고 있는 그녀를 물끄러미 쳐다보았다. 그리고 의아스러운 표정을 짓고 있는 그녀에게 그는 쓴 미소를 지으며 한 발자국 다가섰다.

"우리 여기서 이러고만 있지 말고 어디론가 여행이라도 갔다 오도록 하자. 앞으로 어떻게 할 것인가 하는 것을 진지하게 생각해 보기 위해서……."

"여행?"

그녀는 깜짝 놀라며 되물었다.

"응. 설악산 부근의 동해 바다에 해돋이가 무척 아름다운 곳이 있어. 고등학교 때 친구들하고 놀러 갔던 곳인데 이번에 설이하고 꼭 한 번 같이 갔다 오고 싶어."

"그래도 그렇지, 여비도 없으면서 어떻게 거기를 가겠다는 거야? 지금이 아니더라도 나중에 얼마든지 갈 수가 있잖아?"

"아냐. 여비 같은 것은 내일 친구들을 만나서 어떻게 해서든지 구해 볼 테니까 너무 걱정할 거 없어."

그는 그녀의 옆에 앉아서 그녀의 손을 살며시 잡았다.

"아무튼 아무것도 해결도 안 된 상태에서 이런 식으로 무의미하게 헤어지고 싶지 않아. 이번에 둘이서 함께 여행을 가면 그 무엇인가 반드시 얻을 수 있는 거라는 확신이 들어."

끝없이 펼쳐져 있던 안개 떼가 서서히 사라짐과 동시에 바다가 그 웅장한 자태를 드러내자, 파도는 더욱더 기승을 부리기 시작했다. 그 태질하는 물결 속에서 새벽의 뿌연 빛 덩어리가 조금씩 움터 오고 있는데, 두 사람은 바닷가의 한쪽 끝에 움푹 들어간 곳에 있는 돌무덤 위에 앉아 캔 맥주를 마셨다. 그들은 어젯밤에 동해 바다에 도착을 해서 바닷가의 부근에 있는 낡고 값싼 여관에 투숙을 했다. 설이는 아직도 여독이 풀리지 않은 상태라 다음 날 아침 늦게까지 잠을 잘 생각이었으나, 명진이가 해돋이를 보자고 계속 성화를 부리는 바람에 새벽에 밖으로 기어코 끌려 나올 수밖에 없었다.

"정말 대단히 멋있는 곳이군."

"물론이지. 하지만 조금만 더 기다리면 더 멋있는 장면이 우리를 완전히 매혹시킬 거야. 더군다나 설이와 함께 와서 그런지 오늘은 더욱더 기분이 좋을 뿐 아니라 술맛도 기가 막힌 거 같아."

가끔 시큼한 물 냄새 나는 바람이 두 사람의 코끝을 스치고 지나갔다.

"그 옛날에 이곳에 왔을 때 나는 이 바다에 완전히 반해서, 나중에 가장 사랑하는 사람과 함께 이곳에 반드시 다시 오겠다고 결심한 적이 있었어."

"나도 공연히 마음이 들뜨면서 자꾸 이상한 느낌이 들어. 또 겨울인데도 날씨가 그리 춥지 않은 거 같기도 하고."

어느새 희뿌연 안개가 낮게 드리워져 있는 백사장에는 어둠이 빠른 속도로 물러나면서 하얀 물줄기의 근육이 꿈틀거리며 움직이기 시작했다.

"사춘기에 접어들면서부터 지금까지 나는 정신적인 번민과 갈등에 쌓여서 계속 방황했지. 비루하고 천박한 현실에서 벗어나 드높은 이상을 추구한다는 허황된 꿈에 사로잡혀서……."

잠시 그가 말을 끊고 허공을 올려다보자 그곳에는 또 다른 회색의 광대무변한 공간이 펼쳐지고 있었다. 그때 그 너머에 숨어서 마지막 빛을 깜박거리고 있던 한 개의 별이 희미하게 자취를 감추어 버렸다.

"그런데 지금 이 순간에 깨달은 사실인데 우리 인간들이 그토록 갈망해 오던 새로운 세계는 바로 이 현실 속에 있다는 거야. 저 신비스런 태양이 새벽에 어둠을 깨고서 힘차게 솟아오르듯이, 유토피아는 현재 이 지구상에서 하루도 거르지 않고서 매일 이루어지고 있는 거라고."

그가 말을 할 때마다 반쯤 벌어진 그의 입에서 눅지근한 술 냄새가 풍겨 왔다.

"이 맑은 공기, 이 밝은 햇빛 이 두 가지만으로도 신은 이미 이 땅에 인간들의 염원인 새로운 세계를 만들어 놓았어. 우리가 그 어느 곳에서 살든 그 어떤 상황에 놓여 있든, 천국을 발견하느냐 못 하느냐 하는 것은 순전히 우리 인간들의 몫이라고 할 수가 있지."

갑자기 한 가닥의 빛줄기가 검은 바다 끝에서 번쩍 치솟는 순간 수평선은 빨갛게 달구어 놓은 철판처럼 있는 힘을 다해 진동하기 시작했다.

"자, 저길 좀 봐! 저 우주의 힘을, 저 장엄한 광경을…… 이 바다는 인간이 이 지구에 살고 있다는 것만으로도 위대한 존재라는 사실을 일깨워 주고 있어. 신의 축복으로 이 땅에 태어난 우리는 저 자연처럼 순수하고 아름다운 삶을 살아야 한다는 것을 알려주고 있는 거란 말이야."

곧 핏빛 같은 수면 위에 원형의 불덩어리가 붉은 불기둥을 내 품으며 수면 위에 둥실 떠올랐다. 그리고 그 둥근 원반이 태동을 멈춘 상태에서 반짝거리는 금빛 티끌을 사방으로 뿌림과 동시에, 수면 위에 퍼져 있던 그 붉은 빛이 그의 눈까풀 속으로 예리하게 파고들었다.

"우리의 방황은 이제 이것으로 완전히 끝났어. 설이가 내 곁에 있는 한…… 앞으로 나는 이 세상을 가장 알차고 의미 있는 삶을 살 생각이야."

그는 아련한 현기증이 일어나는 것을 느끼며 그녀의 어깨에 살며시 기대고 선 채 속삭이듯 말했다.

그러나 얼마 후 바다에는 광란의 울부짖음도, 그 열기도 식어 버리고서 검푸른 바닷물만이 물거품을 일으키며 밀려왔다. 두 사람은 손을 맞잡고서 구두 밑에서 모래알이 조그맣게 부서지는 소리를 들어가며 발걸음을 천천히 내딛기 시작했다.

"설이, 영원히 변치 않고서 항상 내 곁에 있겠다고 약속해 줘. 오후에 서울로 가는 데로 나는 병무청에 가서 군대에 지원하는 원서를 내야겠어?"

"자원입대를 한다고?"

"응. 여태껏 군대에 가기 싫어서 이런저런 핑계를 대며 계속 미루어왔는데 이 나라의 젊은이로서 어차피 갔다 와야 할 거라면 이번에 갔다 올 생각이야."

파도가 두 사람의 구두를 적시기라도 할 듯이 물거품을 튕기며 밀려왔다가 이내 되돌아갔다. 그녀는 오래전부터 얼어서 무감각해진 발이 더욱더 무거워지는 것을 느꼈다.

"설이는 새 학기에 복학을 해서 남은 기간 동안 열심히 공부를 해서 졸업과 동시에 반드시 원하는 직장에 취업을 할 수 있도록 해."

그는 우뚝 걸음을 멈추고서 그녀의 어깨를 감싼 채 멀리 펼쳐져 있는 수평선을 바라보았다

"아무튼 당분간 떨어져 있다고 해도 앞으로 그 무슨 일이 있어도 절대로 헤어지지 말도록 하자. 그래서 먼 훗날 두 사람 다 이 사회에서 진정으로 성공한 사람이 되어서 우리의 진실한 사랑을 끝까지 지켜나갈 수 있었으면 해."

아득히 멀리 펼쳐져 있는 수평선에는 해맑은 햇살이 눈부시게 반짝이며 출렁이고 있었다. 그런데 새파란 바다를 가로질러서 불어오는 차갑고 습한 바람이 두 사람의 얼굴을 또다시 세차게 때리기 시작했다.

어리석은 사람들 · 목도의 기운
김재현 | 15,000원 | 272쪽

인생은 옳은 길을 찾아 떠나는 도전적인 여정
지혜와 깨달음으로 당신의 삶을 업그레이드 하라!

옳음을 주제로 네 주인공이 펼치는 순수와 고뇌의 성장 소설

이별에 관한 인터뷰
이진솔 | 14,000원 | 200쪽

만남과 사랑과 헤어짐이라는 삶의 파편들
그 사이에서 위태롭게 유영하는 우리

젊은 작가 이진솔이 담담하게 적어낸
사람과 사람 사이를 오가는 것들에 대한 이야기

위대한 개츠비(The Great Gatsby)
프랜시스 스콧 키 피츠제럴드, 안태열 |
14,000원 | 286쪽

위대한 개츠비를 빼고 미국 문학을 논할 수 없다!
영원히 변하지 않는 인간의 열망과 사랑
비극으로 치닫는 부의 허망함과 쓸쓸함

스콧 피츠제럴드가 아름다운 문체로 써내려간
20세기 미국 문학의 최대 걸작!

표류하는 청춘의 시간을 그려낸 성장 소설
방황하는 여정에 대한 정밀한 소묘와 희망을 담았다

격동의 시대, 대학은 학생운동의 진원지이자 수많은 사상이 소용돌이치는
격랑의 공간이었다. 빈한한 환경에서 명문대에 합격한 재하는 위대한 혁명
가를 꿈꾸며 학생운동에 몰두한다. 반면 어릴 적 풍족하게 자랐으나 재수생
신분인 명진은 혼란스러운 사회와 자아 사이에서 갈피를 잡지 못하고 나날
을 허비한다. 양극단으로 갈린 듯한 두 인물 사이에는 정설이, 그녀가 있다.
재하의 사상에 공감하지만 인생을 송두리째 내걸지는 않는다. 명진의 고독
과 방황을 이해하면서도 그의 행보를 견실하게 비판한다. 그러나 이처럼 두
인물의 이상理想에 놓인 설이 역시도 자신만의 상처를 품고 있다. 그녀가 종
교에 매진하는 이유다.

『부활의 성』은 자신만의 성成을 찾아 헤매는 세 남녀의 여정을 생생하게 풀
어냈다. 유구하게 청춘은 무모한 열정, 방황과 좌절의 상징이었다. 걷잡지 못
할 순수는 스스로를 감당할 수 없이 초라하게 비추며, 실수투성이로 만들
고, 방황 탓에 시간을 허비했다는 자책감을 안긴다. 그럼에도 방황 끝에는
비로소 빛이 있다. 저자는 짙은 그림자는 걷히고 해가 뜨는 순간을 인물들
에게 선사한다.

이 소설은 1980년을 전후한 시대를 배경으로 청춘의 성장을 그려냄으로써,
모든 청춘을 향하여 시대를 불문한 위로가 되어줄 것이다.

03810

ISBN 979-11-93304-53-2 03810

값 15,000원

www.book.co.kr